돈 까밀로의
양떼들

L' anno Di Don Camillo
by Giovannino Guareschi

*신부님 우리들의 신부님 6

돈 까밀로의 양떼들

6

G. 과레스키 연작소설

주효숙 옮김

서교출판사

차례

COOPERATIVA SOCIALISTA

들어가기 전에

심지가 곧고 믿음이 뚜렷한 돈 까밀로 신부와 투박하고 우직한 뻬뽀네 읍장이 등장하는 이 독특하고 재미있는 이야기가 어느덧 여섯 권째를 맞았다. 이 시리즈를 번역할 때마다 느끼는 것이지만, 저자인 과레스키는 사람을 유쾌하게 만드는 이야기를 지어내는 재주가 큰 작가이다. 타인을 바라보는 따뜻한 시선, 해학과 위트, 특유의 골계미까지 갖춘 그의 작품을 읽어가다 보면 '과연, 20년 가까이 잡지에 연재되면서도 까다로운 독자들로부터 한결같은 사랑을 받을 수밖에 없었구나!' 하는 감탄이 절로 나오니 말이다.

이탈리아에서는 물론이고 유럽의 유명인이 된 과레스키는 자신의 신문 기자 시절을 회고한 글에서 다음과 같이 털어놓았다. "나는 지어낸 얘기가 현실에서 그대로 재현되는 걸 여러 번 목격했다. 하지만 그다지 놀랄 일도 아니다. 상황이 이러저

러하니까 이 환경에선 틀림없이 이런 일이 일어날 것이라고 결론을 내리면 되는 문제다." 그러나 그의 정신은 법학이라는 학문이나 판검사와 같은 지위 따위에 얽매이기에는 너무 소탈하고 자유분방했다. 실제로 과레스키는 대학을 졸업하고 나서 전공과 관련된 일을 하는 대신 다양한 직업을 섭렵하게 된다. 잡지사의 편집 기자로 정착할 때까지 화가, 만화가, 신문 기자는 물론이고 심지어는 만돌린 선생으로 일하기도 했으니, 그의 엉뚱함과 돌발성 역시 미루어 짐작할 만하다. 어쩌면 그 엉뚱함이 있었기에 돈 까밀로 연작이라는 희대의 걸작이 태어날 수 있었던 건지도 모른다.

다른 연작과 마찬가지로 《돈 까밀로의 양떼들》에서도 돈 까밀로 신부와 공산당 읍장 뻬뽀네는 중심인물로 등장해, 서로의 정치적 입장을 두고 팽팽히 맞서면서 흥미진진하고 유쾌한 사건들을 쉬지 않고 계속해서 빚어낸다. 작품을 읽다 보면, 얼마 남지 않은 선거를 앞두고 암투를 벌이게 되는 그들이 등장한다. 그러나 그들의 대응은 현실에서처럼 추악하거나 불쾌하지 않다. 오히려 그들의 행동 하나하나는 적당한 긴장감과 유쾌함을 선사한다. 고성과 주먹이 오가는 아슬아슬한 상황에서조차도, 그들이 결코 파국을 향해 치닫지 않고 언젠가 화해할 것이라는 사실을 우리는 이미 알고 있다.

두 사람이 마을을 위해서 자신의 신념을 굽히고 협력하는 장면에 이르면, 실소가 터져 나온다. 미국에서 날아온 부자를 속여 유치원과 양로원을 짓게 하려고 꿍꿍이를 꾸민 돈 까밀로나, 공산주의라는 자신의 신념을 감추고 돈 까밀로와 한패가 되는 뻬뽀네는 주변에서 흔히 볼 수 있는 우리네 이웃처럼 정겹고 따스하게만 느껴진다. 이것은 두 사람의 신념이 근본적으로 인간, 주위에 있는 모든 이들과 함께 살아가는데 초점이 맞춰져 있기 때문이다. 사람에게 행복을 주는 것, 이것이야말로 세상의 모든 종교가, 이념이 진정으로 지향하는 바가 아닐까?

과레스키는 이처럼 인간을 행복하게 만드는 것은 다툼과 전쟁이 아니라 타협과 평화라는 당연한 사실을, 때로는 날카로운 비판으로 때로는 재치 넘치는 위트로 가감 없이 보여주고 있다. 물론 돈 까밀로와 뻬뽀네를 중심으로 돌아가는 이 작은 세상을 두고 누구나 만족하는 이상향이라고 할 수는 없다. 저마다 의견이 다르고, 생각이 다른 법이니까.

그러나 이것만큼은 모두 동의할 것 같다. 우리가 다른 사람에 대한 사랑과 배려를 잃지 않을 때, 이 세상에서 천국을 발견할 수 있다는 단순한 진실 말이다.

이 책은 이탈리아 리졸리 출판사에서 펴낸 《*L'anno di Don Camillo*(돈 까밀로의 사계)》와 짝을 이루는 한 편이다. 독자들이 돈 까밀로와 뻬뽀네가 등장하는 또 다른 이야기를 마음껏 즐길 수 있기를 바라는 마음 가득하다.

– 옮긴이

지금부터 돈 까밀로와 뻬뽀네, 그리고 예수님의
재미있는 이야기가 펼쳐집니다.

스코파 카드 게임

돈 까밀로는 오래간만에 성당 마당의 나무 의자에 앉아 느긋하게 오후 햇살을 즐기고 있었다. 그때 스미르초가 자전거를 타고 빠른 속도로 달려오더니 급 브레이크를 잡으며 그의 앞에 멈춰 섰다.

돈 까밀로는 요란스럽게 나타난 스미르초를 미심쩍은 눈초리로 바라보았다.

스미르초가 우편 행낭에서 편지를 꺼내며 물었다.

"안녕하십니까, 신부님. 여기 예수 그리스도라는 사람이 살고 있습니까?"

"몰염치한 자네의 낯짝을 갈려줄 사람이 한 분 계시긴 하지."

"신부님, 공무집행을 방해하면 감옥에 간다는 것은 아실테지요? 그러니 장난치지 말고 똑바로 대답하십시오. 자요, 여기 이 속달 편지 겉봉에 분명히 적혀 있지 않습니까. 바싸 성당 내 예수 그리스도 귀하! 정말 받을 사람이 없다면 수취인 불명으로 반송하렵니다. 그럼, 이만."

돈 까밀로가 편지를 덥석 움켜잡았다. 주소를 보니 과연 스미르초가 말한 대로였다.

"편지를 받으시렵니까?"

"받아두도록 하지. 주님을 모독하는 체신 행정 당국을 고발하려면 증빙자료가 필요할 테니까."

"애먼 체신 당국을 걸고 넘어가지 마세요. 우리는 그저 편지를 전달할 뿐이라고요. 주소지만 확실하다면 우체국에서는 다른 걸 문제 삼지 않는단 말입니다. 성당에 누가 사는지까지 우체국에서 알아야 됩니까? 수신인 이름이야 어떻든 제대로 전달만 하면 됐지…."

돈 까밀로는 들은 척도 안 하고, 바로 구두 한 짝을 집어들었다. 하지만 스미르초는 특유의 재빠른 몸놀림으로 번개같이 돈 까밀로의 사정권 밖으로 사라져버렸다.

다분히 신성을 모독할 목적으로 이 편지를 보낸 사람은 주소지 밑에 다음과 같은 글귀를 적고 거기에 밑줄까지 쳐놓았다.

'사적인 내용이므로 본인이 직접 개봉할 것을 요망함.'

돈 까밀로는 씨근거리며 성당으로 달려가, 예수님에게 하소연했다.

"예수님! 이 건방지기 짝이 없는 못된 놈의 이름을 말씀해 주십시오. 당장에라도 달려가 뜨거운 맛을 보여주겠습니다."

예수님은 미소를 지으면서 대답하셨다.

"돈 까밀로야, 그 편지는 사적인 것이다. 내가 이런 사소한 일로 남의 사생활에 개입해야 하겠느냐?"

"예수님! 이 사악한 자들이 말뿐 아니라 글로 불경한 욕을 해도 참아 넘겨야 한다는 말씀입니까?"

"불경한 욕이 쓰여 있다고 어찌 그리 확신하느냐? 그저 내게 이야기를 전하고 싶은 사람이 썼을지도 모르지 않느냐? 편지를 쓴 이를 욕하기 전에 일단 읽어나 보아라."

돈 까밀로는 어쩔 수 없다는 듯 양팔을 벌렸다. 그러고는 편지 봉투를 찢고 재빨리 내용을 훑어 내려갔다.

"어떠냐, 돈 까밀로. 네가 생각한 대로 불경스러운 말이 잔뜩 써 있더냐?"

"아닙니다. 정신 나간 녀석이 횡설수설 제멋대로 늘어놓은 이야기뿐입니다. 오죽이나 할 일이 없으면…."

"편지를 소리 내어 읽어보아라, 돈 까밀로."

"별로 중요한 내용도 아닙니다!"

돈 까밀로가 펄쩍 뛰었다.

"어서 읽어보래도."

예수님이 다시 한 번 재촉하시자, 돈 까밀로는 마지못해 편지를 들고 큰 소리로 읽어 내려가기 시작했다.

예수님, 어느 정신 나간 신부에게 충고해 주시기 바랍니다. 그 신부는 지금 지나칠 정도로 정치 활동에 빠져 있습니다. 만일 그 신부가 계속 이런 식으로 나가면, 재미없을 거라는 점을 지적하고 싶습니다. 아까시나무 몽둥이로 허리가 부러지도록 실컷 얻어터지고 나서 후회해 봐야 아무 소용 없는 일 아니겠습니까. 신부로서의 임무를 행하는 것과 사람들을 선동해서 경치적인 충돌을 일으키는 것은 엄연히 다른 일이니까요.

— 민주주의의 벗 올림

돈 까밀로가 편지를 다 읽고 나자 예수님이 물으셨다.

"돈 까밀로, '어느 정신 나간 신부' 가 누구를 지칭하는지 짚이는 데가 있느냐?"

"전 도무지 모르겠습니다."

돈 까밀로가 대답했다.

"혹시 너를 두고 하는 말은 아니냐?"

"예수님, 만일 저를 두고 말한 거라면 '어느 정신 나간 신부' 라고 하지 않고 그냥 '이곳 본당 신부' 라고 했을 겁니다."

예수님이 한숨을 내쉬셨다.

"너는 왜 항상 사실을 숨기려고만 드느냐? 왜 문제의 신부가 바로 너라고 솔직하게 인정하지 않는 것이냐?"

"예수님, 자기 이름도 안 밝힌 사람이 한 중상모략을 그대로 믿으시는 겁니까?"

"아니, 그게 아니다. 그저 너의 입을 통해 진실을 듣고 싶을 뿐이니라."

돈 까밀로가 고개를 가로저었다.

"예수님, 선거가 다가오고 있습니다. 아시다시피, 선거철에는 적당한 정치 활동이 필요합니다. 그 신부의 행동에 다소 잘못된 점이 있다고 해도, 그에게 비난만 퍼부을 수는 없지 않겠습니까? 좀 더 조심하도록 설득은 해보겠습니다."

"그가 몽둥이에 두들겨 맞지 않도록 말이냐?"

"아닙니다, 예수님. 저는 육체보다는 영혼을 구하는 데에 더 관심이 많습니다."

돈 까밀로는 사제관으로 가서 곰곰이 생각에 잠겼다. 그 결과 다음 날 스미르초는 뻬뽀네의 집무실에 기묘한 편지를 내밀어야 했다.

"대장, 이 편지를 어떻게 처리하면 좋을까요?"

편지 겉봉에는 '인민의 집, 스탈린 귀하' 라고 적혀 있었다. 뻬뽀네는 눈 하나 깜짝하지 않고 봉투를 뜯어 편지를 읽어 내려가기 시작했다.

스탈린 귀하, '민주주의의 벗' 을 자처하는 귀하의 졸개에게,

그자가 쓴 흥미로운 편지가 이 지역 보수 반동분자들의 신문에 특별기사로 게재될 예정임을 알려주시면 감사하겠습니다. 아무튼 축하합니다.

— 어느 정신 나간 신부 드림

빼뽀네의 얼굴이 벌겋게 달아오르다 못해 까맣게 변하자, 스미르초가 급히 말했다.

"대장, 모른 척 받아넘깁시다. 그 망할 놈의 신부가 최후의 발악을 하는 거니까요."

"몽둥이 따윈 두렵지 않다, 이건가? 선거만 끝나보라지, 가만두지 않겠어!"

빼뽀네가 소리를 꽥 지르며 솥뚜껑만한 손으로 책상을 내려쳤다.

*

'예수 그리스도 귀하' 라는 수취인을 달고 매달린 편지가 신문에 게재되자 마을은 발칵 뒤집혔다. 모두 '빨갱이가 하는 짓이 다 그렇지!' 운운하며 비난의 목소리를 높였다. 공산당에 대한 비난이 빗발치자, 빼뽀네는 이를 무마할 목적으로 서둘러

---

* 이탈리아 카드놀이의 일종. 40매의 카드를 사용해 일대일로 2인, 혹은 둘씩 짝을 이룬 4인이 함께 한다.

〈평화의 스코파* 게임 대회〉를 열기로 결정했다.

옛날부터 이 지역의 겨울은 음산한 편인 데다 종종 짙은 안개까지 끼는 것으로 유명하다. 그래서 겨울철의 스코파 게임은 마을 사람들의 유일한 즐거움, 아니 생활 필수품이었다. 그런 스코파 게임 대회를 열어 마을 사람들의 관심을 다른 데로 돌려놓겠다는 것이 빼뽀네의 심산이었다.

드디어 대회장이 몰리네토의 선술집에 마련되었다.

매일 저녁마다 술집은 초만원을 이뤘고, 경기가 거듭되면서 조무래기 노름꾼들이 떨려나가고 좀 한다하는 꾼들이 판을 벌이게 됨에 따라 대회는 온 마을을 뜨겁게 달궜다. 어딜 가나 화제는 '스코파 대회에서 과연 누가 우승할까?' 하는 데로 모아졌다.

마침내, 결승전 당일이 찾아왔다.

미사를 마친 돈 까밀로는 예수님에게 최근 마을에서 벌어지는 스코파 대회의 이상 열기에 관해 설명했다.

"예수님, 오늘 저녁 드디어 최종 결승전이 벌어집니다. 사람들이 온통 흥분해 있습니다. 어쩌면 오늘 경기 도중에 주먹다짐이 오고 갈지도 모르겠습니다."

"왜 그렇게 생각하느냐?"

"이 마을에서 일어나는 다른 사건들처럼, 이번 결승전도 정치적인 앙숙들 간의 대결로 압축되었기 때문입니다. 결승전에서 대결하는 선수는 필로티와 빼뽀네입니다. 필로티가 이긴다면 민주주의의 승리를 자축할 수 있겠지만, 빼뽀네가 이긴다면 공산당원들이 기뻐 날뛸 게 뻔합니다."

예수님이 말씀하셨다.

"참으로 어리석은 일이구나. 그런 게임에 대체 무슨 이득이 있다고 그리들 난리인 게냐?"

"정치적인 일에 무슨 대단한 이득이 있겠습니까. 다 체면과 위신 문제지요. 어리석은 행동인 것은 틀림없습니다만…. 하여튼 우리 편이 패배할 것이 분명합니다. 아, 제가 '우리 편'이라고 하는 건 필로티를 두고 하는 말입니다. 공산당 녀석들은 어찌 되었건 모든 사람의 적 아니겠습니까. 어쨌든 필로티는 빼뽀네한테 못 이길 겁니다. 빼뽀네는 우리 편에서 가장 뛰어난 선수와 대결하는 게 아니거든요. 더구나 카드를 가지고 술수를 쓰는 것쯤은 배짱 좋은 빼뽀네에겐 일도 아니지요."

예수님은 잠시 아무 말씀이 없으셨다.

돈 까밀로가 다시 말했다.

"카드 게임 같은 하찮은 일을 두고 정의를 논하는 것은 불경하고 외람된 말씀입니다만, 그 영광을 누릴 자격이 없는 사람에게 승리가 돌아간다는 것은 무척 아쉬운 일입니다…."

예수님이 말씀하셨다.

"섭섭해 마라, 돈 까밀로. 네가 말했듯이 그건 그저 하찮은 게임일 뿐이지 않으냐? 게다가 술수까지 써야 상대를 이긴다니, 그 사악함을 보지 않아도 잘 알겠구나."

돈 까밀로는 당황한 듯 장황하게 변명을 늘어놓았다.

"무, 물론 그렇습니다. 그래도 이런 죄악들에 순위를 매길 수 있다면 저는 스코파가 그중에 가장 낫다고 말씀드리고 싶습니다. 왜냐하면 스코파를 할 때는 무엇보다도 논리와 추리력이 중요하기 때문입니다. 이 게임은 나름대로 두뇌 운동도 되고, 하느님을 두려워하는 신심 두터운 사람들도 스코파를 종종 합니다."

돈 까밀로는 스코파 게임과 다른 죄악들 사이에 존재하는 본질적인 차이점들을 주워섬기며 스코파를 옹호했다. 결국 예수님도 그의 이런 모습에 미소를 지으셨다.

"넌 정말 그 방면의 전문가인가 보구나."

"아닙니다. 저는 그저 평범한 애호가에 지나지 않습니다.그렇더라도 빼뽀네쯤은 하나가 아니라 셋이 몰려와도 박살 낼 수 있지요. 하지만 성직자가 선술집에 들어가 카드 게임 따위를 해서는 안 되겠지요? 이번 스코파 대회 결승전에서 하느님을 믿지 않는 괘씸한 자를 혼내주려는 고귀한 소망을 품고 있더라도 말입니다."

예수님도 그 말에 동의하셨다.

"물론이다. 성직자는 시시한 노름을 하기 위해 선술집에 발을 들여놓아서는 결코 안 된다. 성직자는 하늘의 왕께 봉사하는 사람이지 카드에 그려져 있는 왕한테 봉사하는 사람이 아니니라."

어느새 늦은 시간이 되었으므로 돈 까밀로는 잠자리에 들겠다며 예수님 앞에서 물러났다.

한편, 몰리네토의 선술집에서는 사람들이 가득 들어찬 가운데 마지막 판이 끝나가고 있었다.

뻬뽀네의 컨디션은 최고였다. 마치 머릿속에 두뇌 대신 전자계산기라도 집어넣은 것 같았다.

뻬뽀네가 마지막 카드를 꺼내 보이자 우레와 같은 박수갈채가 터져나왔다. 필로티는 식탁 위에 카드를 내던져 버리고는 백포도주를 주문했다.

"졌어! 여기 포도주나 한 잔 갖다 주게."

뻬뽀네의 완승이었다. 그의 부하들은 기쁨에 겨워 반쯤 미쳐 버린 것 같았다. 다들 '뻬뽀네! 뻬뽀네!'를 연호했다.

뻬뽀네가 일어섰다. 순식간에 좌중이 조용해졌다.

"동지 여러분! 노동의 전장에서뿐만 아니라 게임의 전장에서도 승리는 궁극적으로 인민의 것이어야 합니다. 승리로 마감된 이번 대회는 그러한 목표를…."

뻬뽀네는 '목표'라는 단어에서 갑자기 말을 멈추었다. 왜냐하면 누군가 술집 창문을 두드렸기 때문이다.

스미르초가 조심스럽게 잠겨있던 창문을 열었다. 그러자 쇠창살 뒤에서 돈 까밀로의 얼굴이 나타났다.

지켜보던 사람들은 숨을 죽였다. 극적인 침묵이 흘렀다.

"거기서 뭐 하는 거요?"

빼뽀네가 물었다.

"한 게임 하고 싶네."

"한 게임이라니? 누구하고 한단 말이오?"

"나하고 게임을 하는 게 두렵지 않은 사람과."

빼뽀네는 그를 애처롭다는 듯이 쳐다보았다.

"나는 누구랑 붙어도 겁날 게 없소. 그렇지만 어쩌겠소. 아쉽게도 대회는 이미 끝났으니 말이오. 게임을 하고 싶었다면, 등록부터 하셨어야지."

"등록은 했네. 명단을 보게. 조용한 사람이라는 뜻의 '일 깔모' 라는 이름이 적혀 있을 걸세."

"흠, 그렇다고 칩시다. 하지만 일 칼모가 신부님인지 확인할 방법이 없잖소."

"있네. 일 칼모(Il calmo)는 까밀로(Camillo)라는 이름에서 철자의 순서만 바꿨을 뿐이네. 까밀로는 바로 나잖나?"

돈 까밀로가 한참을 철자 바꾸기에 대해 설명해 주고 나서야 빼뽀네는 이해가 간다는 표정으로 수긍했다.

"좋소, 일 칼모와 신부님이 동일인이라고 해둡시다."

빼뽀네는 일-칼-모라고 한 음절씩 끊어 말했다.

"해두는 게 아니라, 동일인이라니까 그러네! 자네 혹시 내게 형편없이 깨질까 봐 두려워하고 있나? 그렇다면 그냥 돌아갈 용의도 있네."

돈 까밀로가 최후통첩을 던지듯 말했다.

"얼른 들어오시오! 한 판 붙읍시다."

빼뽀네가 고함쳤다.

"나는 안으로 들어갈 수가 없네."

돈 까밀로가 대꾸했다.

"내 본분을 잊고 싶지는 않아. 여기서 하겠네. 창틀이 탁자 역할을 해 주겠지."

"편한 대로 하시구랴."

빼뽀네가 창문 쪽으로 다가왔다.

그러자 돈 까밀로는 창문 밖에서 양손으로 쇠창살 두 개를 움켜쥐더니 그것을 바깥쪽으로 구부려놓았다.

"이렇게 해놓으면 좀 더 편하지 않겠나?"

"별로…."

빼뽀네가 어두운 표정으로 대답했다. 그러고는 방금 돈 까밀로가 구부린 쇠창살을 붙들어 다시 곧게 펴 놓았다. 둘 다 한 번씩 괴력을 뽐냈으니 일단 비긴 셈이다. 두 사람의 괴력에 감탄한 관중은 모두 숨을 죽이고 그들을 주시했다.

빼뽀네가 카드 뭉치를 집어 창턱 위에 올려놓았다.

"이거면 되겠소?"

"포장을 한 번도 뜯지 않은 카드가 아니라면, 난 게임 자체를 안 하겠어. 신뢰는 평소에는 참 좋은 미덕이지만 '카드 게임을 할 때는 부모도 믿지 말라' 는 옛말도 있잖아?"

스미르초가 셀로판지로 밀봉된 새 카드를 가져왔다.

빼뽀네는 주의 깊게 살펴보고 나서, 돈 까밀로에게 내밀며 말했다.

"이 정도면 괜찮은 것 같은데? 어디 한번 보시오."

돈 까밀로는 카드를 받아 신중하게 살펴 본 다음 빼뽀네에게 돌려주었다.

"좋아. 자네가 포장을 뜯고 카드를 섞게. 괜한 속임수를 쓸 생각은 꿈에도 하지 말고."

빼뽀네는 이를 부드득 갈았다. 그러고는 카드를 꺼내 섞은 다음 창턱 위에 카드를 올려놓으며 말했다.

"아시다시피 대회는 이미 끝났소. 우승컵은 우리 공산당에게 돌아갔고 아무도 빼앗아 가지는 못하오. 즉, 이 대결은 번외 게임이라 이거요. 하지만 그냥 하면 재미없으니까, 흥미도 끌고 신부님한테도 한수 가르칠 겸 난 내 2연발 총을 걸겠소. 신부님은 뭘 걸 거요?"

여기저기서 속닥거리는 소리가 들렸다. 빼뽀네의 2연발 총은 근처 마을을 통틀어 가장 멋진 소총이자, 그가 가장 아끼는 물건이었다. 이 총을 포기하느니, 차라리 다리 한쪽을 떼어주겠다고 장담할 정도로 말이다. 때문에 모두들 돈 까밀로 또한 거기에 걸맞은 것을 걸지 않겠느냐고 술렁였다. 그는 역시 사람들을 실망시키지 않았다.

"그럼, 난 번개를 걸지."

번개는 온 우주에서 가장 특별한 개였다. 돈 까밀로에게 녀석은 눈에 넣어도 아프지 않을 정도로 소중한 존재였다.

이어 벌어진 스코파 게임은 정말이지 역사에 남을 만한 혈전이었다. 만약 호메로스의 서사시에 나오는 영웅들이 스코파를 할 줄 알았다면 아마 그들처럼 했으리라.

그들은 마지막 순간까지 이를 악물고 최선을 다했다. 마침내 돈 까밀로가 힘겹게, 아주 근소한 차이로 이겼지만 관중들은 박수갈채를 보낼 수조차 없었다. 방금 있었던 경기의 긴장감이 그만큼 대단했던 것이다.

돈 까밀로가 모자를 살짝 들어 올리며 작별 인사를 했다.

"재미있는 게임이었어. 잘 있게나. 알지? 노름빚은 24시간 이내로 지불해야 한다는 걸 말일세."

*

돈 까밀로는 성당을 멀찍이 돌아 살금살금 사제관으로 기어들어갔다. 하지만 예수님의 목소리가 돈 까밀로의 발목을 잡아 세웠다.

"어딜 갔다가 이렇게 늦었느냐?"

"스코파 대회 결승전을 보러 잠시 갔었습니다. 하지만 맹세코 선술집 안으로는 절대 발을 들여놓지 않았습니다. 저는 그냥 건물 밖 창가에서 구경했을 뿐입니다. 제가 예상했던 대로 뻬뽀네가 우승을 차지했습니다."

"무슨 말씀이라도 있었느냐?"

"아무 문제도 없었습니다. 다행히도 양 측이 충돌하는 불상사가 없이 순조롭게 끝났고 다들 제일 강한 자가 이기는 게 옳다고 순순히 인정하는 분위기였습니다."

"돈 까밀로, 내가 좀 살펴봤는데 이 스코파 게임이라는 게 상당히 흥미롭더구나."

예수님이 말씀하셨다.

"내가 이 스코파 게임에 대해 얼마간 이해한 바는 이렇다. 그러니까 스코파 게임을 하기 위해서는 새로운 카드 묶음이 필요한 것 같다. 그것도 아직 포장을 뜯지 않은 새 카드 묶음이."

"현명한 판단이십니다. 특별히 손이 빠른 노름꾼들과 카드를 하게 될 때는 더 그렇습니다. 이런 사람들은 술집 주인과 미리 짜고 카드를 치는 사기꾼 집단에 속해 있는 게 보통입니다. 그래서 테이블 위에 이미 표시를 해 둔 카드들을 놓아두었다가 속임수를 쓰려고 듭니다."

"알겠다. 그렇다면 반드시 새 카드 묶음을 사용해야지. 그런데 말이다. 상대방으로부터 그 카드 묶음을 받아든 사람이 능숙한 손동작으로 자기 호주머니 속의 다른 카드 묶음으로 슬쩍 바꿔치기한다면 그게 옳은 일이냐? 게다가 그 새로운 카드 묶음이 손톱으로 미리 표시해 놓은 사기 카드라면 말이다. 원래 그렇게 해도 되는 것이냐?"

"안 됩니다."

돈 까밀로가 씁쓸한 목소리로 대답했다.

"그렇다면 지금 네 호주머니에 들어 있는 건 무어냐?"

돈 까밀로는 호주머니에서 아주 새것인 카드 묶음 하나를 꺼내서 테이블 위에 올려놓았다.

"어쩌다가 이 지경이 됐는지 저도 모르겠습니다."

돈 까밀로가 중얼거렸다.

"그 지경에 이른 것은 네가 나쁜 마음을 먹었기 때문이다. 뻬뽀네가 카드 묶음을 건네주었을 때, 넌 그걸 네 호주머니 속에 집어넣고는 대신 미리 호주머니 속에 넣어 가지고 간 또 다른 카드묶음을 그에게 주었잖느냐?"

"제가 조금 혼동될 만한 일을 한 건 분명합니다. 그렇지만…."

"아직 내 말이 끝나지 않았느니라. 너는 옳고 그른 것을 혼동했다. 또한 싸구려 노름처럼 시시한 일에 속임수까지 쓰는 죄를 저질렀다. 결국 경기에서 진 것은 뻬뽀네가 아니고 바로 너이니라, 돈 까밀로."

돈 까밀로는 호주머니에서 커다란 손수건을 꺼내 이마에 흐르는 땀을 닦았다. 바로 그때 뻬뽀네가 들어왔다.

뻬뽀네는 외투 아래쪽에서 자신의 2연발총을 꺼내 돈 까밀로에게 건넸다.

"노름빚은 즉시 갚는 법이라 하셨소? 자, 여기 있소. 하지만 만일 신부님이 악당 중의 악당이 아니라면, 내가 설욕전을 할 수 있는 최소한의 기회는 주어야지….”

빼뽀네는 테이블 위에 놓여 있던 카드를 집어 들었다.

“이것 참, 마침 카드가 여기 있네그려. 게다가 새 카드네? 이번에도 속임수는 쓸 수가 없겠구먼. 자, 어서 카드를 섞으슈!”

두 사람은 테이블 앞에 자리를 잡고 앉았다. 돈 까밀로는 셀로판 봉투를 뜯고 카드를 뒤섞었다.

게임이 시작됐다. 조금 전에 있었던 게임이 그랬듯이 이번 게임도 마찬가지로 영웅적인 서사시의 한 장면 같은 멋진 승부였다. 그렇지만 이번에 이긴 사람은 빼뽀네였다.

“서로 비겼으니 다시 한 판 하시려오?”

빼뽀네가 물었다.

돈 까밀로는 대답하지 않았다. 왜냐하면 그는 카드를 전부 펼쳐놓고 맞추어보는 데 열중해 있었기 때문이다.

“아!”

돈 까밀로가 갑자기 탄성을 터뜨렸다.

“자네는 다이아몬드 7을 여기 이 선으로 표시해 놓나?”

빼뽀네는 이 말을 당당하고 태연하게 받았다. 그는 호주머니에서 다른 카드 한 묶음을 꺼내더니 계속 넘기며 다이아몬드 7을 찾아서 내밀었다.

“그렇다면 신부님은 여기 이 작은 두 줄로 다이아몬드 7을 표시해 놓소?”

돈 까밀로는 빼뽀네가 꺼낸 카드 묶음을 받아 작은 벽난로

속에서 발갛게 타다 남은 불씨들 속으로 던져넣었다. 그러자 뻬뽀네도 돈 까밀로가 꺼낸 카드 묶음을 집어 불구덩이 속에 던져넣었다. 활활 타오르는 불꽃은 이 카드 묶음들을 순식간에 삼켜버렸다.

"자, 그럼 이제 비긴 걸로 해도 되겠소?"

뻬뽀네가 자리를 털고 일어서며 물었다.

"아닐세. 내가 졌네."

돈 까밀로의 목소리가 너무나 처량해서 뻬뽀네는 가슴이 뭉클했다.

"신부님, 우리 너무 상황을 비극적으로 끌고 가지 맙시다. 다 아는 얘기 아니오? 다이아몬드 7을 앞에 두고 이성과 논리에 따라서만 행동할 수는 없는 법이오. 그래서 카드 뒤에 표시도 해두는 거고. 이따금 신부님한테 총을 빌려드릴 테니, 신부님도 가끔 나한테 개를 빌려주시구려. 내 생각이 어떻소?"

뻬뽀네가 돌아간 다음에도, 돈 까밀로는 혼자 남아 벽난로 불길 속에서 타들어 가는 카드를 오래도록 지켜보고 있었다.

예수님이 준엄한 목소리로 말씀하셨다.

"돈 까밀로, 너는 하늘의 왕께 봉사하는 사람이지 스페이드나 클로버 카드에 그려져 있는 왕한테 봉사하는 사람이 아니라

** 이탈리아에서는 나폴리식 카드를 사용한다. 스페이드, 클로버, 하트, 다이아몬드가 그려진 영국식과는 달리 몽둥이, 돈, 컵, 칼 무늬가 그려져 있다. 예수님은 영국식 카드에 그려진 왕 그림을 놓고 지적한 것이다.

고 내가 말하지 않았느냐?"

돈 까밀로는 공손하게 변명했다.

"예수님, 저희가 사용한 카드에는 그런 무늬가 아니라 몽둥이, 돈, 컵, 칼**이 그려져 있습니다."

"아직도 네 잘못을 모르느냐!"

돈 까밀로는 어쩔 수 없다는 듯 양팔을 펼쳐보였다. 그러고는 고개를 들어 하늘을 바라보면서 탄식하듯 외쳤다.

"예수님, 저도 제 잘못을 압니다. 하지만 예수님께서도 뻬뽀네가 한 말을 듣지 않으셨습니까? 다이아몬드 7을 앞에 두고서는 이성과 논리에 따라서만 행동할 수는 없는 법이라고 말입니다!"

예수님이 한숨을 내쉬셨다.

"대체 누가 너를 지옥에서 구원할 수 있겠느냐?"

돈 까밀로는 아무런 대답도 하지 못했다. 그러나 예수님은 그를 신뢰하셨기 때문에 작은 불씨만 남은 벽난로 곁에서 차분하게 문제를 고민하고 스스로 해답을 발견할 수 있도록 더 이상 아무 말씀도 하지 않으셨다.

금의환향

여행용 가방처럼 생긴 큼지막한 자동차가 사제관 앞에 멈춰 섰다. 번호판에는 'USA'라는 글자가 선명하게 찍혀 있었다. 차에서 내린 깡마른 노신사는 나이에 비해 꼿꼿하고 원기왕성해 보였다.

"여기 신부님 되시오?"

그가 돈 까밀로에게 물었다. 돈 까밀로는 현관 옆 작은 벤치 위에 앉아 반쪽짜리 토스카노 시가를 피우던 중이었다.

"그렇습니다만…."

돈 까밀로가 자리에서 일어섰다.

"상의할 일이 좀 있소."

노신사는 흥분한 표정으로 현관을 지나 사제관 안으로 성큼성큼 들어섰다.

돈 까밀로는 황당한 표정으로 안으로 따라 들어갔다. 그러나 노신사가 제멋대로 창고까지 살피려 들자, 그를 제지할 수밖에 없었다.

"거기는 출입금지 구역입니다!"

"도무지 이해가 안 돼! 아무것도 이해가 안 된단 말이야."

노신사가 짜증을 내며 외쳤다.

호기심이 생긴 돈 까밀로는 입구 오른쪽에 있는 손님용 응접실로 그를 안내하며 물었다.

"혹시 아주 오래전, 사제관 구조가 바뀌기 전에, 여기 오신 적이 있습니까?"

"아니요. 여기에 들어와 보는 건 처음이라오."

노신사는 도무지 흥분을 가라앉히지 못했다.

"이해가 안 되는 일이 너무 많아! 설교가 아니라 몽둥이찜질이 필요합니다, 신부님. 하느님을 무시하는 그 빌어먹을 놈들한테는 설교가 아무 소용이 없다니까!"

노신사가 계속 횡설수설하자, 돈 까밀로는 도리가 없다는 듯 양팔을 펼쳐 보였다. 가만히 생각해 보면, 이 낯선 사람은 병원에서 막 도망쳐 나온 정신병자일 가능성도 있었다. 하지만 아무리 정신병자라도 미제 자동차 번호판이 달린 커다란 차에, 제복을 입은 운전사까지 대동하고 다닐 정도라면, 평범한 사람이 아닐 터였다.

노신사는 이마에 흐르는 땀방울을 닦았다. 돈 까밀로는 그의 거친 얼굴 윤곽을 뜯어보며 기억을 더듬어 보았지만 아무런 성과도 얻을 수 없었다.

돈 까밀로는 물을 한 잔 떠다가 노신사에게 내밀며 말했다.

"물 좀 드시고 진정하시지요."

낯선 노신사는 컵을 받아들더니 단숨에 들이켰다. 물을 마시고 나니 좀 진정이 된 듯했다.

"신부님이 날 아실 리가 없지. 난 카자리노 출신이라오."

돈 까밀로의 눈에는 이내 불신감이 가득 차올랐다. 그는 예의 바르고 겸손하며 도량 또한 넓은 인물이었지만 인류를 세 가지 부류로 구분하는 고약한 습성만큼은 결코 버리지 못했다. 그의 분류에 따르면 세상에는 죄악에 빠지는 일이 없도록 돌보아야 할 선한 양들이 있었고, 다음으로는 죄악에서 벗어나도록 도와주어야 할 악인들이 있었다. 그 두 부류에서 벗어난 구제불능의 종자들이 바로 카자리노 놈들이었다.

카자리노 놈들은 언제나 카자리노 놈들일 뿐이었다. 이들은 극심한 반감을 품고 돈 까밀로의 양떼, 즉 바싸 마을 사람들을 해치고 망가뜨려 놓는 법을 연구, 발전시키려고 태어난 못된 족속들이었다.

먼 옛날, 두 마을 사이의 싸움이 본격적으로 벌어지던 시절에는 사람이 목숨을 잃는 일도 잦았다. 몇 해 전부터 공공연한 충돌이 멈추긴 했지만 이제 냉전으로 바뀐 것일 뿐, 다툼 자체가 사라진 건 아니었다.

카자리노 출신들 중에는 지방 행정 관청이나 공공사업부 토목국에서 영향력을 행사하는 자들이 있었다. 로마의 중앙 행정 부서에서 바싸 읍을 위한 정책을 입안하면, 그놈들이 앞장서 바싸 마을을 따돌리고, 자기네 마을을 위한 정책으로 바꾸어 버리곤 했다.

그래서 돈 까밀로는 자신의 양들이 죄에 빠지지 않도록, 그리고 악인이 착해지도록 큰 노력을 기울였다. 하지만, 카자리노 놈들만큼은 주님께서 직접 돌보시라고 맡겨놓은 상태였다. 카자리노 사람들의 교활한 작태 때문에 분노가 치밀 때면 그는 이렇게 기도하며 마음을 달랬다.

'예수님, 당신께서 이 세상에 카자리노 놈들을 보내셨다면, 거기엔 합당한 이유가 있겠지요. 우리는 주님의 뜻대로 그들을 받아들이겠습니다. 질병이나 자연재해를 받아들이듯이 말입니다. 부디 당신의 끝없는 지혜로 그들을 다스리시고, 무한히 선한 마음으로 저희를 지켜주소서. 아멘.'

노신사는 바로 그 카자리노 출신이었다. 하지만 카자리노 사람이 무슨 일로 바싸 마을을 찾았단 말인가?

"신부님도 잘 아시겠지만, 카자리노 사람이 제 발로 이 마을에 찾아올 정도라면, 그건 바로 자기 마을 사람들한테 화가 나도 단단히 났다는 얘기 아니겠소?"

언뜻 납득이 가는 설명이었지만 여전히 돈 까밀로의 뇌리에서는 '카자리노 사람이 왜 미국 번호판을 달고 다니나?' 하는 의문이 사라지지 않았다.

노신사가 다시 입을 열었다.

"난 델 칸토네라고 하오. 스물다섯 살 때까지 카자리노에서 농사를 지으며 살았지요. 등골이 휠 정도로 고생스러웠지만, 먹고사는 데는 지장이 없었소. 그런데 그 벼락을 맞아도 시원찮을 놈들이!"

그의 갑자기 얼굴이 시뻘게졌다.

"무슨 말씀이신지, 도무지…."

"신부님은 빨갱이들이 저질렀던 비행을 보지도 못했단 말이오?"

돈 까밀로가 점잖게 대답했다.

"죄송합니다만, 벌써 오래전에 있었던 일을 가지고 새삼스럽게 꺼내 긁어 부스럼을 만들 필요까지는…."

델 칸토네는 돈 까밀로의 말을 단칼에 잘랐다.

"아무튼 빨갱이들은 하나같이 벼락 맞을 놈들이오. 가리발디가 〈붉은 셔츠 여단〉이라는 망할 것을 만들어냈던 때부터!"

"모든 잘못이 가리발디에게 있었던 것은 아니지요."

돈 까밀로가 반박했다.

"가리발디에게 잘못이 없다고?"

노신사가 큰소리로 외쳤다.

"이 지방에 사회주의를 도입한 의사 자식이 〈가리발디 여단〉 소속이 아니었나? 공산당 연맹이란 몹쓸 것을 만들어 낸 게 바로 그놈 아니오?"

돈 까밀로가 달래자, 그는 잠시 숨을 돌리고는 다시 이야기를 계속했다.

"빨갱이들이 작당해서 파업을 시작하고 며칠이 지난 다음의 일이오. 하루는 몇 놈이 우리 집 마당으로 와서 농사를 못 짓게 훼방을 놓기에, 내가 연발총을 꺼내다가 겁을 좀 주었소. 그냥 위협이었을 뿐이라, 죽은 사람은 물론 없었소. 그런데도 난 놈들을 피해 서둘러 도망 길에 올라야 했소. 아버지와 어머니를 버리고 꼬리 내린 개처럼 미국으로 달아났단 말이오."

델 칸토네는 이마에 흐른 땀을 닦고 나서, 격앙된 목소리로 말을 이어 나갔다.

"미국에 건너가서는 마치 지옥에 떨어지기라도 한 듯 정신없이 일만 하며 살았지. 빨리 자리를 잡아 부모님을 모셔 오려고 했기 때문이오. 하지만 두 분을 모셔올 수 있을 만큼 여유가 생겼을 때는 벌써, 부모님이 돌아가신 뒤였소. 그것도 아주 비참하게. 다 그 빨갱이 녀석들 때문이지."

돈 까밀로는 그의 부모가 비참하게 죽은 이유가 사실은 공산당원들 탓이 아니라 연발총 탓이라는 점을 지적하려 했지만, 그는 돈 까밀로를 무시하고 말을 계속했다.

"미국에 무솔리니 이야기가 처음 전해졌을 때, 고향에 돌아오려고 했었지. 그렇지만 사업이란 걸 하다 보면 어디 맘 놓고 쉴 수가 있어야 말이지. 눈코 뜰 새 없이 바쁘다 보니 도무지 짬이 안 납디다. 그러기를 몇십 년, 어느새 나도 거의 일흔이 다 되었더군….”

노신사는 길게 한숨을 내쉬었다. 그가 다시 덧붙였다.

“그런 내가 이제서야 고향에 돌아온 거요. 오랜만에 고향으로 돌아오면서 불쌍한 부모님을 기념할 무언가를 남길 방법이 없을까 고민을 좀 했소. 처음에는 멋진 비석을 무덤 앞에 세워드리려고 했지. 하지만 생각해보니 비석을 아무리 멋지게 장식한다고 해도 그건 그냥 돌조각에 불과할 뿐이더라는 거요. 그래서 비석 대신 오랜 세월 사람 냄새를 풍길 수 있는 시설을 만들기로 결심하고 여러 가지를 준비했었소. 초현대식 대형건물을 짓고 유치원과 양로원을 동시에 입주시키고, 공원을 조성해 가난한 아이들과 늙은이들이 살 수 있는 공간을 마련할 계획이었지. 거기에 부모님의 이름을 붙일 수 있었다면…. 아마 두 분도 흐뭇해하셨겠지.”

돈 까밀로가 참견했다.

“멋집니다! 하지만 아무리 시설이 훌륭해도 운영기금이 없다면 제대로 돌아가지 않을 터….”

“그런 것도 모르면서 돈을 벌 수 있었을 것 같소?”

델 칸토네가 짜증 섞인 목소리로 반문했다.

“미국이라고 해서 사람들이 아무것도 안 먹고 맨입으로 살아갈 수 있는 건 아니오. 내 이미 충분한 기금을 마련해 뒀소. 친척도 없는 내가 이대로 죽는다면 재산의 4분의 3은 미국 국세청이 꿀꺽해 버릴 거고 나머지는 재정 관리인들한테나 넘어가게 되겠지. 그래서 시설 건립 및 운영을 위한 기금 5억 리라를 미리 이곳으로 옮겨 놓았더랬소. 하지만 이제 생각이 바뀌었소. 그 돈을 다시 미국으로 가져갈 생각이외다!"

그 순간, 돈 까밀로는 이것이 카자리노에 꽤 큰 손실을 입힐 절호의 기회라는 점을 잊었다.

이미 지적했듯이 돈 까밀로는 인류를 세 부류로 구분하고 있었지만, 좋은 목적으로 사용될 5억 리라를 앞에 두고는 카자리노 놈들조차도 앞의 두 부류에 포함하는 게 마땅한 일처럼 여겨졌던 것이다.

"그래서는 안 됩니다!"

돈 까밀로가 탄식하듯 외쳤다.

"주님의 뜻을 따르십시오. 선행을 포기하는 건 주님의 뜻을 거스르는 일입니다!"

노신사는 단호했다.

"그놈들한테는 한 푼도, 단 한 푼도 주지 않겠소! 안 그래도 한두 시간 전까지 카자리노에 있다가 온 참이오. 제노바에서 내리자마자 카자리노부터 들렀소. 그런데 거기 가보니 마을이 온통 빨간색 천지더군. 낫과 망치가 그려진 벽보가 마을을 뒤덮고 있지 뭐요. 마침 광장에서는 정치 집회가 열리고 있었소.

확성기 덕택에 한마디도 빠짐없이 다 들었는데, 말도 안 되는 개소리였소. 하도 기가 막혀 운전사를 재촉해 막 마을을 빠져 나가려는데, 그 망할 놈들이 차량 번호판을 보더니 마구 소리를 질러댔소. '미국으로 꺼져 버려! 트루먼한테나 가서 알랑거리란 말이야!' 하면서 말이오. 게다가 그 돼지 같은 놈들 중 하나는 자동차 지붕에 몽둥이질까지 했다오. 어디 한 번 직접 보시오!"

돈 까밀로는 창밖으로 얼굴을 내밀고 그 자동차 지붕에 생겨난 흠집을 우울한 표정으로 바라보았다.

"그래 꺼지라니, 미국으로 꺼져주지!"

델 칸토네는 잔뜩 독이 올라 소리를 고래고래 질러댔다.

"하지만 돈은 전부 가지고 갈 거요! 놈들한테 주느니 차라리 뉴욕에 있는 애완견 병원에 기부하고 말지!"

돈 까밀로가 노인의 마음을 돌려보려고 애썼지만, 그는 완강했다.

"빨갱이 마을에는 단 한 푼도 안 줄 거요!"

"주민들이 모두 공산당원은 아니잖습니까."

돈 까밀로가 이의를 제기했다.

"다 똑같아! 나쁜 짓이나 저지르고 다니는 빨갱이들이나, 그 놈들을 옹호하는 읍민들이나 다 한통속이라고!"

더 이상 설득해봐야 소용없을 것이 뻔했다. 그렇지만 돈 까밀로는 왜 노신사가 자기의 성당까지 찾아와서 모든 얘기를 털어놓았는지 궁금해졌다.

"선생님이 노하신 이유는 이제 충분히 알겠습니다. 근데 왜 바싸 마을에 오신 겁니까? 신세 한탄을 하러 들른 건 아니실 텐데요."

"아! 가장 중요한 일을 잊고 있었구먼."

그제야 깨달았다는 듯 델 칸토네가 말했다.

"내가 여기 온 건 신부님의 도움이 필요하기 때문이었소. 카자리노에서는 어찌나 화가 나던지…. 우리 부모님 묘지를 당장 이 마을로 이장할 생각이오. 비용은 상관하지 말고 명당자리를 잡아주시오. 그리고 비석도 하나 부탁하오. 카자리노 놈들이 죄다 놀라자빠질 만큼 큰 걸로 말이오."

그는 탁자 위에 지폐 꾸러미를 내려놓았다.

"자, 착수금이오."

"좋습니다. 최선을 다하지요."

"수단과 방법을 가리지 말고, 카자리노 놈들에게 뜨거운 맛을 보여 주시오."

델 칸토네는 노여움을 전부 털어내서인지 홀가분해 보였다. 그는 람브루스코 포도주 한 잔을 받아 마시며 아련한 추억들을 되새기다가, 문득 생각이 난 것처럼 한 가지 질문을 던졌다.

"그런데 말이오, 신부님. 여기 상황은 좀 어떻소? 카자리노만큼 심각하오? 이 지역도 그곳과 마찬가지일 것 같은데?"

"그렇지는 않습니다."

돈 까밀로가 대답했다.

“여기는 다릅니다. 물론 공산당이야 있어요. 하지만 적어도 이 마을에서는 그들이 감히 마을 일을 가지고 제멋대로 이래라 저래라는 못하지요!”

델 칸토네는 놀랍다는 얼굴로 돈 까밀로를 쳐다보았다.

“이곳 읍사무소를 공산당이 장악하지 못했다는 말씀이오?”

“예.”

돈 까밀로가 천연덕스럽게 대답했다.

“비록 읍 의회에는 공산당원들이 좀 있지만, 읍 행정을 좌지우지할 정도로 다수는 아닙니다.”

“그것 참 멋지군!”

노신사는 탄성을 질렀다.

“어떻게 해서 그놈들에게 저항할 수 있었습니까? 설마… 신부님의 설교가 먹혀든 겁니까?”

“그건 아닙니다.”

돈 까밀로가 침착하게 대답했다.

“제 설교도 나름대로 기여했겠지만, 무엇보다 효과적인 전술이 가장 도움이 되었지요.”

델 칸토네는 의심스러운 눈초리를 던졌다.

“그 전술이란 게 뭡니까?”

“예를 들어 설명해 드리지요.”

돈 까밀로는 장식장 서랍을 열더니 그곳에서 카드 한 묶음을 꺼냈다.

“자, 이 카드 한 장은 공산주의자 한 명을 상징합니다. 세 살짜리 어린애라도 이 카드 한 장씩은 쉽게 찢어버릴 수가 있습니다. 반면에 카드 40장을 한꺼번에 찢기란 어려운 일이지요.”

델 칸토네가 알았다는 듯 탄성을 질렀다.

“아! 알겠소. 적을 분열시켜 개별적으로 타격하는 전술이군!”

“아닙니다. 전술의 핵심은 적들이 단결해서 집단을 이루도록 놔두는 데 있습니다. 그들이 뭉쳐 있을 때 비로소 우리도 움직이기 시작하는 겁니다.”

돈 까밀로는 솥뚜껑만한 두 손으로 카드 묶음을 움켜잡더니, 단번에 두 쪽으로 쪼개어버렸다.

“만세!”

델 칸토네는 열광적으로 환호했다.

“야아, 정말 굉장한 걸 봤소! 이렇게 놀라운 광경은 생전 처음이오!”

그는 돈 까밀로에게 악수를 청했다. 그리고 그 카드 묶음에 돈 까밀로가 직접 자필 서명과 헌사를 써달라고 요청했다.

그러나 흥분이 가라앉자 한 가지 의문이 생겼다.

“아주 멋진 전술이었소. 하지만 그렇게 하려면 손아귀 힘이 아주 세야 하겠군요?”

“우리 마을에는 이런 튼튼한 손을 가진 사람들이 흔합니다. 카드 묶음이 40장 수준을 유지하는 한, 우리는 걱정할 게 없습니다. 자, 포도주나 한잔 하시지요, 델 칸토네 선생님!"

델 칸토네는 돈 까밀로가 권하는 포도주를 한 모금 마시고 나서 자신의 결심을 강경한 어조로 털어놓았다.

"그 망할 놈들은 지들끼리 잘 먹고 잘 살라지! 꼭 신부님을 돕고 싶소. 이 마을 읍장한테 다리를 좀 놔주시오. 일거양득이 될 만한 일을 하리다. 내가 계획했던 유치원 겸 양로원을 여기다 짓겠소. 그러면 이 마을에 도움도 되고, 카자리노의 돼지 같은 놈들은 아마 분통이 터져 죽을 테지."

돈 까밀로는 기대하지 못한 수확에 희열을 느꼈다.

"좋습니다. 제가 다리를 놓지요. 내일 아침에 다시 사제관으로 방문해 주십시오. 그때 읍장과 만나실 수 있을 겁니다."

"그럼 내일 아침에 봅시다. 건물과 공원을 세울 땅은 신부님이 찾아 주시오. 설계도는 이미 갖고 있으니, 시간을 끌 필요가 없습니다."

*

돈 까밀로의 황당한 제안에 뻬뽀네가 펄쩍 뛰었다.

"싫소. 그따위 더러운 연극에 낄 생각은 추호도 없소. 내가 당을 배신할 것 같소?"

"연극을 하라는 게 아니야! 입 다물고 조용히만 있게! 내 다 알아서 할 테니까."

"괜한 수고하지 마시오. 나는 꼭두각시가 아니야. 내일 사제관에 갈 때는 빨간 스카프에, 공산당 훈장까지 몽땅 달고 가야지!"

돈 까밀로가 한숨을 내쉬었다.

"그럴 거라면 차라리 오지 마. 델 칸토네한테는 읍장이 5억 리라를 거절했다고 말해두지. 대신 선거용 벽보로 이 사실을 밝힌다고 해도 그때 가서 날 원망해서는 안 되네. 주민들도 사실을 알 권리가 있으니까…."

뻬뽀네가 격분하여 부르짖었다.

"비열한 신부 같으니!"

"이건 가난한 사람들을 위한 일이야. 무슨 수를 써서라도 그 돈을 얻어 내야만 한다고!"

"그건 사기요!"

뻬뽀네가 외쳤다.

"맞아."

돈 까밀로는 양팔을 넓게 벌렸다.

"하지만 억만장자를 속이는 일과 가난한 사람을 속이는 일이 다를 게 무언가. 다른 사람도 아닌, 자네가 사기에 대해 날 가르치려고 해? 내가 꾸민 사기행각이 자네가 부자들의 이기심을 격퇴하기 위해, 분배의 정의라는 미명 아래 투쟁하라고 대중을 향해 외치는 사기극과 다를 게 뭔데? 복지 시설을 짓도록 유도하기 위해, 돈 많은 부자 하나를 구워삶아 자네가 공산당이 아니라고 믿게 하는 게 얼마나 대단한 사기라고? 하느님의 심판을 받아 무언가 값을 치러야 한다면, 내 마땅히 값을 치르도록 하지. 하지만 일단 가난한 노인과 애들을 위한 쉴 곳과 먹을 것을 마련해주고, 더불어 그 노신사의 소원도 들어주잔 말이야!"

빼뽀네는 완강했다.

"아무리 그래도 사기는 사기일 뿐이오. 난 못하겠소."

"저기 5억 리라가 허공으로 날아가는 소리도 안 들리나? 늙어서 망령이 들고 더 이상 일할 수 없게 됐을 때, 자네를 따뜻하게 맞아줄 양로원이 없다면 자네 삶이 얼마나 괴로울지 생각해보게."

"그때쯤에는 양로원이 더 이상 필요 없을 거요. 모든 노동자가 살 집과 먹을 빵을 충분히 가지고 있을 테니까. 이제 그만 집어치우시오. 신부님이 아무리 설득해도 난 더러운 사기극에 끼어들 생각이 없소."

돈 까밀로는 할 수 없이 설득을 포기했다.

"좋아, 빼뽀네. 자네 말이 옳아. 가난한 이들이 얻을 엄청난 이득 때문에, 내가 잠시 제정신이 아니었군. 주님의 섭리는 정말 놀라워. '거짓 증언을 하지 말라'는 당신의 계명을, 불신자인 자네를 통해 상기시켜 주시다니. 자네 맘대로 하게. 내일 아침에 무얼 입고 오든 상관하지 않겠어. 그 사람에게는 내가 이실직고 하겠네. 죄인이 용서를 청하는 게 마땅하니까 말일세."

그날 밤, 돈 까밀로는 너무나 부끄러워 예수님 앞에 나갈 수

조차 없었다. 몹시 불편한 마음으로 밤을 지새우며, 어서 아침이 오기만을 기다렸다.

잠을 이루지 못하기는 뻬뽀네도 마찬가지였다. 자랑스러운 공산당원으로서 자신의 소속을 감추는 것은 당에 대한 심각한 배신이었지만, 5억 리라라는 돈의 어마어마한 가치와 그 돈으로 만든 복지 시설에서 행복해할 사람들의 모습을 뇌리에서 지울 수가 없었기 때문이다.

노신사가 사제관에 다시 모습을 드러냈다.

뻬뽀네는 브루스코, 스미르초, 비지오와 함께 근처 우체국에서 기다리다가 노인의 모습을 확인하고는 곧장 사제관으로 따라 들어갔다.

"읍장님과 지방의회 대표들입니다."

돈 까밀로가 소개했다.

"아주 좋아요!"

델 칸토네는 만족한 얼굴로 모두와 힘차게 악수를 교환했다.

"신부님한테 설명을 들었습니까?"

"그렇소."

뻬뽀네가 중얼거리듯 대답했다.

"어느 정당 소속들이시오? 기독교민주당?"

"아니요."

뻬뽀네가 대답했다.

델 칸토네가 이번에는 스미르초를 쳐다보면서 물었다.

"그럼, 무슨 정당이시오?"

스미르초가 대답했다.

"무소속이오."

"적어도 빨갱이는 아니군."

델 칸토네는 신이 났다.

"그렇다면 확인 차원에서 하나 물어봅시다. 나는 하느님도 섬길 줄 모르는 그 썩어 문드러질 빨갱이 놈들한테 가장 좋은 약은 몽둥이찜질과 피마자기름이라고 생각하오. 내 말이 맞소, 틀리오?"

노신사의 광기 어린 두 눈이 뻬뽀네에게 향했다.

뻬뽀네는 눈가를 한껏 일그러뜨리며 힘없이 대답했다.

"맞소."

이어 비지오, 브루스코, 스미르초도 하나같이 어두운 표정으로 대답했다.

"맞소."

"그 빨갱이 녀석들이 말이지…."

노신사가 계속 공산당을 비방하려고 들자 돈 까밀로가 더 이상 참지 못하고 말을 가로막으며 외쳤다.

"그만! 이 연극은 이쯤에서 집어치웁시다!"

"연극이라니요?"

"사실은 어제 흥분한 어르신을 진정시키려고 제가 진실을 약간 왜곡했습니다. 솔직히 말씀드려서, 여기도 카자리노와 마찬가지 상황입니다. 읍장은 물론이고 지방의회 대의원 전원이 모두 공산당입니다."

그러자 노신사가 낄낄거렸다.

"호오, 그러니까… 신부님이 날 속였다는 말이지요?"

"그건 아니오."

이번엔 뻬뽀네가 앞으로 나섰다.

"가난한 이들에게 도움을 주려고 우리가 이 자리에 자발적으로 참석했던 거요. 가난한 사람들을 위해서라면 두꺼비라도 삼킬 수 있으니까."

"그 유명한 전술이란 건 다 뭐였나?"

델 칸토네가 비꼬듯이 물었다.

"그 전술은 언제나, 어제처럼 오늘도 유효합니다."

돈 까밀로가 대답했다.

그러자 노신사는 악의에 가득 찬 표정으로 물었다.

"여전히 유효하다면, 읍장님한테도 그 전술을 설명해 보지 그럽니까?"

돈 까밀로는 이를 악물고 호주머니 속에서 카드 묶음을 하나 꺼냈다. 그런 다음 카드 한 장을 뽑아들고 설명을 시작했다.

"자, 세 살짜리 어린아이도 이 카드 한 장은 찢어버릴 수가 있네. 하지만 40장의 카드가 한 뭉치로 있을 때는 아무도 그 묶음을 한꺼번에 토막 낼 수가 없지…."

"신부님, 잠깐만."

빼뽀네가 말을 가로막았다. 그는 돈 까밀로에게서 카드를 빼앗아, 양손으로 움켜쥐고는 단숨에 반쪽으로 쪼개버렸다.

"대단해! 이건 세계적인 수준이야!"

노신사는 펜을 꺼내들고 빼뽀네에게 조각난 카드에 서명과 헌사를 써달라고 부탁했다.

"미국으로 돌아가면 내 응접실의 유리 진열장에 지난번 것과 이번 것을 몽땅 전시해 놓겠소!"

델 칸토네는 반 토막 난 카드 묶음을 조심스럽게 호주머니 속에 넣으며 말했다.

"왼쪽에는 신부님의 카드를, 오른쪽에는 읍장님의 카드를 진열해 놓겠소! 이번 사건을 묘사한 멋진 해설도 달릴 거요."

정말 기분이 좋은지, 그는 만면에 미소를 띠고 있었다.

"신부님이나 읍장님이나 두 분 모두, 카드 한 묶음을 단번에 쪼갤 수 있다는 건 아주 대단한 일이 아닐 수 없소."

상황이 다소 묘하게 전개되는 가운데, 돈 까밀로와 빼뽀네는 귀를 쫑긋 세우고 델 칸토네를 바라보았다.

"게다가 서로 상극인 본당신부와 빨갱이 대장, 아니 공산당 소속 읍장이 마을에 이익이 되는 사업을 따내기 위해 서로 짜고 제3의 인물을 속일 수 있다는 사실이 무척 놀랍구려. 공산당에 대한 내 생각에는 변함이 없지만, 카자리노 놈들이 화병으로 죽었으면 하는 마음이 훨씬 더 크오. 해서, 이 마을에다 건물을 짓기로 하겠소! 내일 아침까지 관련 규약을 마련하고 운영위원회를 설립하시오. 운영위원회의 모든 결정 사항은 두 명의 공동위원장 승인을 받아야 합니다. 공동위원장은 그들의 직무를 종신직으로 평생 수행하며 그들이 사망할 경우를 대비해 자신들의 후임자를 정해 놓을 권리와 의무를 지니게 될 것이오. 그리고 공동위원장은 이 자리에 계신 신부님과 역시 이 자리에 계신- 내가 알아본 정보가 틀리지 않는다면 - 주세페 보타치 씨가 맡아주시오."

노신사는 담배 한 대를 꺼내 불을 붙인 뒤, 계속해서 말했다.

"에, 우리 미국 사업가들은 행동에 나서기 전에 우리가 방문해야 할 장소와 사람들에 대해, 명확한 보고서를 먼저 받아 봅니다. 그 보고서는 예외 없이 아주 유용하게 쓰이지요. 어제 신부님이 내게 이곳에는 공산당 소속 지방 자치 단체가 없다고 하셨을 때, 나는 아주 기분이 좋았어요. 오늘은 어제만큼은 아니지만 그래도 기분이 좋소. 전에는 몰랐던 무언가를 배운 것 같소. 어서 서두르시오. 내일까지는 결말을 짓고 싶소. 오늘 당장 부지를 매입합시다."

*

돈 까밀로는 제대 위의 예수님 앞에 무릎을 꿇었다.

"어제오늘 네 행동은 아주 적절하지 못했느니라, 돈 까밀로."

예수님이 꾸짖으셨다.

"오히려 다른 이들, 그러니까 그 노신사와 뻬뽀네 그리고 그의 부하들이 행동한 방식이 차라리 더 나았다."

돈 까밀로가 서둘러 변명했다.

"하지만 제가 나서서 상황을 조금 속이지 않았더라면 아무것도 이뤄지지 않았을 겁니다."

"그건 중요하지 않느니라. 네가 저지른 잘못된 행동이 아무리 선한 결과를 낳았다고 해도, 너는 죄를 지은 것이다. 이러한 이치를 깨닫지 못하면서 어찌 주님을 따르는 사람이라고 말할 수 있겠느냐."

돈 까밀로는 고개를 조아리며 말했다.

"잘못했습니다. 용서해 주십시오, 예수님."

"아니, 나는 그러지 않을 것이다. 왜냐하면 너는 너의 죄로 인해 생겨난, 많은 불행한 사람들에게 돌아갈 이익을 생각하면서 반성하지 않고 있으니까 말이다. 네 몸과 마음이 온전히 주님을 따르게 될 때, 그때서야 너는 용서받으리라."

돈 까밀로는 무척 슬펐다. 예수님 말씀이 옳았던 것이다. 하지만 그는 예수님을 사랑하는 만큼 자신이 인도하는 어린 양들도 아꼈기 때문에 자신의 행동을 끝내 뉘우치지는 않았다.

망치 소동

잠시 동안의 휴전이 끝나고, 다시 정치에 대한 열기가 뜨거워졌다. 공산당원들은 정치 공세를 재개했지만 돈 까밀로는 평온함을 유지하고 있었다.

그러던 어느 날, 인민의 집 앞을 지나가던 돈 까밀로는 교황의 최근 연설에 대해 뻬뽀네가 논평해 놓은 성명서를 읽게 되었다. 그는 그 논평을 보고 그때까지 유지해온 침착한 태도를 일시에 잃어버리고 말았다. 그리고 그날 저녁 미사 시간에 강론을 하면서 뻬뽀네와 부하들에 대해 평소 자신이 생각하던 바를 깡그리 토해내고 말았다.

돈 까밀로가 뻬뽀네 일당에 대해 퍼부은 비난이 다소 지나쳤던 것은 부인할 수 없는 사실이다. 뻬뽀네가 돈 까밀로의 강론 내용을 사람들에게서 전해 듣자마자 '그 망할 신부놈을 죽여버리겠다'고 씩씩거리며 사제관으로 돌진했을 정도였으니까.

돈 까밀로는 강론대 앞에서 모종의 작업에 열중하고 있었다. 조금 전 그는 미사 중에 어찌나 흥분했던지, 자기도 모르는 사이에 강론대를 밀고, 차고, 세게 흔들어댔다. 그 바람에 애꿎은 강론대가 단상에서 뽑혀나갔던 것이다. 지금 돈 까밀로는 숙련된 목수와도 같은 비장한 표정으로 망치를 들고 바로 그 강론대를 다시 고정하려는 중이었다.

한편 뻬뽀네는 사제관에 도착하자마자 다짜고짜 현관문을 격렬하게 두드렸다. 그러나 사제관 안에서는 아무 대답도 돌아오지 않았다. 화풀이할 대상을 잃어버린 그가 힘없이 인민의 집으로 발걸음을 돌리던 찰나, 성당 쪽에서 망치질 소리가 들려오기 시작했다.

뻬뽀네는 서둘러 성당으로 달려갔지만 성당 문은 굳게 잠겨 있었다. 종탑으로 통하는 작은 문도 마찬가지였다. 오직 성당 한쪽 모퉁이, 성 안토니오 아빠스를 모신 경당의 작은 창문 하나가 열려 있을 뿐이었다.

뻬뽀네는 재빨리 그 앞에 벽돌을 쌓아올린 다음, 열린 창문 틈으로 고개를 빠끔히 들이밀었다.

강론대는 경당 정면에 있었다. 뻬뽀네는 이 밤중에 망치질을 해대는 사람이 예의 망할 신부라는 사실을 즉각 알아챘다. 그러자 아까보다 더 거세게 화가 치밀어올랐다.

그래서 소리쳤다.

"숫제 성당을 허물어버리시지!"

돈 까밀로는 몸을 돌려 뒤를 바라보았다. 그는 성 안토니오 아빠스의 초상화 앞에서 타오르고 있던 촛불 덕택에 뻬뽀네의 모습을 쉽게 알아보았다.

"성당이 여간 단단한 건물이어야 말이지. 여기를 허물고 싶어 하는 작자가 몰래 숨어들어와서 장난을 친다고 해도 쉽게 무너지지는 않을걸."

"너무 자신만만하신 거 아니오? 아무리 단단한 건물이라도 거기 숨어드는 부정직한 놈들을 지켜주지는 못할 거요. 선량한 사람들을 괴롭히는, 당장 몽둥이로 때려 죽여도 시원치 않을 작자들 말이오."

"옳은 말씀이야. 선량한 사람들을 괴롭히는 사람은 구원도 받지 못한다네. 하지만 지금 이곳에는 그런 사람이 없어."

"없다니? 신부님 자신이 그런 사람이잖소? 아니, 혼자서도 그런 부정직한 사람 100명 몫은 너끈히 하겠는걸?"

돈 까밀로는 머리 꼭대기까지 화가 났지만 참으려고 애썼다. 바로 다음에 뻬뽀네의 입에서 튀어나온 말을 듣기 전까지는.

"비열하고 부정직한 가짜 신부 같으니!"

그 말이 떨어지기가 무섭게 돈 까밀로는 들고 있던 망치를 빼뽀네를 향해 힘껏 집어던져 버렸다.

망치는 목표물을 향해 정확히 날아갔다. 주님의 섭리 덕분이었을까? 열린 창문 틈 사이로 갑자기 거센 바람이 불어 천정에 달려있던 등잔 하나가 아래로 떨어졌다. 그리고 그 등잔은 창문 을 향해 대포알처럼 날아가던 망치를 기가 막히게 막아냈다.

망치는 등잔을 산산조각내면서 궤도를 살짝 바꾸었다. 그 후는 창문 오른쪽 모서리에서 20센티미터가량 떨어진 벽에 가서 부딪쳤다. 망치에 담겨 있던 살인적인 분노는 부서진 등잔처럼 산산이 흩어졌고 돈 까밀로의 마음속에는 자괴감이 물밀 듯이 찾아왔다.

어느새 빼뽀네는 어디론가 사라져버렸지만 돈 까밀로는 강론대 위에서 꼼짝도 할 수 없었다.

잠시 뒤, 돈 까밀로가 정신을 차리고 숨을 헐떡이며 말했다.

"예수님, 보셨습니까! 그자가 제 신경을 건드렸습니다. 이번 일은 결코 제 탓이 아닙니다."

예수님은 아무 대답이 없으셨다.

돈 까밀로는 쥐어짜는 듯한 목소리로 울부짖었다.

"그 인간이 다른 곳도 아닌 바로 이곳, 성당에서 본당 신부인 저를 모욕했단 말입니다!"

그러나 예수님은 여전히 아무런 말씀이 없으셨다.

돈 까밀로는 뜻 모를 불안감에 휩싸여 성당 안을 서성거렸다. 한참을 그러고 있는데, 갑자기 누군가 자신을 노려보고 있다는 기분이 들었다. 그는 휙 뒤를 돌아보았지만, 성당 안에 다른 사람이 있을 리가 만무했다.

돈 까밀로는 즉시 성당 문과 종탑 문으로 달려가 모두 제대로 잠겼는지부터 확인했다. 문에는 둘 다 빗장이 굳게 걸려 있었다. 그러자 이번에는 고해소부터 시작해 기둥에 이르기까지 성당 내부를 구석구석 뒤지기 시작했다.

아무도, 아무것도 보이지 않았다. 하지만 돈 까밀로는 누군가 분명히 성당 안에 숨어서 자신을 몰래 지켜보고 있음을 확신하고 있었다.

그의 얼굴에 땀이 비 오듯 흘렀다. 돈 까밀로는 땀을 닦으며 예수님에게 간청했다.

"예수님, 저를 지켜주십시오. 누군가 저를 바라보고 있습니다. 누군가 여기 있단 말입니다. 보이지는 않지만, 그 사람의 시선이 느껴집니다."

갑자기 목덜미에서 희미한 숨결이 느껴졌다. 돈 까밀로는 또다시 뒤를 돌아보았다. 하지만 성당 안에는 어슴푸레한 촛불만 빛나고 있을 뿐이었다.

돈 까밀로는 제대 앞으로 달려가 털썩 주저앉아 고뇌에 가득 찬 목소리로 외쳤다.

"예수님, 저를 지켜 주십시오! 두렵습니다!"

그는 두 어깨를 제대에 기댄 채, 천천히 주위를 둘러보다가 드디어 자신에게 공포를 안겨준 존재를 발견하였다.

"저 눈!"

누구의 것인지 모를 한 쌍의 눈이 거기, 성 안토니오 아빠스의 초상화 바로 옆에 있는 어두운 그림자 속에 숨어서 그를 노려보고 있었던 것이다. 꿈에 나올까 싶을 정도로 두려움을 안겨주는 사악한 눈이었다.

돈 까밀로는 크게 숨을 들이마시며 두근거리는 가슴을 진정시켰다. 그런 다음, 주먹을 굳게 쥐고 성 안토니오 아빠스의 경당을 향해 천천히 다가갔다.

그는 어두운 그림자 속에 숨어 있는 존재를 단숨에 낚아채버릴 요량으로 호주머니 속에서 몰래 손을 오므려 사냥에 나선 독수리의 발톱 모양을 만들었다.

한 걸음, 두 걸음, 세 걸음. 그것과의 거리가 점차 좁혀졌다. 낯선 적과의 거리가 불과 두어 걸음 정도로 가까워지자, 돈 까밀로는 그것을 향해 맹렬히 달려들었다.

그러나 그의 손톱은 벽을 할퀴었을 뿐, 그 사악한 눈에는 아무런 영향을 끼치지 못했다. 뭔가 이상했다.

돈 까밀로는 제대로 돌아가 촛불을 들고왔다. 이번에는 그쪽으로 가까이 가져가 비추었다.

결론적으로 말해, 특별히 불가사의하거나 이해하지 못할 일은 아무것도 없었다. 돈 까밀로가 집어던진 망치는 하느님의 섭리로 움직인 등잔과 부딪쳐 방향이 빗나간 다음, 벽에 가서 세게 부딪쳤다. 그리고 그 충돌로 인해 석회 조각이 벽면에서 떨어져 나갔던 것이다. 그 눈은 먼 옛날, 이 작은 경당을 장식하고 있던 프레스코화의 일부였다. 누구인지도 모를 본당 신부가 이 경당을 손보면서 프레스코화 위에다 석회를 덧칠해 놓았던 것이다.

돈 까밀로는 기괴한 눈빛으로 자신을 바라보는 두 눈의 주변을 손톱으로 긁어냈다. 그러자 갈색을 한 악마의 얼굴이 나타났다. 악마는 빈정거리는 표정으로 그를 비웃고 있었다.

일종의 지옥에 대한 묘사일까? 아니면 유혹의 상징일까?

돈 까밀로는 그런 것들을 조사해 가려내 볼 만큼 충분한 마음의 여유를 가지고 있지 않았다. 오로지 그를 주시하고 있는 그 악마의 두 눈에만 사로잡혀 있었던 것이다.

돈 까밀로는 뒤로 주춤주춤 물러서다가, 발끝에 무언가 걸리는 느낌을 받고 아래를 내려다보았다. 널브러진 석회 조각들 가운데 그 저주받을 망치가 놓여 있었다.

그때, 종탑에서 밤 10시를 알리는 종소리가 들려왔다.

“시간이 많이 늦었군. 그렇다고 해도 사과를 청하기에 늦은 건 결코 아니지.”

돈 까밀로는 이렇게 중얼거리며 성당 밖으로 나왔다.

그는 밤길을 서둘러 걸었다. 집집마다 하나같이 창문의 불빛이 꺼져 있었다. 오직 뻬뽀네의 작업장만이 아직 불빛을 훤히 비추고 있을 뿐이었다.

돈 까밀로는 두 손으로 작업장의 창살을 움켜잡았다. 열린 유리 덧창 너머로 씩씩대는 빼뽀네의 거친 숨소리가 들려왔다. 그는 새빨갛게 달아오른 쇠막대기를 두들기느라 여념이 없었다.

"미안하이."

돈 까밀로가 말했다.

빼뽀네는 갑작스러운 돈 까밀로의 목소리에 흠칫 놀랐지만, 그냥 고개를 숙이고 작업에 몰두하는 척했다.

"자네가 먼저 기습을 했잖나?"

돈 까밀로가 말을 이었다.

"나는 제정신이 아니었네. 정신을 차렸을 때는 이미 망치가 내 손에서 떠나 날아가고 있었어."

빼뽀네는 이 말을 듣고 코웃음 쳤다.

"흥, 신부님 머리통은 형광등인가 보오. 말을 뱉어 놓은 뒤나, 일을 저지른 다음에야 본인의 돼먹지 못한 말이나 행동을 깨닫는 걸 보면."

돈 까밀로가 조심스럽게 대답했다.

"이봐, 누군가 자신의 실수를 인정한다는 것은 상당히 의미 있는 일이네. 그 사람이 근본적으로는 정직하다는 증거니까. 자신의 실수를 결코 인정하는 법이 없는 사람이야말로 부정직한 거지."

빼뽀네는 분통이 터졌다. 그래서 그는 애꿎은 쇠막대기에 망치질하는 것으로 대신 분풀이했다. 쇠막대기가 식어 잿빛으로 변한 지 오래였는데도….

"다시 한 번 붙어보자, 이거요?"

뻬뽀네가 으르렁거렸다.

"아니."

돈 까밀로가 대답했다.

"나는 싸움을 끝내려고 여기 온 걸세. 자네에게 했던 나의 부적절한 행동에 대해 용서를 구하고자 하네."

뻬뽀네는 자기 손으로 엉덩이를 탁 치면서 외쳤다.

"고약한 신부쟁이가 하는 위선적인 사과는 여기에나 넣어 두면 안성맞춤이지!"

돈 까밀로가 대꾸했다.

"그래, 바로 거기가 자네처럼 못된 자들이 가장 거룩한 것들을 보관하는 장소라네."

뻬뽀네는 더 이상 견디지 못하고 망치를 집어던졌다.

망치는 악마적인 정확성을 자랑하며 돈 까밀로의 얼굴을 향해 날아갔다. 그러나 이번에도 역시 주님의 섭리가 충실히 작동한 것이 틀림없다. 망치는 돈 까밀로의 머리통을 부숴 놓는 대신 살짝 비켜나가 쇠로 된 창살을 맞혔으니 말이다.

창살은 그 무시무시한 일격에 여지없이 휘어졌다. 그리고 목표물을 맞히는 데 실패한 망치는 작업장의 바닥에 힘없이 떨어져 나뒹굴었다.

돈 까밀로는 잠시 동안 얼떨떨한 채로 휘어진 창살을 바라보았다. 그러다가 그의 몸속에서 톱니바퀴들이 움직여 기어가 제대로 걸리자마자, 가속 페달을 밟은 자동차처럼 전속력으로 그 자리에서 벗어났다.

사제관에 도착했을 때, 무척 놀란 탓인지 돈 까밀로의 온몸은 축축하게 젖은 상태였다.

돈 까밀로는 십자가상 앞에 무릎을 꿇으며 말했다.

"예수님, 이제 일대일 동점입니다. 각자 한 번씩 서로에게 망치를 던졌으니까요."

"어리석음에 어리석음을 더해봐야 두 배의 어리석음이 될 뿐이지."

예수님이 대답하셨다.

하지만 그렇게 단순한 덧셈마저도 탱크처럼 맹렬히 밀려오는 열로 온몸이 펄펄 끓어오르던 돈 까밀로에게는 너무나 힘들게만 느껴졌다.

그가 더듬거리며 말했다.

"예수님, 제가 혼자 감당하기에는 너무 무거운 짐입니다."

*

그날 밤은 돈 까밀로의 일생을 통틀어 최악의 밤이었다. 그는 여기저기서 망치가 난무하는 악몽에 시달렸다. 악몽 중간에는 작은 경당 벽면의 회칠이 벗겨진 틈 사이로 무시무시하게 사악한 눈을 가진 악마가 튀어나왔다. 다른 악마들도 줄줄이 그 뒤를 이었다. 그뿐만이 아니다. 허공을 가르며 날아다니는 망치 위에는 악마가 한 마리씩 걸터앉아 있었다. 돈 까밀로는 끊임없이 날아오는 그 망치를 이리저리 피해 다니다가, 끝내 도저히 움직일 수 없을 정도로 녹초가 돼서, 날아오는 망치들을 머리로 받아낼 수밖에 없었다. 퍽! 퍽! 퍽!

아침 6시가 되어서야 돈 까밀로는 머릿속을 온통 헤집어 놓는 망치들로부터 벗어났다. 잠에서 깨어났던 것이다.

무시무시한 망치 세례로 인해 반쯤 정신이 나간 돈 까밀로는 아침 미사를 봉헌하기 위해 물먹은 솜처럼 무거운 몸을 이끌고 힘겹게 제대 앞에 섰다.

돈 까밀로는 그런 상태로 지금까지의 생애에서도 가장 영웅적인 미사를 거행했다. 좋으신 하느님께서는 그의 상태를 염두에 두셨던 것이 틀림없다. 미사가 끝날 때까지 돈 까밀로가 두 발로 버티고 서 있을 수 있는 힘을 주셨으니까….

돈 까밀로는 미사를 끝낸 뒤, 제의를 벗고 성 안토니오 아빠스의 작은 경당을 다시 살펴보기 시작했다. 사악한 눈동자는 아직도 그를 노려보고 있었고, 그 저주받을 망치도 그곳 벽 주위에 떨어진 석회 조각들 사이에 그대로 놓여 있었다.

"범죄자는 언제나 자신의 범죄 현장에 되돌아오게 마련이라던가."

누군가 등 뒤에서 이렇게 말했다.

돈 까밀로는 몸을 돌려 뒤를 돌아보았다. 그의 시선이 뻬뽀네의 시선과 마주쳤다.

"다시 한 번 해볼 텐가?"

돈 까밀로가 피로에 지친 목소리로 물었다.

뻬뽀네는 머리를 절레절레 내젓고는, 해진 넝마조각처럼 주변의 긴 의자에 아무렇게나 널브러졌다. 두 눈에 잔뜩 낀 기미 하며, 풀칠한 듯 이마에 엉겨 붙은 머리카락까지, 그 역시 꼴이 말이 아니었다.

"난 여기까지요. 다음은 신부님이 알아서 하슈."

뻬뽀네는 이렇게 말하며, 신문지에 싸 놓은 것을 끙끙거리며 내밀었다. 그것을 두 손에 받아 들자, 엄청난 무게가 느껴졌다.

돈 까밀로는 신문지를 벗겼다. 강철로 만들어진 액자는 소용돌이 문양과 나뭇잎 장식으로 꾸며져 있었다. 액자에는 그림 대신 동판이 들어 있었는데, 육중한 망치 하나가 두 개의 쇠줄로 동판에 고정되어 있었다.

그 액자 위에는 다음과 같은 글이 새겨져 있었다.

'성 안토니오 아빠스께. 조준에 실패하도록 해 주신 은총에 감사하면서.'

"안에 든 망치는 어제 내가 던졌던 그 망치요."

뻬뽀네가 설명했다.

"액자는 작업장 창살로 만들었소. 그리고 액자를 만들 때, 그 망치를 썼소."

돈 까밀로가 아무 말도 없이 멀뚱멀뚱 액자만 바라보고 있자, 그는 허겁지겁 호주머니를 뒤지더니 큼직한 못 하나를 꺼내 돈 까밀로에게 내밀었다.

돈 까밀로는 경당으로 들어갔다. 그러고는 석회 조각들 사이에서 그 저주받을 망치를 주워들었다. 그러고는 뻬뽀네에게서 받은 액자를 잠시 제대 근처에 놓아두고, 못을 박기 시작했다.

어느 지점에 못을 박는 게 가장 좋을지 예술적인 기준으로 선택을 할 만한 힘이 돈 까밀로에게 남아 있지 않았다. 그는 내키는 대로 아무 데나 못을 박았다. 망치질 소리가 마치 메아리처럼 온 성당에 울려 퍼졌다.

돈 까밀로는 액자를 들어 못에 걸었다. 마침 뻬뽀네의 망치를 고정해 놓은 쇠줄에 여유가 약간 있었기 때문에, 그는 뻬뽀네의 망치 곁에 자신의 망치도 묶어 놓았다.

뻬뽀네는 이 같은 상황을 놓고 곰곰이 생각하다가, 그 의미를 깨달았는지 고개를 가로저으며 탄식했다.

"노동자 계급의 수고를 착취하는 악랄한 성직자라니!"

돈 까밀로 역시 피곤함에 지친 목소리로 힘없이 대꾸했다.

"나도 내 몫의 노동을 쏟아 부었네."

"펄펄 끓는 몸을 이끌고 밤새 저걸 만드느라고 얼마나 땀을 흘렸는지 알기나 하면서 그러는 거요?"

"내가 방금 저 못을 벽에 박느라 얼마나 망치로 손가락을 짓찧었는지 알기나 하나?"

돈 까밀로가 자신의 왼손을 들어 올렸다. 그 손은 '유혈 대참사' 라는 말이 어울릴 정도로 엉망진창이 되어 있었다.

"듣던 중 반가운 소식이군!"

빼뽀네가 희미한 목소리로 말했다.

"나한테도 그래."

돈 까밀로가 어렴풋한 목소리로 대꾸했다.

빼뽀네와 실랑이를 끝내고 나서 그 작은 액자를 다시 한 번 바라보던 돈 까밀로는 그만 소스라치게 놀라고 말았다. 악마의 눈동자가 어디론가 사라져 버렸던 것이다!

이 같은 현상이 벌어진 이유는 그 악마 그림의 이마로부터 위쪽으로 손가락 굵기로 네 개만큼 간격이 떨어진 지점에 돈 까밀로가 아무 생각 없이 못을 박았기 때문이다. 이번 망치 사건으로 인해 태곳적의 깊고 깊은 지옥의 심연에서 깨어났던 악마는 돈 까밀로와 빼뽀네의 망치가 매달린 액자에 가려 더 이상 보이지 않게 되었다.

*

"예수님, 도와주셔서 감사합니다."

돈 까밀로는 다음날 기력을 회복하자마자 재단 앞으로 나아가 이렇게 말했다.

예수님이 대답하셨다.

"성 안토니오 아빠스에게 감사하여라. 짐승들의 수호성인은 바로 그니까."

돈 까밀로는 고뇌에 찬 눈으로 십자가상을 올려다보았다.

"예수님, 제가 짐승이나 마찬가지란 말씀이십니까?"

"그렇지는 않다, 돈 까밀로. 하지만 망치를 던질 때의 너는 성무를 수행하는 성직자가 아니라 이성을 갖지 않은 짐승이었다. 성 안토니오가 보호해 준 것은 바로 그 짐승이었느니라."

돈 까밀로는 고개를 숙였다.

"저만 망치를 던진 것이 아니었습니다. 뻬뽀네도…."

"그건 중요한 일이 아니니라. 자신이 한 잘못을 남도 저질렀다고 해서 그 죄가 가벼워지는 것은 아닌 것과 마찬가지 이치다. 망치가 아니라 방석을 던졌다고 해도 마음으로 사악한 뜻을 품었다면 그것이 바로 죄인 것이다."

돈 까밀로는 고개를 푹 숙이고는 기어들어가는 목소리로 말했다.

"예수님, 제 생각이 정말 짧았습니다. 순간의 화를 참지 못하다니 신부로서의 자격이 없습니다."

돈 까밀로는 진심이었다. 어찌나 진심으로 자신을 부족한 존재라고 굳게 믿고 있었는지, 예수님조차 그를 측은히 여기실 정도였다.

"돈 까밀로, 나는 너희와 모든 이의 죄를 대신하여 십자가에 못 박혔느니라. 굳은 믿음을 가져라. 그러면 너도 내가 그랬듯이 양들을 아끼는 착한 목자가 될 것이다."

돈 까밀로는 예수님의 말씀을 들으며 곰곰이 생각에 잠겼다. 다시는 짐승처럼 굴지 않겠다는 다짐과 함께.

역사적인 연설

"이번 선거 유세에는 뭔가 특별한 게 필요해."

빼뽀네가 심각한 목소리로 말했다. 비지오, 브루스코, 스미르초가 의아한 표정으로 그를 바라보았다. 빼뽀네는 그들을 깨우쳐 주었다.

"멍청이들 같으니! 우리 당에서 최종 연설을 하게 되었잖아! 이건 대단한 기회이지만, 최악의 위기로 변할 수도 있다고. 제대로 연설을 하지 못하면 읍민들의 지지를 잃을 가능성도 커. 게다가 이번 선거는 지방선거라서 외부 연사를 불러올 수도 없어. 그러니 평소 하는 잡담 따위 말고, 아주 위대한 연설을 준비해야 해. 역사에 오래오래 남을 명연설을 말이야."

이 말을 듣고 그의 부하들은 안심한 듯 웃음을 머금었다. 그런 문제라면, 걱정할 이유가 하나도 없었기 때문이다.

"대장, 너무 걱정하지 말아요. 요즘 선거 분위기는 우리 편이 단연 유리합니다."

스미르초가 말했다.

"대장이 멋진 연설로 놈들의 콧대를 납작하게 눌러놓으면 그뿐이지, 무얼 그리 걱정하세요?"

빼뽀네는 고개를 가로저었다.

"이봐, 멋진 연설을 한다는 게 무슨 애들 장난인지 알아? 이번 연설에는 거창한 정치 이론을 들먹이기보다는 구체적인 사업 계획을 세우고 승부를 걸어야 해. 우선 우리가 읍사무소를 맡으면서 이루어 놓은 실적을 열거한 다음, 앞으로 벌일 사업 청사진을 내보이면서 머지않아 달성될 거라는 희망을 안겨주어야 읍민들이 우리한테 지지를 보낼 거란 얘기지. 예를 들어, 공공 세탁소를 언제까지 만들어 주겠다고 약속하는 건 아주 좋은 방법이야. 읍민들의 가려운 곳을 정확히 짚어낸 거니까. 이렇게 읍 단위의 지방 자치단체 선거에서는 주민들의 실생활과 밀접한 문제들이 가장 중요한 관심사가 되지. 한데 이런 주제를 갖고 역사적인 연설을 준비하는 건 그리 쉬운 일이 아니야."

스미르초가 끼어들었다.

"대장, 분명한 사실을 두고 이야기하는 건 그다지 어려운 일도 아니잖아요?"

빼뽀네가 버럭 화를 냈다.

"말이 쉽지! 적당히 말로 때우는 연설과 역사적으로 길이 남을 연설하고는 차원이 달라. 역사적인 연설치고 즉흥적으로 이뤄진 건 없어. 사전에 충분한 준비가 필요하다고. 단어 하나하나를 음미하며 상황에 꼭 맞는 단어를 고르고, 문장을 다듬어야 해. 이건 결코 쉽지 않은 작업이야."

스미르초가 또 끼어들었다.

"대장은 단어도 많이 알고, 말도 청산유수잖습니까? 왜 문제를 어렵게만 생각하세요?"

"말 실력, 단어 실력만 갖고 되는 게 아니라니까!"

빼뽀네가 외쳤다.

"아무튼 연설을 준비하려면 절대적인 안정이 필요해. 내가 자네들을 여기 부른 건 바로 그 문제 때문이야. 연설문 작성이 끝날 때까지, 누가 무슨 부탁을 하든지간에 마치 더 이상 나, 빼뽀네라는 인간이 없는 것처럼 행동하길 바라네. 설령 인민의 집에 폭탄이 터져도, 심지어 혁명이 일어난다 해도 방해하지 말란 말이야. 내 말 알아들었나?"

누구보다 확실히 빼뽀네의 뜻을 알아차린 스미르초가 다짐했다.

"대장, 집 앞에 기관총을 잔뜩 깔아 놓는 한이 있더라도 아무도 대장을 귀찮게 하는 일이 없도록 하지요. 맡겨주십시오."

이것이 빼뽀네가 갑자기 증발해 버린 진짜 이유였다.

*

선거일이 다가오자 분위기는 점점 달아올랐다. 그러나 뻬뽀네는 어디에서도 보이지 않았다.

눈을 시뻘겋게 뜨고 공격을 준비하고 있는 반동분자들의 오만함을 꺾어 놓기 위해서라도 뻬뽀네의 존재가 당을 위해 다른 어떤 때보다 더 필요한 시점이었는데도….

어디가 아픈가? 무슨 특별한 임무를 수행하고 있는가? 도망쳤나? 그것도 아니라면 혹시 숙청되었나?

마을 사람들 사이에서는 뻬뽀네의 행방에 대한 갖가지 억측이 들끓고 있었다.

반면 뻬뽀네의 작업장은 어느 때보다 조용했다. 내려진 셔터 위에 걸린 '쉽니다' 라는 표지판만이 걸려 있었을 뿐이다.

인민의 집 출입문과 창문 또한 전부 닫혀 있었다. 뻬뽀네의 아이들은 할머니에게 가 있었고, 그의 행방에 관해서는 아무런 소식도 들리지 않았다. 게다가 그의 아내마저 동시에 사라져 종적이 묘연했다.

돈 까밀로는 믿을만한 사람들을 골라 정탐꾼으로 풀었다. 그리고 자신이 직접 뻬뽀네의 집 대문 앞을 서성이며 조사하기도 했지만, 아무런 단서도 잡을 수 없었다.

그러나 이웃에 대해 모든 것을 다 알고 살아온 뽀 강 주변 마을에서는 비밀이 오래갈 수가 없는 법이다.

드디어 사제관으로 첫 번째 정보가 들어왔다. 빼뽀네의 집은 비어있는 것이 아니며, 그의 아내 마리아가 집에 숨어 있는 것이 확실하다는 제보였다. 실제로 창문에 비친 그녀의 모습을 보았다는 사람이 나타나기도 했다.

이어서 스미르초가 매일 밤 커다란 꾸러미를 들고 빼뽀네의 집에 들어갔다가 빈손으로 나온다는 사실도 밝혀졌다. 스미르초를 미행한 사람은, 그가 매일 아침 카스텔레토에 가서 두 사람 분의 음식을 산다는 말을 전했다. 그리고 토스카노 시가도 사는 걸로 봐서 집안에 틀어박혀 있는 두 사람 중 하나가 빼뽀네의 아내가 맞다면, 나머지는 빼뽀네가 틀림없을 거라는 꽤나 근거 있는 추측도 잊지 않았다.

아무튼 빼뽀네가 집안에 틀어박혀 뭔가 꿍꿍이를 꾸미고 있는 것만은 분명한 사실인 것 같았다.

궁금증을 깨끗이 해결하지 못해 안달이 난 정탐꾼들은 어느 날 저녁, 스미르초를 꼬드겨 람브루스코 포도주를 코가 삐뚤어지도록 먹였다. 그런 다음 바람잡이 하나가 나서서 은근슬쩍 정치문제로 화제를 돌리더니, 빼뽀네가 사라져 버린 이유가 아무래도 수상하다며 스미르초의 속을 살살 긁었다.

같이 있던 한 패거리가 그 소리를 듣고 빈정대듯 낄낄거리더니 잘라 말했다.

"하나도 이상할 것 없네. 빼뽀네가 겁이 난 게지. 질 게 뻔하다는 생각이 드니까 더 이상 사람들 앞에 나설 면목이 없어서 그러는 거야.”

“좋을 대로 생각하라고. 하지만 지금 대장이 쓰고 있는 역사적인 연설문의 내용을 직접 듣게 되면, 너희도 진상을 깨닫게 될걸?”

이렇게 호기롭게 대꾸한 건, 스미르초가 아니라 그의 위장 속에 가득 담겨 있던 람브루스코 포도주였다.

그 정보는 5분 만에 돈 까밀로에게 전달되었다. 하지만 그는 별로 놀라지 않았다.

“그게 전부인가?”

돈 까밀로가 중얼거렸다.

“언급할 가치도 없군.”

그 말대로 돈 까밀로는 그 문제에 대해선 더 이상 언급하지 않았다. 그런데 그날 밤, 뻬뽀네의 집 앞에는 누가 썼는지 모를 벽보가 나붙었다. 그 벽보의 내용은 마치 뻬뽀네의 무덤에 적힐 묘비명 같았다.

> 주세페 보타치 동지 이곳에 틀어박혀 있다. 최종 유세 때 할 ‘역사적인 연설’을 하기 위해 고민에 빠져 있는 모양이다. 제때 완성해서 그것을 읽을 수나 있을지 모르겠다.
>
> – 선거를 걱정하는 어느 읍민

뻬뽀네의 집 앞에 나붙은 벽보의 파문은 작지 않았다. 마을에 사는, 남의 말 좋아하는 사람들은 한결같이 빼뽀네의 역사적인 연설에 대해 반쯤은 기대 섞인 목소리로, 반쯤은 빈정대는 투로 저마다 논평을 늘어놓았다. 그의 연설은 막바지에 이른 선거에서 최대 변수로 작용할 수도 있었기 때문이다.

마을에 무슨 일이 벌어지고 있는지도 모른 채, 빼뽀네는 식은땀까지 흘려가며 역사적인 연설문의 작성에 여념이 없었다. 충실하고 사려 깊은 그의 아내는 그 역사적인 연설문의 작성을 방해하지 않기 위해, 소리가 나지 않는 침실용 슬리퍼를 신고 집안일을 돌보았다.

빼뽀네가 그렇게 열심히 뭔가에 몰두하기는 생전 처음이었다. 철문에 새겨진 예쁜 문양들을 하나하나 세공하고 멋진 철제 장식을 붙여 담장을 꾸미는 작업조차 연설문을 작성하는 것보다는 덜 힘들 것 같았다. 그러나 그냥 포기해버리기에는 이번 선거의 비중이 매우 컸다. 바싸 마을 공산당의 생존은 빼뽀네의 당락에 달려 있었다. 그만큼 반동분자들의 공세가 거셌던 것이다.

빼뽀네는 단어 하나하나의 비중과 그 효과를 재고 문장을 빠짐없이 다듬는 데 심혈을 기울였다. 그가 역사적인 연설문의 작성을 마친 것은 예정을 한참 넘긴 금요일 아침이었다. 최종 유세일까지는 이제 하루를 남겨두고 있었다.

기묘하게도 누군가 빼뽀네의 집 문 앞에 써놓았던 불길한 예언은 거의 사실이 되어가고 있었다. 빼뽀네가 갖은 애를 쓰며 작성한 원고 더미는 숱하게 고친 자국 때문에 거의 알아볼 수 조차 없을 정도였다.

이러한 사태를 예상했던 스미르초는 원고가 완성되기 이틀 전부터 목이 빠지라고 대기하고 있었다.

그는 원고 집필이 끝나자마자 재빨리 원고를 받아들고는 오토바이를 타고 미친 듯이 도시를 향해 질주했다. 공산당 사상이 확고하고, 아주 숙련된 여성 타자수 동지가 애타게 역사적인 원고를 기다리고 있었기 때문이다.

그녀는 두 개의 사본을 기꺼이 만들어 주었다. 하나는 뻬뽀네를 위해, 다른 하나는 역사에 길이 남기기 위해.

그날 밤, 돈 까밀로가 막 잠자리에 들려던 참에 카롤리나 할멈이 사제관으로 찾아왔다. 그녀는 땔감을 줍고, 음식 찌꺼기를 얻어먹으며 하루를 연명하는 불쌍한 노파였다.

그녀가 들고 온 종이봉투를 돈 까밀로에게 건네며 말했다.

"피오파차 근처의 웅덩이에서 주웠수. 안에 종이가 가득 들어 있는 걸로 봐서 꽤나 중요한 물건인가 보우. 신부님이 주인을 찾아주시우. 사례 조로 무얼 좀 받아내 주시면 더 좋고."

노파가 떠나간 다음, 돈 까밀로는 그 봉투를 열어 내용물을 대충 살펴보기 시작했다. 그는 눈에 익숙한 글씨를 발견하고 너무나 기뻐서 펄쩍 뛰고 말았다. 뻬뽀네의 역사적인 연설문의 원본과 사본이 모두 돈 까밀로의 손아귀에 들어왔다는 것은 이번 선거의 결과까지 좌지우지할 수 있는 대단한 사건이었다.

스미르초는 강가에 있는 어느 미루나무 아래에 사색이 되어 앉아 있었다. 연설문이 들어있는 봉투를 잃어버렸던 것이다. 게다가 전속력으로 돌아오는 데만 정신이 팔려 있었기 때문에 봉투가 언제, 어디서 주머니에서 빠져나갔는지도 전혀 기억하지 못했다.

그는 왔던 길을 두 번이나 오르락내리락하면서 미친 듯이 그 봉투를 찾아보았지만 아무 소용이 없었다.

"빈손으로 돌아가면, 대장은 나를 죽여버리고 말 거야."

스미르초는 계속 같은 말을 되뇌이며 차마 자리에서 일어서지 못했다. 그의 말이 옳았다.

밤은 지옥과도 같이 길었다. 스미르초가 제시간에 돌아오지 않자 뻬뽀네는 속이 까맣게 탔다.

참다못한 그는 결국 도시에 장거리 전화를 걸었다. 멋지게 타자를 마친 여성 동지는 당당한 목소리로 스미르초가 벌써 네 시간 전에 원고 뭉치를 들고 떠났노라고 대답했다.

뻬뽀네는 즉시 부하들을 전부 소집했다.

"당장 스미르초를 찾아내!"

그러나 새벽 4시가 되도록 스미르초는 어디에서도 발견되지 않았다. 그때까지 분에 가득 차 자기 집 현관 복도를 왔다 갔다 하던 뻬뽀네는 무너지듯 주저앉으며 외쳤다.

"이 썩을 놈이 배신한 게 틀림없어!"

그는 소리소리 지르다가 열이 머리 꼭대기까지 치솟아 그대로 뻗었다. 그러고는 잠의 심연에 깊이깊이 빠져들었다.

스미르초는 아침 9시경에야 비지오에게 발견되었다. 그러나 스미르초의 고백을 들은 비지오는 숨이 콱 막혀 버렸다.

그는 아연실색한 채로 스미르초를 쳐다보며 말했다.

"자네, 베네수엘라로 이민 가는 게 낫겠어."

즉시 당원들에게 새로운 지령이 떨어졌다. 스미르초 찾기를 그만두고, 그가 잃어버린 노란색 봉투를 찾으라는 지시였다.

공산당원들은 아주 일사불란하게 움직이기 때문에 상부에서 그처럼 갑작스러운 지령 변경이 이루어졌을 때는 사람들의 눈을 피할 수가 없게 마련이다.

사람들은 여기저기에 모여 무슨 일인지 물으며 수군댔다. 오후에는 벌써 마을에 소문이 쫘악 퍼졌다.

'역사에 길이 남기려고 쓴 뻬뽀네의 연설문이 사라졌대. 그리고 뻬뽀네는 화병이 나서 쓰러져 버렸다는군.'

그날 저녁에 마을 사람들은 하나도 빠짐없이 모두 광장으로 몰려나왔다. 심지어는 병원에 입원해 있던 환자들까지도 엄청난 구경거리를 놓치지 않겠다며 광장으로 기어 나올 정도였다.

선거 유세는 저녁 9시로 예정되어 있었지만, 광장은 이미 8시 반 무렵부터 발 디딜 틈 하나 없이 꽉꽉 들어찼다. 부하들은 마지막 남은 용기를 짜내 뻬뽀네를 깨웠다.

그러나 그는 온몸이 불덩이처럼 뜨겁게 달아올라 있는 상태라 눈조차 제대로 뜨지 못했다.

부하들은 광장에 사람들이 구름처럼 몰려들었다며 어떻게 해야 할지를 빨리 결정해 달라고 말했다.

뻬뽀네가 기운이 하나 없는 목소리로 물었다.

"스미르초는?"

비지오가 대답했다.

"찾았습니다."

뻬뽀네가 숨을 헐떡이며 재차 물었다.

"그렇다면, 연설문은?"

"잃어버렸답니다."

비지오가 조심스럽게 뒤로 세 발자국 물러나면서 대답했다. 그러나 그렇게 조심할 필요도 없었다. 뻬뽀네는 물에 젖은 걸레 뭉치처럼 풀어져 화낼 기운이 하나도 남아있지 않았던 것이다. 그는 두 눈을 감더니 한숨을 내쉬었다.

비지오가 근심스레 물었다.

"대장, 이제 우린 어떡하죠?"

뻬뽀네는 마치 꿈속에서 이야기하듯 아련한 목소리로 대답했다.

"다들 지옥에나 가 버려."

"몰려든 청중은 어떡하고요? 또 우리 공산당은요?"

"휴, 사람들이고, 당이고 전부 파멸이야, 파멸!"

뻬뽀네가 한숨을 내쉬며 말했다. 이제 정말 끝장이었다. 부하들이 서로의 얼굴을 힐끔힐끔 쳐다보았지만 뾰족한 수가 있을 리 만무했다.

"할 수 없지."

비지오가 결론을 내렸다.

"연사가 몸이 아파서 연설을 못 한다고 할 수밖에."

바로 그때 돈 까밀로가 나타났다. 그는 뻬뽀네가 그렇게까지 심각한 상태일 거라고는 예상치 못했기 때문에, 아무렇게나 침대에 널브러진 그를 당혹스런 표정으로 바라보았다.

돈 까밀로는 아무 말도 하지 않고 조용히 침대 곁에 섰다. 뻬뽀네가 한쪽 눈을 떴다가 돈 까밀로를 발견하고는 나머지 눈을 마저 뜨고 돈 까밀로를 힘없이 노려보았다.

"아직 죽을 때가 되지는 않았소!"

"거참, 유감이군."

"그냥 돌아가시오. 난 신부님이 필요 없으니까."

"그럴 리가 있나! 자네한텐 항상 내 도움이 필요하다네, 읍장 동지!"

돈 까밀로는 외투 밑에서 커다란 노란색 봉투 하나를 꺼내 침대 위에 던졌다. 뻬뽀네는 힘겹게 손을 뻗어 봉투 속의 내용물을 확인했다.

"보시게나, 동지."

돈 까밀로는 웃으며 말했다.

"손으로 쓴 원본과 사본 두 개 모두 봉투 안에 들어있네. 틀린 단어도 있더군. '도외시'를 '도왜시'로 잘못 쓰면 안 되지. 그런데 말이야, 자넨 감사 인사를 할 줄도 모르나?"

빼뽀네는 천천히 봉투 속으로 그 연설문을 집어넣더니 힘겹게 침대 위에 걸터앉았다. 그는 이를 악물고 돈 까밀로를 쳐다보다가 거칠게 말했다.

"악질 신부한테 감사하느니 차라리 지옥엘 가고 말지!"

빼뽀네의 손은 솥뚜껑만 했다. 그는 그 큰 손으로 봉투와 원고를 발기발기 찢어서 창밖으로 던져 버렸다. 그러고는 침대에서 펄쩍 뛰어내렸다.

드디어 저녁 9시 정각이 되었다. 빼뽀네가 연단으로 걸어 나가자 광장에 모인 사람들이 웅성거리기 시작했다. 더 이상 그의 몸에는 열이 나지 않았다. 아니, '열'의 종류가 바뀌었다고 하는 편이 적절하겠다.

"읍민 여러분!"

빼뽀네가 입을 떼자, 그 열기가 즉시 청중에게 전해졌다.

사람들은 웅성거림을 멈추고 조용해졌고, 빼뽀네는 즉흥 연설을 시작했다.

품위 없는 단어에 문법도 엉망이었지만, 빼뽀네의 진심에서 우러나오는 말에는 누구라도 감동하지 않을 수 없었다. 심지어 그의 적들까지도 고개를 끄덕이며 '참 훌륭한 연설이야' 라고 인정할 정도였으니….

이리하여 뻬뽀네는 읍장에 다시 선출되었고, 스미르초는 거의 갈 뻔했던 베네수엘라행 이민 길에 나서지 않아도 되었다. 그러나 뻬뽀네는 하느님의 거룩한 섭리에 대해서만큼은 인정할 수밖에 없었다. 주님의 섭리 덕분에 역사적이기는 하지만 어리석기 짝이 없는 그 연설문을 발표하지 않을 수 있었던 것이다.

그리고 돈 까밀로 또한 선거 결과를 놓고 그다지 낭패스럽게 여기지 않았다. 왜냐하면 정치에서는 동지보다 오히려 적에게서 훨씬 더 많은 도움을 얻어 낼 수 있다는 점을 그도 잘 알고 있었기 때문이다.

아버지와 아들

자코모 다코는 노아의 대홍수가 다시 찾아온다고 해도, 설령 죽음을 눈앞에 두고 있다 해도 꿈쩍도 하지 않을 인물이었다. 자코모는 선천적으로 다른 사람은 말할 것도 없고, 자기 자신에게조차 관심을 기울이지 않는 무뚝뚝하고 냉정한 사람이었기 때문이다.

자코모 일가의 역사는 아주 머나먼 옛날로 거슬러 올라간다. 그 시작은 다코 성을 가진 한 사내가 일생 동안 1헥타르의 농지를 마련해 아들에게 물려주면서부터였다. 그 아들은 4헥타르를 더 사들였고, 그 아들의 아들은 또 다른 10헥타르를 보탰다. 이런 식으로 대를 이어 계속 늘려온 땅이야말로 바로 다코 일가의 역사, 그 자체였다.

여든 살이 되었을 때, 자코모는 100헥타르에 이르는 캄포룬고 농지와 낙농 공장, 돈사, 토마토소스 공장, 물방앗간 두 곳을 소유하고 있었다.

자코모는 일 처리가 꼼꼼하기로 소문난 사람이었다. 그는 일찍부터 재산을 비슷한 가격의 다섯 조각으로 나누어, 상속을 받을 자식 다섯 명이 서로 다툴 여지를 주지 않았다.

물론 이 같은 예방조치는 상속권을 박탈당한 아들 하나가 이 문제에 개입되지 않았더라면 효과를 제대로 발휘했을 것이다.

상속권을 박탈당한 아들, 카를리노는 자코모의 여섯 자녀 중에서 막내였다. 마르코, 조르조, 그리고 안토니오가 태어난 다음, 카를리노를 갖기 전에 자코모의 아내는 쌍둥이 클레멘티나와 마리아를 낳아 이 세상에 내보내는 '실수'를 범했었다.

'실수'란 다음과 같은 의미에서였다. 농사꾼 집안에서 일을 도울 수 없는 딸자식들은 별로 쓸모가 없었다. 게다가 그 쓸모없는 딸을 하나도 아니고 한 번에 둘이나 낳았다는 사실이 자코모를 더욱 화나게 만들었다.

그래서 그는 딸들을 일찌감치 짝지어 버렸다. 세월이 흘러 아들들도 하나, 둘 결혼하게 되자, 자식들 사이에 재산분배를 놓고 크고 작은 알력이 생겨나기 시작했다. 이는 그의 마음을 몹시 불편하게 만들었다. 그가 일찌감치 재산을 정리해서 자식들에게 떼어준 것은 바로 이런 이유 때문이다. 마르코에게는 낙농 공장을, 조르조에게는 토마토소스 공장을, 안토니오에겐 물방앗간을 주었지만 캄포룬고 밭만은 자신이 직접 소유했다.

*

자코모는 아내가 죽자 완전히 홀로 남게 되었다. 왜냐하면 막내인 카를리노마저 여러 해 전에 집을 나가 버렸기 때문이다. 그러나 자코모 다코는 일생을 거친 자연과 싸워온 강인한 사람이었던 만큼, 혼자서도 외로움을 잘 버텨냈다.

아무튼 자코모는 80세에 아내가 있는 저세상으로 갔다. 하지만 자식들은 모두 차분한 심정이었다. 세 명의 남자 형제들은 이미 자신들의 몫을 받았고 캄포룬고 밭은 두 자매에게 상속될 예정이었다. 모두들 집을 나간 아들 카를리노의 몫은 없다고 생각했다. 그러나 그는 여전히 남에게 머리를 숙이느니 차라리 자기 머리가 깨지는 한이 있어도 덤비는 성격을 가진 카를리노였고, 아버지인 자코모는 그 사실을 누구보다 잘 알았다.

자코모 부자의 악연은 카를리노가 열두 살, 자코모가 쉰세 살이 되던 해에 시작되었다. 딸들은 물론이거니와 장성한 아들들, 마르코와 조르조도 이미 분가한 상태였다. 캄포룬고에는 카를리노 외에는 안토니오만이 남아 있었다. 그러나 그 역시 다른 형들처럼 몇 년이 지나면 집에서 떠날 터였다. 집에는 항상 일손이 부족했다.

아버지는 카를리노가 초등학교 5학년이 되자마자 이렇게 말했다.

"좋아. 이제 너도 일해라. 네 몫을 하란 말이다. 나도 그렇게 했고 네 형들도 모두 그렇게 했으니까."

그런데 그 순간, 어머니가 평생 처음으로 언성을 높였다.

"안 돼요. 다른 애들은 모두 돌대가리들이지만 카를리노는 똑똑하다고요. 저 애는 공부를 해야 해요!"

아버지는 그 같은 혁명 앞에서 아연실색했다. 가족들은 전부 식탁 앞에 앉아 있었다. 아버지는 아직도 수프가 가득 들어 있는 접시를 움켜잡더니 그것을 벽에 집어던졌다. 그리고는 이렇게 말했다.

"이 집에서 명령을 내리는 사람은 나야! 누구든 그게 싫으면 나가! 문은 저기니까!"

어머니는 자리에서 일어서더니 한 마디도 안 하고는 밖으로 나갔다. 아버지와 카를리노 그리고 그의 형은 입을 다물고 10분 내지 15분 동안을 숨소리가 들릴 정도로 적막한 식당에 앉아 있었다.

그러다가 갑자기 아버지가 벌떡 일어서더니, 복도로 달려갔다. 그는 거기서 아내가 축제 때 입는 검은색 외출복을 입고 손에는 보자기를 든 채 서 있는 것을 발견했다. 아내는 보리 타작 마당 쪽으로 난 문을 향해 걸어가고 있었다.

"뭐 하는 거야?"

자코모가 잔뜩 화가 나서 물었다.

"싫으면 나가라면서요? 그래서 떠나는 거예요."

아내가 냉랭하게 대답했다.

자코모가 집에서 누군가 감히 자기 말을 듣지 않고 버티는 모습을 보는 것은 처음이었다. 그래서 침착함을 잃고 말았다. 그는 아내의 한쪽 팔을 움켜잡고 마구 흔들어 대기 시작했다. 그러나 오래가지는 못하였다. 아내의 귀를 찢는 듯한 비명이 울려 퍼졌기 때문이었다.

"카를리노, 안 돼!"

노인이 뒤를 돌아보니, 복도 맨 끝에 카를리노가 손에 2연발 총을 든 채 서 있었다. 아들과 아버지는 잠시 동안 서로를 노려보았다. 그들 중 누구도 입을 열지 않았다.

이후 그 사건에 대해 말하는 사람은 한 명도 없었다. 생활은 다시 정상으로 돌아갔다. 어머니는 예전처럼 겸손하고 과묵한 모습으로 되돌아갔고, 카를리노는 학교를 파하고 나면 항상 그랬듯이 마구간과 밭에서 일을 계속했다.

9월 말에 이르렀다. 어느 날 저녁, 저녁 식사를 마친 자코모가 외투에서 봉투 하나를 꺼내 안토니오에게 내밀며 말했다.

"내일 아침 6시에 전차를 타거라. 이 봉투 안에 학교 주소, 등록금 납부 영수증, 전차 정기권 예매를 위한 통장이 들어 있다. 저 애를 데리고 가서 학교가 끝날 때까지 기다렸다가 다시 데려 오너라. 내일모레부터는 저 혼자 알아서 할 테지."

카를리노는 마을과 도시를 오가며 통학하기 시작했다. 그리고 아버지가 그의 존재에 대해 별로 신경을 쓰지 않는 것처럼 보이자, 그 역시 계속 태연하고 무덤덤하게 지냈다.

짧은 휴가 때나 방학 때면 카를리노는 안토니오 형과 집안 일꾼들을 도와 마구간 일이나 밭일을 거들었다. 공부는 저녁 때 하곤 했는데, 엄청나게 피곤했지만, 전혀 개의치 않았다.

기술학교의 1학년 말이 되었다. 자코모는 더 이상 카를리노가 학교에 가지 않고 농사일에 매달리는 것을 보고서야 그 사실을 깨달았다. 그런데도 노인은 아무것도 묻지 않았다. 다코 집안에서는 식구들 누구나 질문을 받아야 비로소 입을 여는 습관이 있었으므로 다른 식구들도 말을 꺼내지 않았다. 카를리노가 밭일에 매달리기 시작한 지 보름이 지나서야 어머니가 식탁에서 입을 열었다.

"안토니오, 나 좀 도시로 데려가 다오."

노인은 머리를 쳐들고 당황한 눈빛으로 아내를 쳐다보았다. 마누라가 이런 종류의 요구를 하는 건 처음이었다. 하지만 이번에는 소리를 지르진 않았다.

"너나 할 것 없이 다 정신병자가 되어가고 있구먼."

그는 단지 이렇게 불평했을 뿐이다.

어머니는 햇볕이 쨍쨍 내리쬐는 오후에 집으로 돌아왔다. 그때 카를리노는 화초 아래에서 꾸벅꾸벅 졸고 있었는데, 어머니는 아들의 곁에 앉자마자 흐느껴 울기 시작했다.

"어떻게 됐죠?"

카를리노가 물었다.

어머니는 자신의 옷 안쪽을 뒤져 작은 쪽지 하나를 꺼냈다.

"안토니오가 베껴 썼단다. 그러고 나서 학교 소사한테 그걸 맞게 옮겨 적었는지 확인해 달라고 했지."

카를리노는 그 종이쪽지를 재빨리 읽어 내려갔다.

"전 과목 통과예요!"

카를리노가 큰 소리로 외쳤다.

"알고 있단다."

어머니가 신음하듯 말했다.

그런 다음 어머니는 계속 흐느끼며 카를리노에게 그날 있었던 모험을 전부 묘사했다. 그러니까 학교에서 다른 사람들이 카를리노의 성적을 읽어 주면서 했던 얘기며, 소사가 어머니에게 해 준 얘기, 학교의 로비가 어떠했는지 등등을 말했다. 모든 이야기를 마치고 어머니는 이렇게 결론을 맺었다.

"네 아버지가 아시면 뭐라고 할지!"

소년은 격분해서 펄쩍 뛰었다.

"아버지가 어머니한테 물어볼 때에만 대답하세요. 아니, 아버지한테는 아무 말씀도 하지 마세요. 아버지가 만일 관심이 있으면 학교에 가서 직접 보면 되잖아요. 난 아버지한테 빚진 거 아무것도 없어요. 학교 등록금과 교통비는 내가 밭일을 하면서 직접 번다고요. 차라리 그 영감탱이가 죽어 버렸으면!"

그러나 자코모 노인은 카를리노가 할당된 일을 하는지 아닌지에만 관심을 보였다. 노인은 오로지 일에 대해서만 염려하는 눈치였다. 가을이 되어 카를리노가 다시 통학하기 시작하자, 다시 투덜댄 것을 보면….

"또 시작이군. 별것도 아닌 저까짓 일을 한답시고 말이야!"

한편 안토니오는 스물일곱 살이 되던 해에 결혼하면서 집안의 규칙대로 분가해 따로 나가 살게 되었다.

자코모 노인은 아내에게 말했다.

"카를리노는 지금까지 충분히 놀았어. 이제 열여섯 살이나 되었으니 집안 살림을 꾸려 나가는 일을 거들 수 있겠지."

"그 애는 지금 4학년 과정에 다니고 있으니까 공부를 깊이 있게 해야 해요. 측량 기사 자격증을 따고 난 뒤에 가서 다시 얘기하세요."

아내가 대꾸했다.

노인이 비웃었다.

"측량 기사라고! 저 애가 측량 기사가 된다면 나는 추기경이 되겠네. 게다가 그런 자격증이 무슨 소용이야? 암소한테 여물을 먹이는 데 그런 것이 왜 필요해?"

카를리노는 공부를 계속했다. 하지만 틈이 날 때마다 밭에 나가 힘껏 일했으므로 노인은 공부에 대해 가끔씩 투덜댔을 뿐이다. 이런 위태로운 균형상태는 1930년 부활절까지 이어졌다.

마침내 부활절 방학이 찾아왔다. 카를리노는 이제 열여덟 살이 되었고 양팔뚝은 서른 살의 사내처럼 굵어져 있었다. 소를 치는 일들 중 한 명이 병이 나서 그를 대신해 일하게 되었다.

어느 날 오후, 카를리노는 마구간에서 거름을 퍼다가 수레에 실어 나르고 있었다. 그런데 자동차 한 대가 집 마당 앞에 와서 멈추더니, 풋내나는 젊은이 둘과 젊은 처녀들 셋이 차에서 내렸다.

이들은 마치 거위 떼처럼 요란하게 떠들어 댔다. 그러자 자코모 노인이 거름을 푸는 삽을 어깨에 멘 채, 그들 앞으로 성큼 나섰다.

"여기, 카를리로 다코라고 있나요?"

그 풋내나는 녀석들 중 하나가 물었다.

"그 카를리노 다코라는 사람은 저쪽에서 경차를 가지고 운전 교육을 받는 중이오만."

노인이 마구간 쪽을 가리키며 대답했다.

그 순간 카를리노가 밖으로 나왔다. 소를 치는 일꾼 중에서도 그렇게 형편없는 몰골을 한 사람은 카를리노밖에는 없었다. 그가 밀고 나온 수레에는 방금 퍼내서 김이 모락모락 나는 거름 덩이가 산더미처럼 쌓여 있었고 수레 밑으로는 똥물이 뚝뚝 떨어지고 있었다.

그 풋내기 젊은이들과 젊은 처녀들은 카를리노를 향해 커다란 환성을 질렀다. 카를리노는 갑자기 눈앞에 떼거리로 등장한 친구들을 보고는, 수레의 손잡이를 털썩 내려놓더니 망연자실한 얼굴로 그곳에 멍하니 서 있었다.

"카를리노, 그게 너를 보려고 도시에서 찾아온 친구들을 맞이하는 태도냐?"

젊은이 하나가 외쳤다.

"카를리노 다코는 잡담을 늘어놓고 있을 시간이 없소! 여기는 일하는 곳이니까."

가까이 다가온 노인이 거친 목소리로 대답했다.

카를리노는 번쩍 고개를 쳐들고 설명했다.

"제 학교 친구들이에요."

"저기 저 여자애들도 학교 친구들이냐?"

노인이 냉소적인 어조로 세 명의 여자를 가리키면서 물었다.

"물론이죠."

카를리노가 대답했다.

노인은 혐오스럽다는 표정을 짓더니 처녀들을 차근차근 뜯어보았다. 그러다가 그중에서 가장 나이가 많아 보이는 여자를 향해 말했다.

"너희들, 입술과 손톱에 요란하게 색칠하라고 학교에서 가르쳐 주디? 아니면 밤무대 창녀한테서 따로 개인 수업들을 받기라도 하는 거냐?"

처녀는 이 말을 듣고 얼굴을 붉혔다. 눈에는 분노와 수치심으로 눈물이 고였다. 카를리노의 눈에도 눈물이 고였다. 하지만 그는 거름이 가득 담긴 수레 곁에 서 있는 자신의 지저분하고 초라한 모습 때문에 무어라 말할 용기조차 나지 않았다.

"정신 차리고 어서 서둘러. 조금 뒤에 젖을 짜야 하니까!"

자코모가 자리를 떠나며 말했다.

도시에서 온 친구들이 자동차 쪽으로 걸어가자 카를리노도 그 뒤를 따랐다.

"여러모로 미안하다. 그렇지만 왜 미리 알려 주지 않았니?"

카를리노가 중얼거렸다.

"도시에서 30킬로미터밖에 떨어져 있지 않은 곳에 이런 시골이 있을 줄은 우리는 미처 몰랐어!"

도시 처녀 중에서 가장 마른 아이가 냉정하게 쏘아붙였다.

"너희 아버지가 광견병 환자라고 미리 경고해줬어야지!"

두 번째 여자가 자동차에 오르면서 덧붙였다.

그러나 카를리노는 다른 여자를 걱정하는 눈치였다. 셋 중에 가장 키가 크고 여성스러운, 자코모가 모욕적인 언사를 퍼부었던 바로 그 아이를….

"프랑카, 내 말 좀 잠깐 들어 봐!"

카를리노가 그녀의 한쪽 팔을 붙들고 자동차에 오르는 것을 막았다.

"이것 놔! 더러운 손 치우지 못해!"

그녀는 즉시 몸을 뒤로 빼면서 잔뜩 움츠렸다.

카를리노는 얼어붙은 듯 자리에 선 채로 자동차가 사라져 가는 것을 멍하니 지켜볼 수밖에 없었다.

"갔냐? 그럼 빨리 빨리 움직여야지?"

아버지의 목소리를 듣자 그는 퍼뜩 정신이 들었다. 카를리노는 두 주먹을 꼭 쥐더니 성큼 돌아섰다. 하지만 바로 눈앞에 어머니 얼굴이 보였다.

"엄마! 이번에는 정말 아버지를 가만히 놔두지 않겠어요!"

카를리노가 몸을 부들부들 떨면서 으르렁거렸다.

"나이가 많아 보이는 여자애가 너한테 특별히 호감이 있는 게 틀림없어."

어머니가 손수건으로 아들의 땀을 닦아 주며 속삭였다.

"난 그걸 금방 깨달았단다. 아버지도 그걸 알아차리셨어. 두고 보렴."

아버지가 마구간에서 또 고함을 질러대자 어머니는 반사적으로 거름더미가 가득 담겨 있는 수레의 손잡이를 움켜쥐었다. 카를리노는 금방 어머니 곁으로 달려가 그녀를 수레에서 떼어놓으며 말했다.

"저는 자격증을 따야 해요!"

그날 저녁 식탁에서, 자코모 노인은 공격을 퍼부었다.

"개네들은 집에나 있을 것이지…. 앞으로는 일하는 사람 찾아와서 방해하지 말라고 해."

카를리노는 숨을 길게 들이쉬었다.

"아버지는 제 얼굴에 먹칠을 하셨어요."

그는 눈을 식탁보에 고정한 채, 어두운 표정으로 말했다.

"사람 면전에 대고 그렇게 모욕을 주다니…. 그 애가 손톱에 색칠을 하고 다니는 게 아버지랑 대체 무슨 상관이에요?"

"나랑은 상관없지. 각자 자기 멋에 따라 손톱뿐만 아니라 엉덩이까지 색칠하고 다닐 수도 있어. 누구든 자기 집에 있는 동안에는 자기가 편한 대로 할 수 있는 게지. 하지만 그 사람이 내 집에 오면 내 맘에 들게 해야 해. 그게 싫으면 가버리면 되잖아? 그 멍청이들, 그냥 자기 세계에 있으면 될 거 아니야! 각자 다 자기 세계가 있는 법이니까. 예를 들어서 나는 똥거름 수레를 끌고 품위있는 저택에 갈 생각은 꿈에도 안 한다. 마찬가지로 사람들이 이 집에 들어올 때는 추잡한 행동거지들은 밖에 놔두고 들어와야 해. 창피한 줄 알아야지!"

"아버지가 그 애랑 사귀시는 게 아녜요!"

카를리노가 부르짖었다.

"제 맘에만 들면 된다고요."

"누구 말이냐? 회전목마 위의 꼭두각시 같은 그 한심한 여자애를 말하는 거냐? 아까 그 애가 그 알량한 측량기사 면허증이라도 되느냐? 너한테 어울리는 애가 아니야. 네 녀석의 세상은 여기야. 촌놈으로 태어났으니까 촌놈답게 살란 말이다."

카를리노는 아무런 대답도 하지 않고 뚫어지게 식탁보만 쳐다보았다. 그러면서도 그는 어머니의 두 눈이 자신을 잠자코 쳐다보고 있다는 것을 알았다. 마치 자신이 어머니의 두 눈을 통해 바라보고 있기라도 한 것처럼….

집에서 보낸 마지막 두 해는 지옥과도 같았다. 카를리노는 측량 기사 자격증을 획득하는 데 성공했다. 그리고 갑자기 그에게 입대 영장이 날아왔다. 마치 주님께서 그에게 징집영장을 보내주신 것만 같았다. 카를리노는 캄포룬고에서 멀어질 수 있기를 진심으로 바랐기 때문이다.

그가 걱정한 것은 오직 어머니뿐이었다.

그러나 카를리노는 어머니가 자신이 캄포룬고에서 떨어져 있는 것을 다행스럽게 여긴다는 걸 알고 있었고, 그것으로 충분했다. 집 식구 중 아무도 그에게 편지를 쓰지 않았다. 그도 마찬가지였다. 심지어 사관생도 과정 중에는 휴가를 한 번도 신청하지 않았을 정도였다. 그러다 마침내 소위로 진급했을 때에야 비로소 집으로 돌아왔다.

그는 포병의 야전 대포 부대 소속이었다. 그 시절에는 장교 군복이 요즘처럼 가스회사 직원 복장 같지는 않았다. 카모밀라 색깔의 천으로 만들어진 군복을 입고 있는 요즘 장교들에게는 더 이상 예의와 품격 그리고 당당함이 느껴지지 않는다.

그러나 그 당시 장교들은 진짜 장교다운 복장을 갖추고 다녔다. 특히 포병 장교들은 '이탈리아 국가 통일운동사'의 가장 멋진 장면에 나오는 모양의 두툼한 파란색 외투를 입었다.

파란색 외투를 걸친 카를리노는 마치 문짝이 세 개나 달린 장롱처럼 위풍당당하게 움직였다. 마을 사람들에게는 마치 나폴레옹 황제가 나타난 것으로 보였다.

어머니는 그가 나타나자마자 눈을 크게 뜨고는 팔을 양옆으로 벌렸다. 어머니는 마치 성모마리아가 발현하기라도 한 것처럼 자기 아들 카를리노를 황홀한 표정으로 바라보았다.

게다가 카를리노가 번쩍번쩍 빛나는 큰 칼을 허리에 차고 있는 것을 보자 그녀는 울음을 터뜨렸다. 그 광경이 너무도 강렬한 인상을 주었기 때문이다.

자코모 노인은 카를리노를 보고 자기도 모르는 새에 한 손가락을 모자챙에 갖다 대고 경례했다. 아들을 존경하는 마음은 없었지만, 예전에 국왕의 군대에 대해 지녔던 깊은 존경심만큼은 잊어버릴 수 없었기 때문이다.

자코모는 아무런 말도 하지 않았다. 그는 장교가 된 아들에게 마구간에 가서 가축에게 먹이를 주라고 명령할 마음이 내키지는 않았으므로, 카를리노가 휴가를 얻어 집에 와 있었던 열흘 내내 일부러 집에서 멀리 떨어져 있었다.

부임지에서의 복무가 끝나자, 카를리노는 캄포룬고에 돌아왔다. 자코모는 카를리노가 사복을 입고 있는 것을 보자마자, 다시 예전과 같은 태도로 되돌아갔다.

"이제 더 이상 핑계 댈 일은 없지? 어서 일을 시작해라. 네 몫을 하란 말이다."

아버지가 소리쳤다.

"결혼하겠어요."

카를리노가 차분히 대답했다.

아버지는 눈앞에 마치 고삐 풀린 망아지 같은 정신병자를 바라본다는 듯이 아들을 찬찬히 훑어보았다.

"결혼?"

"네. 지난번에 아버지가 회전목마 위의 꼭두각시처럼 손톱에 색칠했다며 한심하다고 욕했던 그 여자와 결혼하겠어요. 아버지 마음에 들지 않더라도, 저는 그 애와 꼭 결혼하겠어요."

자코모 다코의 나이는 64세였고 카를리노는 23세였다. 이처럼 두 사람 사이의 나이 차는 무척 컸지만 고집만큼은 둘 다 똑같았다.

"그따위 어리석은 행동을 할 용기가 있다면 여기서 나가라. 그리고 내가 살아있는 한, 다시는 돌아오지 마."

"그러죠. 사라져 드리죠. 아버지가 돌아가시기 전까지는 다시는 여기 발도 들여 놓지 않을 거예요."

"내가 죽은 뒤에도 절대 오지 마! 너한테는 한 푼도 물려주지 않을 테니까!"

노인이 화를 내며 소리쳤다.

"그까짓 얼마 되지도 않는 아버지 재산 따위는 없어도 잘 먹고 잘 살 수 있어요!"

아들이 당당하게 대꾸했다.

"아버지는 촌 사람으로 태어나서 촌 사람으로 살았는지 몰라도 나는 그렇게 살지 않겠어요."

카를리노는 출구 쪽으로 걸어가다가 부엌문 앞에 이르자 다시 뒤로 돌아서서 말했다.

"만일 어머니가 저와 함께 머물고 싶으시다면, 지금이든 내일이든 언제라도 손가락 하나만 살짝 움직여서 신호만 보내세요. 그럼 제가 달려와 금방 모시고 갈 테니까요. 지금까지 아버지한테 당한 걸로도 충분해요. 망할 놈의 정신병자 같으니!"

어머니는 고개를 가로저었다.

"아니, 아니야. 어서 가렴, 카를리노. 하느님께서 너를 축복하시기를…. 나는 여기가 좋단다."

카를리노는 그렇게 떠나버렸다. 자코모 노인은 아내와 단둘이 남게 되었다. 노인은 그 이후로 결코 카를리노에 대해 이야기하지 않았다. 마치 한 번도 존재한 적이 없었던 것처럼…. 늙은 아내도 다시 그 얘기를 꺼내지 않았다. 아내는 호두나무로 만든 옷장 안에 그의 아들 카를리노의 파란색 장교 외투와 번쩍 번쩍 빛나는 큰 칼을 놓아두었다. 그것을 보는 것만으로도 그녀에게는 충분한 만족이 되었다.

이따금씩 그녀는 방문을 닫아걸고 카를리노가 입던 파란색 장교 외투를 솔질하고 손으로 주름을 펴거나 큰 칼에 광을 내곤 했다. 그런 다음에는 마치 세상에서 가장 멋진 광경을 바라본다는 듯이 넋을 잃고 한참 동안 그 큰 칼을 쳐다보았다.

한참 시간이 흐른 뒤, 카를리노는 어머니에게 커다란 사진 두 장을 보냈다. 하나는 아내와 팔짱을 끼고 있는 사진이고, 다른 하나는 사내아이 사진이었다. 어머니의 기쁨은 이루 말할 수 없었다.

한번은 어머니가 그 사진 두 장을 잃어버리고서, 마치 미친 사람처럼 굴었던 적이 있다. 어머니는 아무에게도 그 두 장의 사진을 받았다는 사실을 말하지 않았으므로 다른 사람들은 도대체 왜 그러는지 이해하지 못했다. 그 사진들을 되찾았을 때, 어머니는 자비로우신 하느님께 진심으로 감사드렸다.

어머니가 세상을 떠난 것은 카를리노가 집을 떠난 지 10년이 되던 해의 일이다. 어머니는 그 두 장의 사진을 품에 꼭 껴안은 채, 온화한 모습으로 죽었다.

어머니가 그 두 장의 사진을 워낙 꼭 끌어안고 있었기 때문에 사람들은 어쩔 수 없이 그 모습 그대로 놔둘 수밖에 없었다. 그 사진들은 결국 그녀와 함께 묻혔다.

정신이 희미해지고 운명의 순간이 다가왔을 때, 어머니는 침대 앞에 놓여 있던 낡은 호두나무 장롱의 문짝을 열어 달라고 부탁했다. 그러고는 마지막 순간까지 카를리노의 파란색 외투와 번쩍번쩍 빛나는 큰 칼을 계속 바라보았다.

자코모 노인은 아내가 죽어 땅에 묻힌 다음에도 여든 살이 될 때까지 혼자서 6년을 더 살았다. 그 마지막 6년간 아무도 그에게 카를리노에 대한 이야기를 감히 꺼내지 못했다. 단지 돈 까밀로만이 딱 한 번, 아주 점잖은 태도로 슬쩍 그 이야기를 해 보려고 하다가 노인이 말을 가로막는 바람에 멈추고 말았던 적이 있었다.

"아! 그만 됐소."

노인은 마치 아주 더러운 얘기를 들었다는 듯이 소리를 지르며 땅에 침을 탁 뱉었다.

노인은 정확히 여든 살을 채우고 나서, 어느 날 갑작스럽게 저세상으로 떠났다. 다음 날 아침 6시, 캄포룬고의 사람들은 간밤에 심상치 않은 일이 일어났음을 알아차렸다.

"이 시간에 아직까지도 주인님아 고함치는 소리가 들리지 않는다면 둘 중에 하나야. 정신이 나가버리셨거나 아니면 돌아가셨거나."

일꾼들은 아침 7시가 될 때까지 기다리다, 결국 창문을 뜯어내고 노인의 방 안으로 들어갔다. 자코모는 침대 위에 누워 있었다. 뼈와 가죽만 남을 정도로 야윈 노인은 평소처럼 심술궂은 얼굴을 한 채, 수의로 갈아입고 영원한 잠에 빠져 있었던 것이다.

아무의 도움도 받지 않고 모든 것을 혼자서 준비한 게 틀림없었다. 노인은 운명할 순간이 다가왔음을 깨닫고는 안간힘을 써서 수의를 챙겨 입고 죽은 아내의 침대 위에 몸을 뉘었던 것이다. 사람들은 자코모가 죽어 있는 모습을 보고 아연실색하지 않을 수 없었다. 이 노인은 죽어서도 사람들에게 무서운 느낌을 주기에 충분했다. 노인은 침대 위에 누운 다음, 마지막 힘을 짜내어 가슴 위에 십자가를 올려놓고 그 위로 뼈가 굵고 기다란 두 손을 포개어 놓았으니까 말이다.

사람들은 그의 몸에 섣불리 손을 대지 못했다.

자식들은 그의 시신 앞에 차례로 왔지만 울지는 않았다. 그저 고개만 가로젓다가 떠나갔다. 자식들은 아버지가 살아 계실 때에 항상 자신들을 귀찮게 여겼다는 것을 알고 있었다. 또한 이미 죽어버린 그들의 부친을 귀찮게 하고 싶지도 않았다. 게다가 이것은 노인의 뜻이기도 했다. 그는 평소 이렇게 말하곤 했다.

"적어도 집에 있는 동안은 제발 나를 혼자 있게 내버려둬라!"

즉시 유언장이 개봉되었다. 노인이 미리 공증인에게 지시를 내려 두었기 때문이다. 유언장은 간결했고 꼭 필요한 말만 담고 있었다.

"낙농 공장과 그 부속물은 큰아들 마르코에게, 소스 공장과 그 부속물은 둘째 아들 조르조에게, 두 개의 물방앗간과 그 부속물은 셋째 아들 안토니오에게 유산으로 남긴다. 캄포룬고 농지와 그 나머지 모든 것을 카를리노, 즉 막내아들에게 상속한다. 그리고 카를리노는 큰딸 클레멘티나와 작은딸 마리아에게 적당한 몫을 나눠주기 바란다."

사위들은 공평하지 않다며 불평을 해댔다. 하지만 그들의 아내는 남편들이 투덜거리지 못하게 말문을 가로막았다.

"가만히들 있어요. 우리가 그렇게 불평하는 꼴을 아버지가 보고 싶어 했다는 속셈도 모르면서!"

저녁이 되자 모두 자리를 떠나고 젖소를 치는 아흔 살 노인 리노만이 자코모의 시신을 지켰다. 그도 자정이 되자 떠났고 대신 카를리노가 와서 자리를 지키기 시작했다.

카를리노는 이제 39세였고 자코모 노인이 한창 시절에 그랬듯이 우람한 체격이었다.

그는 침대 위에 누워 있는 아버지를 무뚝뚝하고 냉정한 눈으로 바라보았는데 눈에는 원한이 가득 서려 있었다. 그는 방 안을 서성거리다 문득, 아버지의 시신을 노려보며 외쳤다.

"바라시던 대로 촌 구석 무지렁이로 살다 가셨네요! 하지만 전 그렇게 살지는 않을 거예요. 아버지가 어떤 분인지 잘 알아요. 아버지 뜻대로 하지는 않겠어요. 이런 치사한 수에 고분고분 따를 줄 아셨어요? '캄포룬고를 내 아들 카를리노에게 유산으로 남긴다. 거기에 딸린 모든 것과 함께. 다만 딸들에게는 적당한 몫을 나눠주기 바란다.' 라니요! 캄포룬고가 욕심나면 하던 일은 전부 놔두고 여기에 남아 재산 관리나 하라는 말씀이잖아요!"

그는 시신 앞에 몸을 굽히더니 이렇게 외쳤다.

"저는 내일, 캄포룬고를 그 안에 들어 있는 모든 것과 함께 팔아 버릴 거예요. 누나들한테 주어야 할 돈을 전부 지불한 다음에, 도시에서 남은 돈을 쓰면서 인생을 즐길 거예요. 아버지를 위해 건배하면서! 아버지도 나름대로 수를 쓰신 거겠지만, 하나 깜박 놓치신 게 있어요. 유언장에는 만일 제가 캄포룬고를 판다고 해도 상속권을 잃어버린다는 조항은 없어요. 유언장에 따르면 저는 그저 누나들한테 일정 액수의 돈만 주면 돼요."

카를리노는 또다시 방 안을 서성거리기 시작했다.

"제가 재산을 달라고 아버지 앞에 무릎 꿇고 빈 적이라도 있나요? 오히려 그 반대지요. 제 길은 저 혼자서 개척해 나갈 거라고 했잖아요! 그래요, 비록 아버지는 제가 전문직업을 얻었다는 사실을 인정해 주신 적이 없었지만 저는 전문직업이 있다고요!"

그는 외투 주머니에서 자신의 명의로 되어 있는 자격증을 꺼내서 노인의 시신을 향해 내보였다.

"자, 여기를 보세요. 〈기술 사무소, 측량기사 카를리노 다코. 파이나 가 12번지. 전화 45273 또는 45280〉. 전화 두 대에 여비서 한 명, 두 명의 조수, 단골 고객 그룹까지 있다고요. 아버지는 이런 사실들을 모르셨겠지만요!"

이어 그는 호주머니에서 통장을 꺼냈다.

"자, 이건 내가 은행에 저금해 놓은 돈이에요. 직접 번 돈이라고요! 아파트와 사무소도, 고급 자동차도 있어요! 난 아버지의 돈 따위는 관심 없어요! 그냥 다 가지고 가세요. 아니, 내가 캄포룬고를 팔아버리는 걸 보여 드리죠. 팔고 받은 돈은 아버지의 그 못된 아들딸에게 넘겨주겠어요. 그래요, 그 사람들은 못된 사람들이에요. 아버지도 그걸 아시죠. 그래서 아버지가 끔찍이도 아끼시는 캄포룬고를 나한테 맡기신 거잖아요! 내가 열두 살이었을 때, 아버지를 소총으로 겨누었던 나한테 말이에요…. 그때 두려우셨잖아요? 안 그래요?"

카를리노는 창문 가로 다가가 밖을 내다보았다. 달빛이 텅 빈 보리타작 마당을 밝게 비추고 있었다.

"아무리 자신만만해하셔도 소용없어요."

그는 갑자기 돌아서며 말했다.

"적어도 그 순간에는 겁을 먹으셨었죠? 그렇죠? 어머니는 아버지 때문에 평생 지옥 같은 삶을 사셨어요. 평소에 얼마나 윽박질렀으면 어머니가 나와 함께 떠날 엄두도 못 내셨을까요? 아버지한테 제가 누군지 보여 드리겠어요! 전부 다 팔아 치우는 걸로! 아버지의 그 저주받을 돈 따위는 한 푼도 원치 않아요! 캄포룬고 따위는 거기 딸린 모든 것하고 같이 지옥에나 가버리라지!"

카를리노는 뒤로 돌아섰다. 그러자 눈앞에 호두나무로 만든 커다란 장롱이 보였다. 장롱문을 열자 파란색 외투와 번쩍번쩍 빛나는 큰 칼이 나타났다.

"모를 줄 아셨나요?"

카를리노가 시신의 머리맡으로 다가가며 말했다.

"어머니가 임종하실 때 이 장롱문을 열어 달라고 하시고는 마지막 순간까지 저 외투와 칼을 보고자 하셨다는 걸? 아버지가 지금 누워 있는 바로 그 자리에서 돌아가셨지요. 혹시 감상적인 걸 가지고 제 생각을 바꾸실 수 있다고 믿으신다면 잘못 짚으신 거예요. 어머니는 아버지와는 전혀 다른 분이세요. 캄포룬고는 아버지를 상징하는 곳이지, 어머니를 상징하는 곳이 아녜요. 캄포룬고는 내 인생의 모든 어두운 과거들, 우리 어머니가 살아가야 했던 인생의 모든 어두운 과거들을 뜻해요. 오, 이 땅이 저주받기를, 이 집이 저주받기를!"

노인은 마치 얼음 조각처럼 꼼짝 않고 누워 있었다. 촛불 역시 마치 얼어붙은 듯 움직이지 않았다.

카를리노는 장롱문을 거칠게 닫았다.

"네, 게다가 나는 아버지가 꼭두각시 인형처럼 손톱에 색칠했다고 모욕을 주신 바로 그 애와 결혼했어요. 덕분에 지금 난 아주 행복해요! 그리고 아버지한테는 조금도 중요하지가 않을지 모르지만, 아들도 하나 있어요. 아주 잘 생기고 똑똑한 녀석이에요. 그 애는 촌뜨기로 태어나지도 않았고, 나와 마찬가지로 촌뜨기로 살지도 않을 거예요. 내가 내 길을 개척했듯이 그 애도 자기 길을 열어나갈 거라고요! 내가 겪었던 그런 인생을 그 애는 절대 겪지 않도록 돌봐줄 거예요. 사람들 앞에서 항상 나에게 모욕을 주었던 아버지. 나를 항상 바보 멍청이로 여겼던 아버지. 그리고 살아생전에 못했다고 이제 돌아가시고 나서까지 나를 촌뜨기로 만들려고 시도하는 아버지…."

옆방에는 노인의 서재가 있었다. 서재는 커다란 캐비닛과 책상, 그리고 의자가 하나 있는 아주 작은 방이었다. 카를리노는 캐비닛 문을 열고 그 앞에 의자를 놓고 앉았다.

그 안에는 각종 장부, 계약 증서, 영수증이 들어 있었다. 모든 것이 무서울 정도로 잘 정리되고 잘 보존되어 있었다. 아마도 심장이 있어야 할 자리에 자명종 모터를 달고 있는 냉정한 사람, 또는 머릿속에 최소한의 상상력도 없는 사람만이 그렇게 깔끔하고 정확할 수 있을 것이다.

카를리노는 치밀어 오르는 감정을 이기지 못하고 각종 장부와 서류를 쓸어버렸다.

캐비닛 안에는 커다란 봉투들만 남았다. 그 봉투들 속에는 서류 뭉치가 잔뜩 들어 있었고 봉투들은 끈으로 묶여 있었다. 그 위에는 내용물에 대한 꼬리표가 붙어 있었다.

'아들 카를리노의 초등학교 관련 책자와 노트, …연도부터 …연도까지, 아들 카를리노의 기술학교 관련 문서, …연도부터 …연도까지.'

카를리노는 봉투에 묶여 있는 끈을 풀고 내용물을 책상 위에 쏟았다. 모든 서류가 날짜별로 순서대로 번호를 매겨 정리되어 있었다. 입학 허가 신청서 사본, 등록금 영수증, 전차 정기승차권 영수증, 수업료 영수증 따위들은 연도별로 한 묶음씩 분류되어 있었다. 연필로 쓴 각 연도의 마지막 페이지에는 학교 게시판에서 베껴 쓴 최종 학업 성적도 포함되어 있었다.

그러고 나서 아버지는 학과목 이름과 점수를 적어 넣은 바로 그 손으로 다음과 같이 덧붙여 놓았다.

'다음 학년으로 진급하였음.'

마지막 서류 묶음은 가장 부피가 컸다. 왜냐하면 졸업 때면 으레 등장하는, 졸업 시험을 치르는 졸업생들 혹은 자격증 취득 직전 학생들의 모습을 담은 기념사진 액자가 포함되어 있었기 때문이다. 그밖에 졸업생들의 명단이 실린 신문의 복사본도 한 장 있었는데, 카를리노 다코라는 이름 밑에는 빨간색으로 밑줄이 그어져 있었다.

세 번째 봉투에는 다음과 같은 제목의 글귀가 적혀 있었다.

'국왕의 군대 소위인 아들 카를리노의 군 복무, 포병대 소속, 주특기 야전 대포 부대.'

이 봉투는 가장 얇았는데 〈에밀리아나 소식〉이라고 하는 신문의 한 호만이 들어 있었기 때문이었다.

기사 내용 중 밑줄이 그어져 있는 대목은 다음과 같았다.

'어제 제 4야전 대포 부대, 훈련장으로 떠나다.'

네 번째 봉투에는 명세서가 들어 있었다.

'아들 카를리노, 시사 평론가로 활동하다.'

그 안에는 〈뽀 강의 집배원〉이라는 제호의 신문 사본 3개가 들어 있었다. 각 사본에는 대략 반 단 크기의 작은 기사 한 개가 붉은색으로 표시되어 있었다. 그것은 꽤 최근의 기사였다. 얼마 전 카를리노는 누군가와 간단한 말다툼을 벌인 적이 있었다. 그로 인해 카를리노가 농가들에 대한 모종의 사업에 개입하게 되었던 것이다. 별로 대단한 일은 아니었다. 그러나 카를리노에 관한 기사의 다음 부분에는 밑줄이 그어져 있었다.

'오늘날 우리 시골의 생활을 엉망진창으로 만드는 소란스러운 분쟁의 책임은 대지주들에게 있다. 그들은 그들의 고용인들과 소작인들이 종종 빈약하기 짝이 없는 집에서 살도록 강요하곤 하기 때문이다.'

아버지는 밑줄을 치는 데 썼던 바로 그 붉은 색연필로 그 기사 옆의 여백에 이렇게 적어 놓았다.

'멍청한 놈!'

마지막 봉투에는 어머니가 잃어버렸던 두 장의 사진 복사본이 다소 빛바랜 상태로 들어 있었다. 그 봉투의 제목은 다음과 같았다.

'아들 카를리노와 …년 …월 …일에 태어나 자코모라는 이름으로 세례를 받은 손자의 사진들.'

카를리노는 벌떡 자리에서 일어서더니 노인이 안치되어 있는 방으로 달려갔다.

"그래요!"

그는 노인의 침대 가장자리에 몸을 바싹 갖다 대며 외쳤다.

"그 애 이름은 자코모예요! 자코모 다코라고 한다고요. 세례식 초대장에는 내가 미노 다코라고 인쇄하게 시켰지만 말예요. 읍사무소 호적과에 가셨었죠, 그렇죠? 내게 창피를 주려고요! 하지만 그 애 이름을 지은 사람은 멍청한 내 마누라였어요. 내

자식한테 아버지 이름을 붙여 주느니 차라리 '뱀'이라고 부르는 게 나았을 거예요! 아버지가 내 마누라를 처음 만났던 날, 차마 입에 담지 못할 욕설을 퍼부었는데도 그녀는 돈이 욕심나서 그런 이름을 붙여 준 거라고요. 하지만 나는 아버지나 내 마누라나 둘 다 분통이 터져 죽게 할 생각이에요. 내일 나는 캄포룬고를 팔아 버리고 난 돈을 전부 기증해 버릴 테니까요!"

카를리노는 땀을 뻘뻘 흘려가며 악을 썼다. 그는 연신 숨을 헐떡거리면서도 자코모의 침대 곁을 떠나지 않았다.

"그건 내 사생활이에요!"

그는 갑자기 신음 소리를 냈다.

"내가 결혼한 거니까 내 맘에 들어야 하는 거지, 아버지 맘에 들어야 할 필요는 없어요! 그리고 내 인생도 마찬가지예요! 아버지나 그 좋아하시는 캄포룬고로 돌아가세요! 저는 내일, 모든 걸 다 팔아 버리겠어요. 캄포룬고 안에 들어있는 모든 것도 함께 다 팔아 버리겠어요…. 아버지의 돈과 땅이니까 아버지가 가지고 가시라고요…. 나는 불쌍한 어머니처럼 살지는 않을 거예요…. 저 앞에다 고급 승용차도 갖다 놓았단 말이에요. 그 차만 타면 난 20분 내에 도시로 갈 수 있어요. 그곳에는 직장이 있고, 미래가 있고, 가정이 있어요. 하지만 여기에는 내 것이라곤 아무것도 없어요."

노인의 시신은 꼼짝도 하지 않았다. 노인의 얼굴은 무뚝뚝한 표정, 아니 차라리 냉혹한 표정을 짓고 있었다.

카를리노는 다시 침대 가장자리에 몸을 바싹 갖다 댔다.

"나는 아버지가 살아계셨을 때에도, 결코 무서워하지 않았어요. 그러니 돌아가시고 난 다음에야 물론 무서워하지 않은 게 당연하다고요!"

카를리노는 숨을 헐떡였다.

"명령 같은 건 무덤에나 가서 하세요! 이제 명령은 내가 내려요! 주인은 바로 나란 말이에요! 전부 다 팔아 버리겠어요! 떠날 거예요. 이미 아버지 때문에 속을 끓이다가 진이 빠질 만큼 빠졌어요. 무덤까지 가는 길을 모르시면 사람들한테 물어보세요. 친절하게 알려 드릴 테니까."

그는 방에서 나왔다. 때는 새벽이었다.

젖소 치는 일꾼들은 벌써부터 일하고 있었다. 카를리노는 외투를 벗고, 거름을 푸는 삽을 움켜잡더니 마구간으로 들어갔다. 잠시 뒤, 그는 방금 퍼내서 김이 모락모락 나고 똥물이 뚝뚝 떨어지는 거름더미 가득 찬 수레를 밀며 밖으로 나왔다.

카를리노는 아우렐리아 승용차 앞을 지나면서, 아버지가 그 옛날, 자신의 동창생들이 농장에 찾아왔을 때, "카를리노 다코는 저기서 경차를 갖고 운전 교육을 받고 있는 중이오."라고 말하던 모습을 떠올렸다.

"여보, 당신이 그렇게 좋아하는 카나스타 카드놀이와 오후 5시에 마시는 차를 내가 다시 보게 해 주지. 그게 얼마나 안락한 생활이었는지를."

그는 중얼거리면서 회전목마 위의 꼭두각시 인형처럼 입술에 색칠을 하고 다니던 여자, 즉 자기 마누라에 대해 생각했다.

"당신도 여기 캄포룬고에서 살아보면, 저절로 깨닫게 될걸!"

그는 이미 쌓여있던 거름더미 위에 수레에 담아온 거름을 쏟아붓고는 더 이상 마구간으로 돌아가지 않았다. 대신 수레를 내려놓고 뽀 강까지 걸어갔다. 강가로 다가간 카를리노는 어느 돌덩이 위에 턱을 괴고 걸터앉아 깊은 생각에 잠겼다.

그 큰 방, 아무 소리도 나지 않고 텅 비어 있던 그곳, 그 커다란 방의 침대 위에 누워 있던 아버지…. 그런 생각을 하다가 문득 카를리노는 생전 처음, 아버지에 대한 연민의 정을 느꼈다. 그는 마음에 가늘게 파고드는 고뇌 때문에 부르르 몸을 떨었다.

그의 입술에서 다음과 같은 기도의 말들이 피어났다.

"예수님, 저를 도와주소서. 이 같은 고뇌가 결코 저를 떠나지 않게 해 주소서. 그래서 평생, 이 고뇌가 저를 따라다니게 하소서. 아버지가 고통을 겪으셨던 것을 아무도 몰랐던 것처럼, 저도 똑같이 고통받게 해 주소서."

이 같은 기도는 강물 위에 떨어져 멀리멀리 흘러내려 갔다. 그러나 하느님께서는 그 기도는 이미 다 기록해 두셨다. 그리하여 캄포룬고는 살아남을 수 있었다. 그 안에 들어있는 모든 것들과 더불어. 즉, 파란색 장교 외투와 아들 카를로에 관한 서류가 들어 있는 봉투들도 한 사내의 삶과 더불어 남게 되었다.

고집불통 챔피언

조바는 스무 해 동안 아침마다 날씨에 상관없이 자전거를 타고 도시까지 나가 스포츠 신문 〈가제타〉를 사는 일을 반복해왔다. 신문이란 게 달라봐야 얼마나 다르겠는가! 하지만 그는 '마을에서 파는 〈가제타〉는 믿을 수 없다' 는 굳은 신념을 가지고 있었다.

도시까지 왕복 30킬로미터를 자전거를 타고 갔다 오는 것이 그의 유일하고도 규칙적인 일과였다. 조바는 고정된 직업 없이, 시내에 스포츠 신문을 사러 가는 것과 자전거에 관한 책을 읽을 시간이 충분한 일이라면 무슨 일이든 닥치는 대로 뛰어들어 생계를 유지했다.

그러나 조바는 얼빠진 사람도, 게으름뱅이도, 카페나 술집 주변에서 어슬렁대는 주정꾼도 아니었다. 그저 자전거 타기를 즐기며, 자전거에 관한 일이라면 모르는 게 없는 사람이었다. 그는 스포츠 신문에 난 자전거 경주대회 기사는 물론이고, 구할 수만 있다면 자전거나 자전거 경주에 관한 글을 모두 읽어대는, 한 마디로 자전거 마니아였던 것이다.

조바가 올해로 나이 마흔 살이니, 벌써 25년째 남들이 보기에는 무의미한 일에 몰두하며 보통사람들과 다른 방식으로 살아온 셈이다. 그런데 어느 날 미국으로부터 '텔레비전 퀴즈 대회' 라는 새로운 문화가 도입되었고, 그로 인해 조바의 생활도 극적인 변화를 맞이하게 되었다.

어떤 프로에서 자전거 전문가들을 출연시켜 퀴즈 맞히기를 한다는 말을 듣자, 그는 냉큼 몰리네토의 선술집으로 달려가 텔레비전 앞에 앉았다.

사회자가 봉인된 봉투를 열고 자전거 경주에 대한 질문을 읽어 내려가자 그는 모든 문제에 척척 답을 대기 시작했다.

그 첫날 저녁에는 선술집의 손님들 몇이 퀴즈를 맞춰가는 그를 신기하다는 듯이 바라보았을 뿐이다.

두 번째 주에도 조바가 계속 정답을 척척 알아맞히자, 사람들의 관심이 더해가기 시작했다.

셋째 주, 질문이 더욱 어려워지고 참가자들이 가끔씩 틀린 답을 내놓았을 때에도 조바는 계속 정답을 알아맞혔다. 마을 사람들 사이에 일대 소동이 벌어졌다.

마지막 주, 최종결선에 참가한 사람들이 마지막 관문인 세 가지 질문에 대답을 못 하고 나가떨어졌을 때에도, 조바는 정확한 대답을 말할 수 있었다. 분명히 그들보다도 훨씬 더 많이, 더 잘 알고 있음이 틀림없었다. 마을 사람들은 조바를 대단한 인물로 인정했다.

'저 친구는 500만 리라를 상금으로 받은 거나 진배없어!'

다들 야단이었다. 그런데 얘기는 여기서 끝난 게 아니다. 마지막 문제를 맞췄든 못 맞췄든 간에, 퀴즈 게임에는 항상 우승자가 있게 마련이다. 마지막 관문을 통과하지 못해 500만 리라를 아깝게 놓쳤지만, 어쨌든 최후까지 남았던 퀴즈 대회의 우승자는 출신지인 레젤로 마을의 공산당 읍장으로부터 성대한 환영인사를 받았다. 악대까지 동원한 대대적인 퍼레이드와 광장에서의 멋진 축사를 통해 자기 고장의 명예를 드높인 사람으로 극진히 대접받았던 것이다. 이 시점에서 이야기는 정치적인 국면에 접어들게 된다.

빼뽀네가 부하들을 한자리에 불러 모았다.

"레젤로 마을 이야기를 들었나? 조바를 당에 가입시키면 대중으로부터 큰 인기를 얻을 수 있을 거야. 퀴즈 대회에 내보내 우승이라도 하면 정말 대단하겠지! 머지않아 국회의원 선거가 있는데, 그가 끌어올 수 있는 표가 무척 많을 거라고. 어떤 대가를 치르더라도 조바를 우리 편으로 만들어야만 해!"

그들은 이 문제를 갖고 밤새도록 토론했다.

다음 날 아침, 브루스코, 비지오 그리고 스미르초가 〈가제타〉를 사러 도시로 향하는 조바를 막아섰다.

"조바, 자네 공산당에 가입하지 않으려나? 위원 자리도 주고, 새 옷을 싸게 살 수 있도록 해주겠네. 어때, 입당하지 않겠나?"

"난 정치 같은 덴 끼어들고 싶지 않네!"

조바는 거칠게 쏘아붙인 뒤, 자전거에 올라타고 사라져 버렸다.

그들에게는 더 이상 압력을 가할 뾰족한 수가 없었기 때문에, 조바는 여느 때처럼 도시로 〈가제타〉를 사러 갔다가 올 수 있었다. 그러나 돌아오는 길에 조바는 다른 일당과 마주쳐야 했다. 기독교민주당 패거리였다.

"조바, 자네는 독실한 신자가 아닌가? 주님의 당에 가입하는 건 자네의 의무나 다름없네. 우리 당에 입당하겠다고 말만 하게, 그러면 임원 자리와 새 옷을 보장해 주지."

조바는 고개를 저으며 대답했다.

"나는 세례를 받을 때 이미 주님의 당에 가입한 셈이오."

일이 이렇게 되자, 공산주의자들은 또다시 조바를 찾아와 더 많은 것을 주겠노라고 제안했다. 감독관 자리, 정장 한 벌, 외투 그리고 손수건 한 다스를 조건으로 제시했다.

소식을 듣고 서둘러 나타난 기독교민주당원들은 한 술 더 떴다. 당 임원 자리, 정장 한 벌, 외투, 레인코트, 손수건 한 다스에다 추가로 양말 여섯 켤레를 내걸었다.

그러자 뻬뽀네가 마지막으로 기독교민주당 놈들이 약속했던 모든 것에다 경주용 자전거와 새로 나온 기념주화를 더 주겠다고 제안했다. 기독교민주당에서는 스쿠터를 주겠다고 맞받았다.

"원하는 걸 고르게. 셈은 우리가 치르도록 하지."

"싫소."

조바가 대답했다.

마침내 두 진영 모두 인내심을 잃고 조바에게 물었다.

"도대체 무얼 원하는 건가? 자동차라도 달란 얘긴가?"

"아무것도 기대하지 않소. 난 그저 정치에 관심이 없을 뿐이오. 난 자전거나 타고 돌아다니면 충분하단 말이오. 외투니 레인코트니 하는 것도 다 필요 없소."

첩보전을 방불케 하는 비밀작전과 각종 술수가 난무했다. 공산당들에는 기독교민주당 패거리가 한 행동이, 그리고 기독교민주당에는 공산당 패거리들이 한 행동이 낱낱이 알려졌다.

조바가 꿈쩍도 하지 않는 동안, 텔레비전 퀴즈 대회는 점점 더 많은 인기를 얻어갔다. 마침내 뻬뽀네가 읍사무소에 기독교민주당 사람들을 불러다가 중대한 발표를 하기에 이르렀다.

"조바 때문에 양 진영 간에 크고 작은 다툼이 끊이지 않고 있소. 여러분도 잘 아시겠지만, 나는 공산주의자이기 이전에 마을의 읍장이외다. 그래서 오늘 난 여러분에게 중대한 제안을 하고자 하오. 요즘 퀴즈 대회의 인기가 전국적으로 높아 간다고 합디다. 지금 우리는 당파를 떠나 마을의 이익을 위해 하나로 뭉쳐야 할 때를 맞았소. 퀴즈대회를 구경하면서 조바가 보여준 역량을 감안할 때, 우리의 퀴즈 도사가 텔레비전에 출연만 할 수 있다면 우승을 거두고 바싸 마을의 이름을 드높일 수 있을 것이 틀림없소. 그러므로 당파를 초월해 조바를 대회에 출전시키기 위한 긴급 위원회를 신속히 결성해야 한다고 제안하는 바이오."

양측 모두 이견은 없었다. 그뿐인가, 뻬뽀네의 연설이 얼마나 멋졌는지, 모두들 굉장한 박수갈채를 보내며 제안에 바로 찬성했다. 공산당원 다섯과 기독교민주당원 다섯 사람으로 구성된 위원회가 그 자리에서 결성되었다. 위원회는 결성되자마자 즉각 작업에 착수했고, 그날 밤 협의도 만족스럽게 마칠 수 있었다.

다음날, 위원회는 모두 조바의 집으로 찾아가 설득작업에 돌입했다.

"조바, 지금부터 하는 얘기는 당이나 정치와는 상관없다는 점을 명심하게. 자네 개인의 이익은 물론이고 우리 마을의 명예가 걸린 문제일세. 다음번 텔레비전 퀴즈 대회에 꼭 나가게. 우린 무슨 수를 써서라도 자네가 참가할 수 있도록 돕겠네. 마을의 명예가 걸려 있는 만큼, 자네를 머리부터 발끝까지 쫙 빼입히고 자동차로 밀라노까지 데려다 주겠네. 물론 경비도 제공될 걸세. 결국 자네는 500만 리라를 벌고, 마을에는 명예와 유명세를 선사하게 되는 걸세. 마침 〈가제타〉 신문이 밀라노에서 발행되니 인쇄소에서 갓 나온, 잉크 냄새가 폴폴 나는 신문도 읽을 수 있을 걸세!"

그러나 조바는 관심 없다는 듯 고개를 저었다.

"그냥 시내 나가서 사는 신문으로도 충분하오. 굳이 밀라노까지 갈 필요가 없소."

"아니, 500만 리라는? 이건 500만 리라를 거저 얻을 수 있는 기회이지 않나!"

"정치에 관심 없다고 했잖소."

조바는 고집불통이었다.

"대체 정치가 무슨 상관인가? 지금 당에 가입하라는 얘기가 아니잖나!"

조바는 계속 고개를 저었다.

"공산당 위원 자리를 주겠다던 사람들 다섯과 기독교민주당 임원 감투를 주겠다던 사람들 다섯 명이 한자리에 모였잖소. 나는 당신들을 도대체 믿을 수 없소."

맞는 말이었기 때문에 그들 모두는 말을 잃었다. 방법은 오직 하나였다. 뻬뽀네를 포함한 공산당원 다섯과 필로티를 포함한 기독교민주당원 다섯이 사제관으로 향했다.

돈 까밀로는 그들이 함께 나타나자 굉장히 당혹스러웠다.

'양 측의 골수분자들이 한데 모이다니, 대체 무슨 작당들을 하려고!'

뻬뽀네가 입을 열었다.

"신부님, 읍민의 하나로서, 그리고 읍민을 대표하는 읍장의 입장에서 부탁하고 싶은 일이 있소. 조바의 퀴즈 출연 문제와 관련된 일이오. 조바에게 이 일이 정치와는 하등의 상관도 없으며 오직 마을의 명예를 드높이기 위한 일이라고 확신시킬 수 있는 사람은 이젠 신부님밖에 없소. 조바는 텔레비전 퀴즈 프로에서 우승할 수 있는 실력이 있으니 꼭 나가야 하오."

"아, 아니, 자네들은 멍청이를 방송에 내보내 마을을 웃음거리로 만들고 싶은 건가?"

돈 까밀로는 황당해서 말을 더듬거렸다.

그러자 뻬뽀네가 반문했다.

"멍청이라니요? 그의 실력이면 거뜬히 우승하고도 남소. 누가 그보다 더 자전거에 대해 잘 안답디까? 신부님이오? 그럼 하나 물어봅시다. 자르데뇨라는 선수가 경주 도중 왼쪽 다리에 쥐가 났던 건 언제, 어느 경기에서였습니까?"

"몰라."

"거 보시오. 그러니까 우리는 이런 걸 잘 알고 있는 친구가 필요한 겁니다. 그리고 조바가 바로 그 적격자란 말이오. 조바는 나가기만 하면, 상금 500만 리라를 충분히 받을 수 있을 겁니다.”

“뭐? 조바가 상금 500만 리라를 받을 수 있다고?”

그때 기독교민주당의 대장인 필로티가 끼어들었다.

“신부님, 텔레비전에 ‘마음이 가난한 사람은 행복하다. 하늘나라가 그들의 것이다.’ 라는 자막이 늘 나오는 건 아니지만, 그래도 요즘 사람들이 무슨 일에 관심을 두고 있는지 정도는 알고 계셔야지요.”

“이봐, 이봐.”

돈 까밀로가 받아쳤다.

“그건 나도 잘 알고 있네. 게다가 성경에는 ‘마음이 가난한 자가 바로 바보다’ 라고 쓰여 있지도 않네. 아무 때나 잘난 척하면 곤란하지.”

“지금 성경 구절을 가지고 말장난하고 있을 때가 아니오.”

뻬뽀네가 외쳤다.

“아무튼 상황이 이러니, 신부님은 조바에게 그 일에는 정치성이 하나도 들어있지 않다는 점을 확실히 이해시켜 주시오.”

돈 까밀로는 어쩔 수 없다는 듯이 양팔을 벌리며 말했다.

“모두의 뜻이 그렇다면야….”

돈 까밀로의 부름을 받고 조바가 쏜살같이 달려왔다. 그는 돈 까밀로를 무척 존경하는 터라, 명령이 떨어지면 당장 불 속에라도 뛰어들 것처럼 잔뜩 긴장하며 돈 까밀로의 말에 귀를 기울였다.

"조바, 만약 내가 퀴즈 대회가 정치하고는 아무런 관계가 없다고 하면 그 말을 믿겠나?"

"예, 신부님."

"그리고 만일 자네가 우승해서 상금을 타오는 일이 마을의 명예를 드높이는 일이라고 말하면 나를 믿겠나?"

"예, 신부님."

"그럼, 그들의 제안을 받아들여 시합에 참가하게나."

"싫습니다, 신부님."

순간 돈 까밀로가 당황했다.

"조바, 500만 리라나 걸린 시합에, 나가기만 하면 우승할 수 있는데도 참가하지 않겠다는 건가? 어째서?"

"저도 자존심이 있어요. 남들이 시키는 대로 하고 싶진 않습니다."

돈 까밀로는 더 이상 강요하지 못하고 방 안을 이리저리 걷다가 조바 앞에 다리를 벌리고 섰다.

"조바, 만일 자네가 고집을 꺾는다면 나는 자네를 종지기로 채용하겠네."

이 제안은 조바의 마음을 흔들어 놓았다. 주님의 충실한 종인 그에게는 정말 이상적인 일이었기 때문이다. 그는 꼬박 5분 동안을 생각에 잠겼다가 끝내 고개를 저었다.

"신부님, 아무래도 안 되겠습니다. 아침에 종을 울려야 하는데, 그러면 도저히 도시에 가서 〈가제타〉 신문을 사 올 수가 없어요."

"〈가제타〉는 마을에서도 팔잖나!"

돈 까밀로가 신음하듯 외쳤다.

조바는 웃음을 터뜨리며 대답했다.

"에이, 신부님. 아니에요. 도시에서 파는 건 마을에서 파는 거랑은 전혀 다르다고요. 암요, 다르고말고요."

돈 까밀로도 고집에 있어서 둘째가라면 서러운 사람이었지만, 이 자전거 마니아에게는 도무지 씨알도 먹히지 않았다.

퀴즈 도사의 억센 고집에 무릎 꿇은 그는 그저 성경을 읽듯 한마디 했을 따름이다.

"아, 고집이여. 너는 정말 대단하도다…."

벽 속의 유물

브루스코는 벽을 쳐다보더니 어깨를 으쓱해 보였다.

"그래, 어떤가?"

돈 까밀로가 급하게 물었다.

"모르겠는뎁쇼."

"벽돌공이 벽을 보고 거기다 문을 낼 수 있을지 없을지를 모르겠다면 직업을 아예 바꿔버리게!"

돈 까밀로가 비꼬았다.

"이 벽은 보통 벽이 아니라, 아주 낡아빠진 벽이란 말입니다."

브루스코가 설명했다.

"이렇게 오래된 벽은 간혹 사람을 속이기도 해요. 그러니 저 석회를 뜯어내고 그 밑을 샅샅이 살펴보지 않는 이상 확실한 대답을 드리지 못하겠습니다."

돈 까밀로는 브루스코의 의견을 받아들일 수밖에 없었다.

"좋아, 여기가 성스러운 장소라는 걸 잊지 말게."

돈 까밀로는 그에게 주의를 주었다.

"되도록이면 깨끗하게 작업하고 절대로 여기를 더럽히지 말게나."

브루스코는 연장통에서 망치와 끌을 꺼내더니 벽에 붙은 석회를 쪼아내기 시작했다.

그는 망치질을 두어 번 하더니, 이내 투덜거렸다.

"이것 참, 고약한데요. 이 벽은 자갈과 진흙으로 채워져 있어요. 벽돌이라면, 네모 반듯하게 잘라내고 문틀을 고정하면 되는데…."

돈 까밀로는 자신이 직접 망치로 벽을 두드려 보았다. 그러나 거기도 마찬가지였다.

"거 참 이상하군. 이 성당의 바깥벽은 벽돌로 되어 있잖나? 그런데 무엇 때문에 안쪽에는 자갈로 벽을 쌓았을까?"

브루스코는 낭패라는 듯 양팔을 펼쳐 보였다.

"그거야 알 수 없지요. 아마 기둥 몇 개 세우고 벽체에만 벽돌을 쌓은 다음, 나머지는 자갈들을 채워 넣었나 봅니다. 하지만 마음을 느긋하게 먹고 조금만 더 깊이 파보도록 합시다, 신부님.”

그는 커다란 끌로 석회벽 밑에 드러난 자갈 주변의 진흙을 쪼아대기 시작했다. 그리고 벽을 망치로 두들기자 그 안에서 또 자갈들이 나왔다. 이것 역시 빼내려고 힘을 주니까, 툭 하는 소리와 함께 자갈들이 반대편으로 갑자기 사라져버렸다.

“아마 이 벽 뒤에 공간이 있는 것 같아요. 도무지 이해할 수가 없는데요. 바깥의 벽돌들까지 전부 자갈로 채워져 있을 줄 알았는뎁쇼….”

브루스코는 천장으로 눈길을 돌렸다. 천장을 가로지르는 굵은 대들보 세 개가 제의실 위 다락방을 지나 자갈 벽 위에 닿아 있었다.

그는 재빨리 사다리를 타고 다락방으로 올라갔다. 돈 까밀로도 그 뒤를 따랐다. 브루스코는 천장에 맞닿은 다락방 마루를 들어올리고, 벽돌 두세 개를 끄집어냈다. 그는 불빛을 비춰보더니, 돈 까밀로에게 숨겨진 공간을 보여주었다.

거기엔 금고 하나가 덩그마니 놓여 있었다.

“역시 성당에는 비밀이 많네.”

브루스코가 비꼬았다.

“신부님, 벽체는 원래 벽돌로 된 게 확실해요. 두 번째 자갈벽은 금고를 숨기기 위해 만든 것 같군요.”

돈 까밀로는 알 수 없는 기대감에 휩싸여 열병이 날 지경이었다. 그는 제의실로 돌아온 다음, 브루스코에게 능청스럽게 말했다.

"수고했네. 이제부터 자네는 필요 없네."

"아니요, 필요하실 텐데요? 폭 5미터, 높이 3미터, 두께가 50 센티미터나 되는 벽이라면 상당한 양의 진흙과 자갈이 들어 있을 겁니다. 저 금고의 문짝을 열고 싶으시다면 저 벽을 전부 부숴야 할 걸요."

"얼토당토않은 소리. 내가 왜 저 벽을 때려 부순단 말인가? 난 그렇게까지 머리가 나쁜 사람이 아닐세."

"신부님은 돈 까밀로니까요."

돈 까밀로는 벽의 크기를 다시 한 번 생각해 본 뒤, 자기 혼자의 힘으로 작업하는 건 무리라는 데 동의했다.

"좋아. 벽을 허물 인부를 데려오게. 하지만 그 작업이 끝나면 모두들 곧장 여기를 떠나 주게. 금고를 여는 일은 나 혼자 하고 싶으니까."

10분 뒤, 온 마을 주민이 성당 마당에 모였다. '돈 까밀로가 성당 안에 숨겨진 보물을 발견했다' 는 소문이 바람처럼 퍼져나갔기 때문이다.

사람들은 저마다 금화가 가득 든 항아리나 값비싼 예술품과 보석 따위를 꿈꾸었다. 모두들 어찌나 흥분했는지 꼭 그것을 구경하고 싶어 했다.

브루스코가 구해 온 여덟 명의 인부들은 어느새 여든 명으로 늘어나 있었다.

자진해서 일을 도와주는 사람들의 길고 긴 행렬이 흙과 자갈 더미를 줄줄이 손에서 손으로 운반했다. 이제 벽은 아주 빠른 속도로 해체되었다. 이윽고 그 신비스런 금고가 서서히 모습을 드러냈다.

어둠이 내렸지만 아무도 집으로 돌아가려고 하지 않았다. 그리고 곧 진흙과 자갈이 담긴 마지막 양동이가 치워졌다. 돈 까밀로는 금고 앞에 버티고 서서, 제의실을 가득 메운 군중을 향해 소리쳤다.

"도와줘서 고맙소. 안녕히들 주무시오."

이 말에 사람들은 발끈했다.

"어서 금고문을 여시오! 우리도 보고 싶으니까!"

"그건 신부님 혼자만의 물건이 아니에요!"

"그 보물을 우리 모두 나눠 가집시다!"

돈 까밀로가 큰 목소리로 응수했다.

"이곳은 마을의 광장이 아니오! 여기는 성당이요! 성당 안에서 발견되는 물건들은 모두 교회의 소유라는 사실을 아직도 모른단 말이오? 남의 물건을 함부로 탐하는 폭도들처럼 소란 떨지 마시오."

경찰서장과 두 명의 순경이 금고 앞에 우뚝 서 있는 돈 까밀로 앞을 막아섰다. 그러나 너무나 열광적으로 밀고 나오는 군중의 바람을 저지하기에는 역부족이었다.

"좋아!"

돈 까밀로가 선언했다.

"모두 뒤로 물러서시오. 지금 당장 금고문을 열어 보여줄 테니까!"

사람들이 뒤로 물러나자 그는 금고문을 활짝 열었다.

금고 안에는 여러 칸의 선반이 있었는데, 그 위에는 책들로 가득 채워져 있었다. 그 책에는 번호가 차례로 매겨져 있는데 일련 번호 같아 보였다.

돈 까밀로는 그중 한 권을 집어들어 훑어본 다음, 이렇게 선언했다.

"이건 정말 대단한 보물이오. 하지만 여러분이 상상하고 있던 그런 종류의 보물은 아니오. 이건 1751년까지 200년 동안 이 교구에서 누가 태어나고 죽고 결혼했는가를 기록한 책일 뿐이오. 1751년도에 무슨 일이 일어났는지 모르겠지만, 그 신부는 틀림없이 이 기록들이 훼손되거나 없어질까 봐 이곳에 벽을 쌓고 따로 보관해 두었던 것이 틀림없소."

그러나 사람들은 돈 까밀로의 말이 정말인지 눈으로 직접 확인하고 싶어 했다. 그 많은 사람이 모두 금고를 향한 행진을 마치고 나서야, 돈 까밀로는 시끌벅적한 하루를 간신히 마감할 수 있었다.

돈 까밀로는 아무도 없이 혼자만 남게 되자 성당에 앉아 예수님에게 말씀드렸다.

"예수님, 용서하소서. 저로 인해 당신의 집이 보물을 찾으려고 혈안이 되어 미쳐 날뛰는 불경한 자들의 소굴이 되어 버렸나이다. 제 탓이옵니다. 누구보다 먼저 저 자신이 미쳐 날뛰었습니다. 목자가 정신이 나가버렸는데 어떻게 양떼가 현명하게 행동할 수 있겠습니까?"

그러나 돈 까밀로는 또 다른 착란에 빠져버렸다. 이번엔 그 모든 기록을 당장 대충이라도 읽어 보고 싶다는 욕망에 사로잡혔던 것이다.

그는 눈에 보이는 책을 집어들고 뒤적거리기 시작했다. 의도에 문제가 있다고 쳐도, 결과적으로 아주 잘못된 판단은 아니었다. 왜냐하면 1650년 연감과 함께 당시의 본당 신부가 매일 매일의 중요한 사건을 기록해 둔 일기장을 발견했기 때문이다.

돈 까밀로는 눈에 불을 켜고 이 일기책에 몰두한 결과 온갖 종류의 재미있는 사실을 알게 되었다. 그중에서도 1650년 5월 6일의 일기 중에서 그는 정말로 놀랄 만한 항목을 발견했다. 그 중 하나는 조수에 스코차란 인물에 관한 것이었다. 그는 이웃 마을 토리첼라의 중앙 광장에 우뚝 서 있는 위인으로 그 석상의 대좌에는 다음과 같은 멋진 비문이 새겨져 있었다.

> 조수에 스코차(1650~1746)
>
> 신과 같이 위대한 음악의 창조자이며
>
> 토리첼라의 사랑하는 아들로서
>
> 그의 이름은 토리첼라의 이름과 함께 영원히 빛나리라

그뿐이 아니다. 조수에 스코차는 토리첼라 사람들에게 가장 사랑받는 이름이기도 했다. 학교나 관청을 막론하고 좀 규모가 크다 싶으면 그의 이름이 붙지 않은 곳이 없었다. 토리첼라 사람이 연설할 때면 빠짐없이 그가 인용되었고, 심지어 전국 규모의 신문들은 조수에 스코차를 일컬어 '토리첼라의 백조' 라고 부르기도 했다. 그러니 토리첼라와 수백 년 동안 경쟁 관계에 놓여 있었던 바싸 사람들에게 있어, 자신들에게 조수에 스코차에 비견할 만한 인물이 없다는 사실은 무척 아쉬운 점이었다. 그런데 지금 돈 까밀로가 발견한 것은 이 토리첼라 사람들의 자부심을 무참히 꺾어놓을 만한 일대 사건이었다. 그 내용은 다음과 같았다.

> 오늘 대장장이 제레미아 스코차가 토리첼라로 이사를 했다. 그는 산비토 백작 밑에 가서 그를 위해 일하게 된다. 아내 젤트루데 반델리와 1647년 6월 8일 바싸 마을에서 태어난 아들 조수에도 함께 떠났다.

돈 까밀로가 1647년도 기록을 급히 찾아보니까, 이 위대한 예술가는 이 마을에서 태어난 것이 확실했다. 스코차 가문이 바싸 출신임을 증명하는 증거는 그 외에도 많았다. 요컨대 사실을 말하자면 '토리첼라의 백조' 로 불리는 조수에 스코차는 세 살 때 그곳으로 이사를 하였던 것이다.

그런데 노트에는 스코차의 가족사 외에도, 굉장히 놀라운 내용이 하나 더 적혀 있었다.

> 오늘, 1647년 5월 6일, 48세의 대장장이 '주세페 보타치'가 광장에서 목을 잘리는 참수형을 받았다. 그는 지난 4월 8일 비골렌초의 수도원장 돈 파티니 신부를 습격해 깊은 상처를 입히고 황금이 가득 든 자루를 강탈한 죄로 처형된 것이다. 대장장이로서는 훌륭했지만, 신성모독적인 불경한 사상을 지녔던 주세페 보타치는 이곳 출신이 아니다. 그는 20년 전에 이 마을에 정착한 뒤, 감바치 마리아라는 이름의 여인과 혼인했다. 그녀에게서 아들 하나를 보았는데, 안토니오라는 이름으로 세례를 받았고 현재 15세이다. 주세페 보타치는 산적 도당의 두목으로, 산비토 백작의 영토에서 살인과 납치를 일삼아 왔다. 이들 산적은 작년 12월에는 카스텔로 델라 피아나 성을 기습해 그곳 병사들을 살해하기도 했다. 그곳은 산비토 백작의 저택으로 당시 백작은 지하 비밀 통로를 통해 도망침으로써 가까스로 목숨을 건졌다.

돈 까밀로는 그 뒤의 기록들을 죽 살펴보았다. 그러니까 공산당 출신 읍장, 일명 뻬뽀네라고도 불리는 주세페 보타치가 같은 이름의 대장장이 출신 산적 두목의 직계 후손이라는 사실을 명백히 확인할 수 있었던 것이다.

“선거철만 와 보라지.”

돈 까밀로가 중얼거렸다.

“단단히 망신을 시켜줄 테니! 이걸 몽땅 복사한 뒤, 온 마을 구석구석 붙여놓는 거야. 그 밑에는 이렇게 덧붙이면 될 거고. ‘피는 속이지 못하는 법, 산적의 자손은 산적일 뿐이다. 역사는 되풀이된다!’ 라고 말이야.”

이런 계획은 때가 무르익을 때까지는 실행에 옮기기 어려운 일이었다. 그렇지만 한편으로는 굉장히 매력적인 일임에 틀림없었다. 그야말로 일거양득이었다. 돈 까밀로는 ‘토리첼라의 백조’를 지극히 타당한 근거로 이 마을로 모셔올 권리를 주장함과 동시에, 뻬뽀네에게 치명타를 한 방 먹일 방법을 계획하면서 마음속으로만 흥겨워하고 있었다.

그러나 조수에 스코차에 얽힌 비밀은 혼자서만 알기에는 너무나 놀라운 사실이었다. 그래서 돈 까밀로는 그 비밀을 사람들에게 조금씩 흘려주지 않고는 견딜 수 없었다.

그러던 어느 날, 뻬뽀네가 사제관으로 찾아와서 물었다.

“신부님, 금고 속에 있던 책에서 뭔가를 찾아냈다는 소문이 온 마을에 파다합디다. 우리 마을의 명예가 걸려있는 만큼, 나한테 실상을 말해주면 안 되겠소?”

돈 까밀로는 시큰둥하게 양팔을 벌렸다.

“그렇게 궁금한가? 거참, 어떻게 설명하는 게 좋을지 모르겠구먼. 그건 단순한 역사적인 사연이 얽힌 문제에 불과하네.”

"그러니까 그 역사적인 사연이란 게 정확히 뭐요?"

"내 말은 지리학에 관한 문제라는 거야. 알다시피 지리학이 역사를 만드는 거니까 말일세."

"점점 더 모르겠소."

빼뽀네가 뒤통수를 긁으며 말했다.

"미안하지만 좀 자세히 설명해줄 수는 없겠소?"

"글쎄, 그게 올바른 일인지 잘 모르겠는걸!"

"흥, 알겠소. 이제 보니까 또 그 반동적인 선전을 해 가지고 누군가의 명예를 땅에 떨어뜨리려고 하는 거지요?"

돈 까밀로의 얼굴이 벌겋게 달아올랐다.

"내가 설령 선전 같은 걸 한다 해도, 그건 어디까지나 사실에 근거한 걸세. 난 그 스코차가 토리첼라에서 태어난 것이 1650년도가 아니라 3년이나 먼저인 1647년도에 우리 마을에서 태어났다는 사실을 증명하는 문서를 갖고 있네!"

빼뽀네가 돈 까밀로를 향해 몸을 기울였다.

"신부님이 지금 괜한 허풍을 떠는 게 아니라면, 명예가 뭔지도 모르는 인간이 될 거요. 왠지 아시오? 스코차가 토리첼라 출신이 아니라 우리 마을 출신이라는 것을 알고 있으면서 공개하기를 꺼린다면, 그건 하늘로부터 부여받은 우리 마을의 권리를 빼앗는 것이기 때문이오!"

돈 까밀로는 문제의 일기장을 책상 서랍에서 꺼내 빼뽀네에게 보여 주었다.

"자, 진실은 전부 여기 기록되어 있네. 직접 확인하게!"

"그렇다면 왜 이걸 공개하지 않고 입을 다물고 있었던 거요?"

돈 까밀로는 반쪽짜리 시가에 불을 붙이고, 몇 모금 깊게 빨더니 천장을 향해 연기를 내뿜었다.

"스코차에 대한 사실을 공표하려면 또 다른 기록도 공개해야 하는데, 그 기록이 문제였네. 자네 가족을 파탄으로 몰아갈지도 모르는 문제를 쉽사리 공개할 순 없었네."

뻬뽀네는 어리둥절한 표정으로 돈 까밀로를 쳐다보았다.

"내 가정을 파탄 낸다고!"

"그래. 자, 1647년도 5월 6일 자 기록을 읽어 보게. 주세페 보타치란 대장장이가 얼마나 나쁜 악당인지를 말이야."

돈 까밀로는 뻬뽀네 앞에 일기장을 펼쳐 놓았다. 그러고는 관련 기록을 턱으로 가리켰다.

뻬뽀네는 그 부분을 읽고 또 읽더니, 돈 까밀로를 응시했다.

"그게 어떻단 말이오? 내가 1647년의 보타치와 무슨 상관이 있다는 거요?"

돈 까밀로가 양팔을 펼쳐 보였다.

"그가 바로 보타치 가문의 시조이자, 뻬뽀네라는 악명 높은 이름을 이 마을에 남긴 사람일세. 이보게, 자네 조상이 자네와 이름과 직업이 똑같고 자네처럼 산적질도 했던 악당이었다는 사실이 알려진다면, 뭐라고들 하겠나. 어쩌면 자네의 정적들이 선전용으로 멋지게 써먹을지도 모르지. 알다시피 선거철이 다가오고 있지 않나?"

빼뽀네는 스코차와 자신의 조상에 대한 기록을 읽고 또 읽었다. 마침내 뭔가 결심이 섰다는 듯, 노트를 돈 까밀로에게 되돌려 주며 단호하게 외쳤다.

"나는 반동분자들이 뭐라고 하든 전혀 상관없소. 중요한 건 마을의 영광인 조수에 스코차를 되찾아 오는 거요. 내 이익보다는 마을의 이익이 우선이오. 당장 공개하시오!"

빼뽀네는 밖으로 나가려고 하더니 몸을 빙그르르 돌려 돈 까밀로가 앉아 있는 탁자 바로 앞에 바짝 다가섰다.

"더욱이, 나는 보타치라는 분이 내 조상인 점에 대해 오히려 자부심을 느끼오. 보타치 가문은 1647년부터 투철한 사상을 갖고 있었다는 얘기잖소? 죽을지도 모르는 상황에서조차 말이지. 비웃지 마시오. 언젠가는 신부님도 이 문서 속의 성직자처럼 당할지도 모르니까."

"난 돈 까밀로지, 돈 파티니가 아니라는 걸 잊지 말게."

돈 까밀로가 대꾸했다.

빼뽀네가 엄숙하게 손가락을 쳐들며 선언했다.

"비록 우리가 정치 때문에 싸우는 사이라도 마을의 이익을 위해서라면 일치단결할 줄도 알아야 하지 않겠소? 지금 당장 조수에 스코차를 찾아올 궁리나 합시다."

그날부터 돈 까밀로는 토리첼라의 백조를 되찾는 일에 맹렬히 뛰어들었다. 그는 즉각 모든 지방 신문들에 투서해서 '토리첼라의 백조가 실은 바싸의 백조였다!' 는 사실을 기사화하도록 했다.

토리첼라 사람들에게는 청천벽력과도 같은 소식이 아닐 수 없었다. 돈 까밀로는 중앙 일간지에도 '스코차는 토리첼라 출신이 아니라 바싸 출신' 이라는 보도 자료를 보냈다. '오래된 성당의 벽 속에 감추어진 채 밀봉되어 있던 옛 문서의 발견' 은 그들에게는 훌륭한 기삿거리가 될 만한 흥미로운 이야기였다. 전국적으로 이 사건이 어찌나 큰 반향을 불러왔는지, 고집 센 토리첼라조차도 굴복하지 않을 수 없었다. 그리고 토리첼라 사람들은 스코차가 자기네 경쟁 마을인 바싸 출신이라는 것을 믿지 않을 도리가 없게 되자, 곧바로 그에게서 등을 돌렸다.

그들은 이 침입자의 모든 흔적을 말끔히 없애 버리기 위해 '공동 안전 위원회' 라는 단체를 조직했다. 그래서 우선 중앙광장에 서 있는 그의 석상부터 철거하고 그것을 분수대로 바꾸기로 결정했다. 그들의 주장은 이런 식으로나마 모든 오명을 씻어 버려야 한다는 것이었다.

상황이 이렇듯 급박하게 돌아가자 뻬뽀네가 개입하기 시작했다. 그는 토리첼라의 공산당 본부와 연락을 취해 대타협을 이끌어 냈다. 그 위대한 인물의 대리석상을 바싸 마을로 내주면 그 대가로 분수대를 만들어 주겠다는 내용이었다. 그리하여 이 두 가지 선물을 엄숙한 의식과 함께 교환하는데 합의했다.

새하얀 황소가 끄는 수레가 대리석 분수대를 싣고 양쪽 마을의 경계선까지 가서, 석상을 실은 수레를 맞이하기로 했다.

분수대를 만들기 위한 자금은 특별 모금을 통해 순식간에 마련되었다.

한 달 뒤에는 양쪽에서 짐수레들이 출발했다. 조수에 스코차는 동상을 고정하는 발판에 단단히 못 박히고 수레 양쪽에 밧줄로 꽁꽁 묶인 채로 두 마을의 경계 지점에 도착했다. 토리첼라 사람들의 냉대에도 불구하고 그는 정말 자랑스럽고 당당한 기품을 잃지 않고 있었다.

뻬뽀네는 참모들과 마을 악대와 함께 기다리다가, 적당한 때가 되자 행사를 위해 특별히 준비해 두었던 연설을 시작했다.

"찬란한 영광의 형제여! 300년 동안이나 타지에 나가 있다가 드디어 고향에 돌아오게 된 것을 충심으로 환영하노라…."

그 연설은 대단히 감동적이었다.

토리첼라에서 온 수레가 분수대를 싣고 떠나자, 뻬뽀네는 호주머니에서 망치와 정을 꺼내 석상에 새겨진 '토리첼라의 백조'라는 찬양 비문을 쪼아 마을 경계선 밖으로 버렸다. 그러자 마을 사람들이 열광적인 환호성이 터져 나왔다.

이 석상을 실은 수레의 뒤에는 사람들의 행렬이 길게 이어졌고, 그들은 아주 즐겁게 마을의 광장으로 돌아왔다. 그곳에는 모든 것이 완벽하게 준비되어 있었다. 벽돌공, 미장이, 대리석 전문가, 기중기, 받침돌까지 전부가….

석상은 곧 새로 마련된 받침대 위에 똑바로 일으켜 세워졌다. 그 작업이 끝나자마자 새로 만든 비문이 대좌 위에 단단히 붙여졌다. '조수에 스코차 환영위원회'는 천을 그 위에 덮어씌운 다음, 적절한 순간에 그것을 벗기고 제막식을 하기로 했다. 돈 까밀로는 그것에 축복한 다음 돌아온 탕자를 주제로 짤막한 설교를 했다. 정치적인 색채가 전혀 없는 위원회가 모든 행사를 원만하게 처리했다. 이 축하 행사는 저녁 때가 되어 뻬뽀네가 자리에서 일어나 오늘의 일이 얼마나 큰 의미인지를 설명함으로써 끝을 맺었다.

"수백 년 동안 떨어져 있었던 형제여! 우리는 그대의 모습을 이제야 보았습니다. 그러나 우리는 아직 당신의 목소리, 당신을 불멸의 명성에 이르게 한 그 천재적인 목소리를 듣지 못하였습니다. 그래서 이제 관현악단이 프로그램에 따라서 우리 모두에게 우리들의 저명한 음악가인 조수에 스코차 선생의 위대한 선율을 들려주도록 하겠습니다."

광장은 군중으로 가득 차 있었다. 뻬뽀네가 연설을 마치자, 읍내에서도 가장 훌륭한 연주자들로 꾸려진 합주단이 12곡의 스코차 작품 중 〈안단티노 제6번〉을 연주하기 시작했다. 참으로 보석처럼 아름다운 선율이었다.

〈C# 단조의 아리아〉와 〈대왕 소나타〉가 연주될 때까지도, 사람들은 여전히 흥분이 가라앉지 않은 듯 우렁찬 박수를 보냈다.

네 번째 작품인 〈F의 춤곡〉이 시작되자 때, 청중 사이에서 이구동성으로 볼멘소리가 튀어나왔다.

"스코차는 이제 됐어! 베르디를 연주하라고!"

그러자 연주자들은 악기 연주를 멈추었고, 지휘자는 뒤로 돌아서서 청중을 바라보았다.

"베르디! 베르디!"

마을 사람 모두가 베르디를 연호했다.

삐뽀네와 돈 까밀로는 귀빈석에 앉아 있었다. 지휘자는 근심에 찬 표정으로 삐뽀네 쪽으로 구원의 눈길을 보냈다. 삐뽀네는 돈 까밀로를 흘낏 보았고, 돈 까밀로는 말없이 고개를 끄덕여 동의를 표시했다.

"베르디를 연주하시오!"

삐뽀네가 지시하자 청중은 광장이 떠나가라 함성을 질렀다. 모두들 반쯤 미쳐버린 것처럼 열광했다. 지휘자는 연주자에게 무언가를 지시하더니, 지휘봉으로 악보대를 톡톡 쳤다. 순간, 청중이 모두 숨을 죽였다.

〈라 트라비아타〉 서곡이 광장에 울려 퍼졌다. 연주는 아주 훌륭했다. 곡이 끝나자마자 터져 나온 박수갈채가 너무도 열렬해서 지휘자와 연주자들마저 어리둥절할 지경이었다.

"브라보! 브라보! 이런 게 진짜 음악이지!"

삐뽀네가 탄성을 질렀다.

"역시 베르디를 따를 사람은 없어!"

돈 까밀로도 맞장구쳤다.

이렇게 해서 프로그램의 나머지는 전부 베르디로 채워졌다. 맨 마지막 곡이 끝나자 오케스트라의 지휘자는 의기양양한 표정으로 무대에서 물러났다.

공연이 전부 끝나고, 마을 사람들이 모두 집으로 돌아갔다.

뒷정리를 하느라 남아있던 스미르초가 '천재적인 선율의 창조자' 조수에 스코차의 석상 앞에 서서 한마디 했다.

"역시 토리첼라 풍토가 몸에 해로웠던 모양이야. 이 일그러진 얼굴 좀 보라고."

"맞았어!"

비지오가 한마디 거들었다.

"여기서 그대로 살았더라면, 훨씬 더 훌륭한 음악을 작곡했을 거야. 베르디처럼…."

"농담은 집어치워! 역사적인 것의 값어치는 그게 아무리 추한 것이라도 모두 다 아름다운 거야."

빼뽀네가 엄하게 말했다.

"조수에 스코차는 역사적인 인물이니까 앞으로도 계속 위대한 음악가로 후세에도 전해 내려가게 해줘야 해. 그렇지 않습니까, 신부님?"

"물론이지. 어떤 예술가든지 항상 그 당시의 배경에 비추어서 평가해야 한다네."

"그렇지만 베르디가 더…?"

스미르초가 아니라는 듯이 반박하자 뻬뽀네가 가로챘다.

"베르디는 예술가가 아니야. 그 사람은 말이지…. 이만큼 속이 큰 보통사람이었을 뿐이라고!"

그는 웅변하듯이 양팔을 있는 대로 벌려 큼지막한 원을 그려 보였다.

돈 까밀로가 그걸 피한다고 몸을 뒤틀어 보았지만, 뻬뽀네의 솥뚜껑 같은 손은 여지없이 그를 세게 한 방 치고 말았다. 그러나 돈 까밀로는 대예술가 베르디에 대한 존경심을 보인다는 차원에서 아무런 불평도 하지 않았다.

비밀은 없다

성 바빌라상은 돈 까밀로에게 끊임없는 골칫거리였다. 그러나 그것을 어떻게 하면 치워버릴 수 있을지 적당한 방법은 도무지 떠오르지 않았다.

성상은 아주 오래전, 돈 까밀로가 부임하기 전부터 제의실 한구석을 차지한 채로 쭉 그곳에 안치되어 있었다. 때에 따라 그저 제의실 이쪽 구석에서 저쪽 구석으로 옮겨졌을 뿐이다. 그 상은 거의 2미터 크기의 등신상이었고, 납으로 되어 있기라도 한 것처럼 무거웠다.

처음 만들어졌을 때에는 틀림없이 아름다운 얼굴과 고운 손을 갖추고 금박이 입혀진 단정한 성의를 걸치고 있었을 테지만, '세월에 이기는 장사는 없다' 는 옛말처럼 모든 장식들이 조각조각 떨어져나가고 볼품없는 흙덩어리만 남아 이제는 흉물로 변해 있었다. 〈성 바빌라 V.〉 라는 낡아빠진 글귀가 받침대에 남아있지 않았더라면 아무도 성상이라는 것을 알아채지 못했을 정도로 훼손되어 있었다.

본당 신부가 여러 번 바뀌는 긴 세월 동안, 그 성상은 복사들의 옷걸이로 활용되었다. 그런 까닭에 가슴 아랫부분은 삽으로 손질한 것처럼 투박했으면서도, 어깨 위로는 닭 깃털로 다듬은 듯 미끈함을 유지했다.

돈 까밀로는 방치된 성 바빌라상이 너무 부담스럽게 여겨져, 치워버리려고 몇 번이고 결심을 했다가도 선뜻 실행에 옮기지 못하고 망설이기 일쑤였다. 아무리 제의실을 을씨년스럽게 만든다고 해도, 성상을 낡은 냄비를 갖다 버리듯 함부로 내칠 수야 없는 일이었다.

망치로 쳐서 부숴버릴 수도, 고물 처리장에 던져버릴 수도, 그렇다고 지하실이나 장작을 쌓아둔 헛간에 감춰둘 수도 없었다. 언젠가는 심지어 동상을 다락방에 옮겨 놓을까도 했었지만 그 무게에 천장이 내려앉을까 두려워 그만두었다.

차라리 청동으로 된 것이라면 녹여 종이나 각종 장식물로 다시 제작하는 일도 가능했을지 모른다. 그러나 흙으로 빚은 테라코타 상이다 보니, 그렇게 할 수도 없는 노릇이었다. 신성을 모독했다는 비난을 듣지 않고 치워버릴 방법이 정말 없을까?

그러던 어느 날 돈 까밀로는 앓던 이를 쏙 빼버릴 묘안을 기어코 찾아내고야 말았다. 그는 재빨리 제의실로 뛰어들어가 성 바빌라상에게 말을 걸었다.

성상은 언제나처럼 한쪽 구석에 담담한 표정으로 서 있었다. 돈 까밀로는 닳아빠진 머리며 어깨 아래로 거친 성의의 주름이 드러나 있는 모습을 지친 얼굴로 한참 동안 바라보았다.

"가장 좋은 방법을 찾았습니다."

돈 까밀로가 성 바빌라에게 말했다.

"저에게도 좋고 성자님에게도 좋은 일입니다."

그러고는 어느 버릇없는 복사가 목에 걸어둔 향로를 벗겨 내면서 말을 이어나갔다.

"여기는 더 이상 성자님이 계실만한 장소가 못 됩니다. 존경심을 털끝만큼도 갖고 있지 않은 자들이 들락날락하면서 더러운 손으로 주물럭대니 말입니다. 누구도 손댈 수 없고 안전하게 지내실 수 있는 곳으로 옮겨드리지요. 그곳에서 편안한 안식을 취하실 수 있을 겁니다. 아니, 땅에 묻으려는 건 아닙니다. 땅은 망자가 가는 곳 아니겠습니까. 성자님은 지금도, 앞으로도 영원한 삶을 누리게 될 겁니다. 왜냐하면 흐르는 물은 생명의 상징이니까요."

돈 까밀로는 성상의 밋밋해진 얼굴이 찡그리는 듯한 느낌을 받았다. 그러자 도둑이 제 발 저린다고, 돈 까밀로는 오히려 목소리를 높였다.

"뭐, 제가 잘못 말했습니까? 제가 지옥에라도 보낼까 봐 그러세요? 겨우 강바닥에 옮겨다 드리는 걸 가지고 그렇게 얼굴을 찡그릴 필요까지야 없잖습니까!"

다 알아들었다는 듯, 성 바빌라의 얼굴에서 불평하는 기색이 사라졌다. 그래서 그날 밤, 돈 까밀로는 극비리에 계획을 실행에 옮겼다.

애초에 생각했던 것보다 훨씬 만만치 않은 작업이었다. 그 성상의 무게가 거의 150킬로그램에 육박했던 탓이다.

그렇지만 돈 까밀로는 누구에게도 들키지 않고 제의실에서 성상을 끌어내 짐마차에 실을 수 있었다. 그는 이리저리 두리번거리며 인적이 없는지를 확인한 다음, 외투 깃을 눈가까지 끌어올려 얼굴을 감추고 짐마차에 올라 뽀 강으로 향했다.

몰래 성상을 옮기기에 적당한 밤이었다. 매섭게 추운 날씨로 인해 을씨년스러운 거리엔 개미 새끼 한 마리 얼씬거리지 않았던 것이다.

강가에 다다르자 돈 까밀로는 말을 달래 물가까지 마차를 끌고 갔다. 그리고 두 개의 장대를 받침대로 삼아 그 상을 큰 나룻배로 옮겨 실었다.

돈 까밀로는 배를 묶었던 줄을 풀고 강 한복판을 향해 노를 힘차게 저었다. 뽀 강은 바다처럼 넓었고 수심도 워낙 깊어 한 번 물에 무언가를 빠뜨리고 나면 다시는 찾을 수 없는 경우도 종종 발생했다. 돈 까밀로가 생각하기에, 깊디깊은 뽀 강이야말로 성 바빌라상을 위해 마련된 안식처였다.

그러나 성상은 마지막 순간에 마치 혼자서는 가지 못하겠다는 듯이 배를 세게 뒤흔들었다. 자칫하면 돈 까밀로도 함께 뽀강 속으로 빠질 뻔했다. 그는 뱃전에 매달려 겨우 균형을 유지하며, 성 바빌라 상이 서서히 흔적도 없이 수면 아래로 사라지는 모습을 지켜보았다.

놀란 가슴을 쓸어내리며 성당으로 돌아온 돈 까밀로는 제대 위의 예수님에게 다가가 감사 인사를 드렸다.

"예수님, 바빌라 성인께서 저를 물속으로 끌고 들어가지 않도록 도와주셔서 감사드립니다. 우여곡절이 있었지만, 바빌라 성자님이 이제 영원한 안식처를 찾게 되어 대단히 기쁩니다!"

예수님이 미소를 지으며 속삭이셨다.

"그랬냐? 하지만 돈 까밀로야, 사람이 하는 일이 완벽할 수는 없다는 것을 잊지 말거라."

성 바빌라상을 옮긴 사건은 세상이 몽땅 얼어붙기라도 할 듯 추운 11월의 밤 11시 30분에서 1시 45분 사이에 일어났다. 돈 까밀로는 신중에 신중을 기해 움직였기 때문에, 목격자가 있을 것이라는 걱정은 전혀 하지 않았다.

그러나 예수님이 말씀하셨듯이, 사람이 하는 일이 완벽할 수는 없다. 그날 밤 1시 47분, 바싸 마을 공산당 우두머리인 뻬뽀네 동지는 침실 덧창을 두드리는 소리에 깜짝 놀라 잠에서 깨어났다.

그는 침대에서 일어나 조심스레 창문을 열었다. 스미르초가 추위와 흥분에 떨면서 창문 아래에 서 있었다.

"대장."

스미르초가 헐떡거리며 말했다.

"엄청난 사건이 일어났습니다!"

빼뽀네는 아래층으로 내려와 문을 열었다. 안으로 들어오자마자 스미르초가 소리쳤다.

"신성모독 사건이오!"

"시, 신성모독?"

빼뽀네가 말을 더듬었다.

"누가 신성모독을 했다는 건가?"

"돈 까밀로가요!"

스미르초가 외쳤다.

빼뽀네는 그의 멱살을 움켜잡고 흔들었다.

"스미르초, 이 야심한 밤에 사람을 깨워 놓고는 기껏 하는 일이 술주정이냐!"

"아니에요, 대장! 난 멀쩡하다고요. 신부가 신성모독을 저지르는 것을 내 두 눈으로 똑똑히 봤단 말입니다. 제의실 구석에 처박혀 있던 시커먼 바빌라 성녀상, 기억나시죠?"

물론 빼뽀네는 기억하고 있었다.

"'성 바빌라 V.' 말이야?"

그것은 그가 어린 시절부터 지겹게 보아오던 성상이었다. 언제나 제의가 걸쳐져 있던 성상 받침대에 적힌 바빌라 성녀라는 글귀를 복사를 서면서 수백 번도 더 읽었을 것이다.

"네, 그거요. 바로 그 바빌라 성녀상 말입니다."

스미르초는 두서없이 말했다.

"제가 봤다니까요. 돈 까밀로가 야심한 밤에 뭔가를 마차에 싣고 강가로 가더라고요. 그래서 몰래 뒤따라가 봤죠. 강가에 이르자 신부가 성상을 배에 옮겨 싣더니…. 정확히 어디쯤에서 그랬는지는 모르겠지만, 아무튼 풍덩 하는 소리가 났어요. 배가 강기슭으로 돌아왔을 때는 더 이상 배 위에는 아무것도 실려 있지 않았단 말이에요. 대장, 이건 분명히 신성모독이라고요!"

그렇다. 신성모독인 게 분명했다! 그게 아니라면 돈 까밀로는 분명히 환한 대낮에 성대한 행사를 거행했을 것이 틀림없다. 한밤중에 그런 짓을 혼자서 저질렀다면 분명히 뒤가 구린 데가 있다는 얘기였다.

그즈음, 공산당은 '정치적 긴장 완화'를 모토로 내걸고, 교회와 화해를 모색하고 있었다. 그래서 공산당원들은 투쟁의 행진곡을 부르는 대신, 평화를 원하고 다른 사람의 의견을 존중하는 선량한 사람이라는 인상을 심어주려고 노력했다. 오죽하면 골수 공산당원인 뻬뽀네조차 종교적인 문제를 놓고 논평할 때면, 참된 신앙인이라도 되는 듯이 위장했을 정도였다.

뻬뽀네는 1분 1초도 허비하지 않았다. 서둘러 옷을 입은 다음, 스미르초를 대동하고 사건 발생 장소로 달려갔다. 제의실 창문 너머로 살펴보니, 성녀상이 없어진 것이 확실했다.

구둣발과 마차 바퀴 자국을 따라 강가에 도착했을 때, 그들은 아주 중요한 증거 하나를 습득했다. 짐마차에서 배로 옮겨 싣다가 떨어진 성상의 조각이 발견된 것이다. 스미르초의 말이 진실임을 증명하는 무엇보다 결정적인 증거였다.

이와 같은 증거를 모두 수집한 뻬뽀네는 스미르초에게 지시를 내려 부하들을 모두 집합시켰다.

다음 날 아침 11시, 마을 광장 곳곳에는 다음과 같은 벽보가 나붙었다.

> 읍민 여러분!
>
> 어둠을 틈타 야심한 밤에 신성모독의 범죄가 주님의 집에서 일어났습니다. 어느 무뢰한이 한밤중을 틈타 성스런 성당에 들어가 바빌라 성녀의 성상을 훔쳐냈습니다. 우리들의 마음에서 성녀에 대한 신앙심을 없애고 우리가 기억할 수조차 없도록 강에다 던져버리기까지 했습니다. 이는 우리 신자들의 존경심과 추억을 함께 잃어버리게 하는 악랄한 범죄행위입니다. 이런 악질적인 신성모독 음모와 직면해 우리 공산당 지부에서는 그간의 정치적 증오 따위는 접어두고 이 문제에 단호히 대응하겠다는 결론을 내렸습니다. 음모에 의해 희생된 성녀 바빌라에 대해 모든 신자 여러분과 함께 애도하는 바이며, 성상을 되찾기 위한

탐색작업반에 참여해 주시기를 신자들의 사랑과 존경심에 간곡히 호소하는 바입니다.

— 읍장 주세페 보타치

이 내용을 읽은 사람들이 서둘러 성당으로 달려왔다. 온 마을 사람들이 다 벽보를 읽었기 때문에 성당은 금세 사람들로 붐비기 시작했다. 돈 까밀로는 실로 진퇴양난의 어려운 곤경에 처하게 된 셈이었다.

사람들은 모두 어떻게, 언제, 그리고 왜 그런 일이 일어났는지 알고 싶어 했다. 하지만 돈 까밀로는 제대로 답변할 수 없었다. 분노하는 신자들 앞에서 '도둑맞은 것도 아니고, 신성을 모독한 것도 아니오. 성상을 강에 던져버린 것은 나요.' 라고 말할 수는 없는 노릇이었다.

지금까지는 어디 있는지 신경조차 쓰지 않던 사람들이 그것이 얼마나 소중하고 존경해 온 성상이었는지를 새롭게 깨달은 것처럼 그 성상을 없애버린 도둑놈을 당장 찾아내 혼을 내줘야 한다며 이구동성으로 으르렁대고 있었다.

돈 까밀로는 더 이상 버틸 수가 없어 절망적인 기분에 사로잡힌 채 사제관으로 돌아왔다. 그는 심한 열에 괴로워하며 침대에 몸을 던졌다.

그 모습을 본 사람들은 다들 이렇게 말했다.

"신부님이 불쌍해. 너무 상심이 큰가 봐. 마치 심장이 찢어지기라도 한 것처럼 슬퍼하고 있잖아!"

한편 뻬뽀네는 해군 제독이라도 된 것처럼 뱃전에 앉아서 탐색반원들에게 강 수색을 지시하고 있었다. 그들은 스미르초가 일러준 위치에 그물을 드리우고 성상을 건져보려고 했지만 수심이 너무 깊어 그물이 미처 닿지 않았다.

점심을 먹으러 강가로 돌아온 뻬뽀네는 사람들 앞에서 이렇게 공언했다.

"만약 우리 힘만으로 찾아낼 수가 없다면, 도시의 본부에 연락해 잠수부 동무들을 불러오겠소! 우리는 성녀 바빌라를 반드시 되찾고야 말 것이오. 이 일은 인민과 하느님이 우리에게 내려준 과업이기 때문이오."

이 멋진 연설은 온 마을에 알려졌다. 탐색반은 점심을 먹고 나서 수색을 재개했고, 강의 가장 깊은 곳에다 집중적으로 그물을 던져댔다.

마침내 강둑에서 기다리고 있던 사람들에게 희소식이 전해졌다.

"드디어 찾아낸 것 같소!"

그대로 30분 정도 지루한 그물과의 줄다리기가 계속되다가 갑작스러운 외침이 터져 나왔다.

"바빌라상을 건져냈다!"

돈 까밀로는 여전히 심한 열로 괴로워하고 있었다. 침대에 누운 채 머릿속을 텅 비우고 아무 생각도 하지 않으려고 했지만, 앞으로 어떤 일이 생길지는 따로 생각을 해보지 않아도 알 수 있었다.

흥분한 한 무리의 남녀가 사제관으로 몰려와서 외쳤다.

"신부님, 기쁜 소식입니다. 성상을 다시 건져 올렸답니다!"

"신부님, 강둑에서 행진을 시작했답니다!"

"신부님께 성상을 돌려드리려고 이리로 오는 중이래요!"

"온 마을 사람들이 행진에 참여했고, 이웃 마을 사람들까지 합세하고 있답니다!"

"신부님, 얼른 일어나셔서 성상을 맞이하셔야지요!"

수많은 사람의 행렬이 사제관 가까이 다가왔다. 돈 까밀로는 침대에 걸터앉은 채 창밖을 내다보았다. 광장에는 엄청나게 많은 사람이 모여들었고, '당신의 인민들이 성녀를 칭송하니…' 운운하는 공산당식 찬송가가 들려왔다.

돈 까밀로는 어쩔 수 없이 침대에서 일어나 아래층으로 내려갔다. 그는 성당 문을 활짝 열고 서서 성상의 귀환을 맞이했다.

빼뽀네 부하 중에서도 가장 힘 좋은 여덟 명이 어깨에 둘러멘 가마 한가운데, 성상이 다소곳이 놓여 있었다. 빼뽀네는 행렬의 맨 앞에서 위풍당당하게 가마를 인솔하고 있었고, 악단과 수많은 사람들이 그 뒤를 따랐다. 건물 안에 있던 사람들도 창문을 통해 꽃다발을 내던지며 환호했다.

성당 마당에 가마가 도착하자, 빼뽀네가 신호를 보냈다. 그들은 조심스럽게 성상을 바닥에 내려놓았다. 뒤따라온 사람들도 하나둘씩 성당 안으로 들어섰다.

빼뽀네는 사람들에게 둘러싸인 채, 천둥과 같은 목소리로 말했다.

"신부님, 거칠지만 정직하고 신실한 우리 인민들의 도움으로 성 바빌라상을 되찾아 돌려 드립니다. 누군가가 신성을 모독할 목적으로 이 성상을 물에 던졌지만, 우리나라에서도 가장 위대한 뽀 강물로 씻기고 깨끗해졌으니 아무런 문제가 없을 것임을 믿습니다. 신부님, 앞으로는 부디 이 성상을 잘 지켜주시고 신성모독을 범한 범죄자의 불행한 영혼을 위해 기도해 주시기 바랍니다!"

돈 까밀로는 자신에게 쏟아지는 따가운 시선들 대신 차라리 기관총 사격이라도 맞고 싶은 심정이었다. 그러나 달리 마땅한 방법이 없었으므로, 그저 고개를 살짝 숙였을 뿐이다. '대단히 고맙네, 읍장 나리. 주님께서 자네에게 벼락이라도 내리시기를!' 이라는 듯이.

빼뽀네 일당은 다시 성 바빌라상을 들고 성당 안으로 의기양양하게 들어섰다. 더 이상 제의실에 방치할 수는 없었기 때문에, 성 바빌라는 양치기들의 수호성인인 성 루치오상 곁에 자리를 잡았다.

한 시간쯤 지나 모든 소란이 가라앉고 마침내 성당이 평온을 되찾았을 때, 비지오의 아내가 막내 아이의 세례를 받게 하려고 왔다. 그 아기는 딸이었는데, 하느님의 존재를 무시하고 욕을 퍼붓는 몹쓸 공산당원들을 부모로 두었다는 단점을 제외하고 본다면, 정말 예쁜 아이였다.

"아기 이름을 무어라고 할 건가?"

돈 까밀로가 물었다.

"바빌라요."

비지오의 아내는 마치 한판 겨루어 보겠다는 자세였다.

"그건 안 돼!"

돈 까밀로가 외쳤다.

"왜 바빌라라고 부르면 안 되나요? 우리 당에서 성녀를 건져올렸기 때문에 그러시는 건가요?"

그녀는 돈 까밀로를 향해 대놓고 빈정거렸다.

"그런 게 아닐세."

돈 까밀로가 우울하게 말했다.

"바빌라가 남자 이름이기 때문이야."

여인은 고개를 내저으며 몸을 돌려 그 성상을 바라보았다. 성상의 발치에는 '성 바빌라 V.' *라고 새겨져 있었다.

"저기 '성 처녀 바빌라' 라고 써 있잖아요?"

"아니. '성 주교 바빌라' 라고 적혀있는 걸세."

---

* 원문에는 〈S. Babila v.〉로 표기되어 있는데, v는 vergine(처녀)로도, vescovo(주교)로도 해석이 가능하다.

아기 엄마와 대모, 그리고 친구들은 실망하며 서로를 쳐다보았다.

"주교라고요?"

비지오의 아내가 불쾌한 듯이 중얼거렸다.

"강바닥 아래 그냥 내버려 두는 게 나을 걸 그랬네…."

돈 까밀로는 이를 악물었다.

"당연하지…. 하여튼, 아기 이름은 무어라고 할 텐가?"

그들은 돈 까밀로를 놀려주려고 마음먹었던 계획이 이루어지지 않자 당혹스러웠다.

그때 누군가 제안했다.

"팔미라는 어때?"

"그보다는 토파지아*가 낫지 않겠어."

열렬한 만화광인 대모가 단호하게 말했다. 이렇게 해서 아이의 이름은 토파지아가 되었다.

---

* 토파지아(topazia)는 토포(topo 쥐)와 지아(zia 숙모)의 합성어. 즉, 아이의 대모는 미키마우스 만화광이다.

잃어버린 투표권

마을 사람이라면 누구나 알다시피, '번개'는 돈 까밀로가 유별나게 아끼는 사냥개의 이름이다. 그런데 공교롭게도 뻬뽀네의 부하 중에도 번개라는 별명으로 불리는 가바차 안테노레라는 친구가 있었다. 이 둘 중에서 누가 낫느냐고 묻는다면 개 쪽이 훨씬 지각이 있는 편이라고 대답할 수밖에 없다. 이것은 두 발 달린 '번개'가 어떤 인물인가를 이해하도록 돕는 단서이기도 하다. 굳이 이 말을 먼저 해두는 까닭은 이 인물이 이제부터 하려는 이야기의 주인공이기 때문이다.

번개라 불리는 이 인물은 육중한 덩치를 가진 데다 그에 걸맞게 코끼리나 하마에게나 어울림직한 끈질김과 성실성도 겸

비한 친구이다. 여기까지만 보면 당의 명령을 수행하는 데 누구보다 적당한 사람인 것처럼 보인다. 그러나 뻬뽀네는 번개에게 좀처럼 당을 위해 일할 기회를 주지 않았다. 그는 번개가 얼마나 철딱서니 없는 인간인지를 잘 알고 있었던 것이다.

따라서 열성 공산당원으로서 번개가 주로 한 일은 몰리네토의 선술집에서 어슬렁대는 것이었다. 일과 중에 그곳에 죽치고 앉아 카드 놀이로 소일하는 경우도 많았다. 실제로 그는 스코파 카드 게임에는 상당한 자신감을 갖고 있었다. 다른 두뇌 기능은 시원치 않았지만, 기억력만은 무척 비상해서 누구에게나 무서운 적수로 통하기도 했다.

물론 카드에는 기억력이 반드시 결정적으로 작용하는 것은 아니다. 그가 무참하게 깨지는 경우도 가끔은 있었으니까. 그러나 어느 토요일 저녁, 치노 비올키와 한판 벌였다가 당한 것 같은 참패는 일생에 한 번쯤 있을까 말까 한 아주 지독한 것이었다. 번개는 처음에 5천 리라를 갖고 게임을 시작했는데, 장장 다섯 시간에 걸친 카드 게임을 마쳤을 때 그의 주머니에는 한 푼도 남아 있지 않았다. 하지만 번개는 이 치욕적인 패배를 인정할 수 없었다.

번개는 떨리는 손으로 카드를 움켜쥐며 말했다.

"한 판 더!"

치노 비올키가 물었다.

"대체 몇 판째인가? 지겹지도 않나?"

번개가 터무니없는 억지를 부리기 시작했다.

"몽땅 걸고 딱 한 판만 더! 만약 내가 이기면 내 돈 5천 리라를 돌려줘."

"만일 자네가 지면? 5천 리라를 더 내놓을 건가?"

번개는 땀으로 범벅이 된 이마를 소매에 문질러 닦으며, 더듬거리는 어조로 말했다.

"무, 물론 돈은 없어. 하지만 자네가 원하는 거라면 뭐든지 걸겠어."

비올키는 웃음을 터뜨렸다.

"바보 같은 소리! 돈이 다 떨어졌으면 집에나 돌아가."

"따고 배짱부리는 거야? 뭐라도 걸 테니 말을 해보라고."

번개는 필사적이었다.

비올키는 좀 독특한 성격을 갖고 있었다. 그는 번개의 얼토당토않은 제안에도 어이없다는 반응을 보이지 않았다. 오히려 잠시 생각에 잠겼다가 재미있다는 투로 말했다.

"그래? 좋아, 자네 제안을 받아들이지. 투표권을 걸어."

"투표권을 걸라니? 그게 무슨 소리야?"

"그러니까 자네가 지면, 투표할 때 공산당 대신 내가 정하는 당을 찍으라는 말이야."

번개는 비올키의 얼굴을 물끄러미 바라보았다. 진심으로 하는 소리인지 아닌지를 종잡을 수가 없었다. 하지만 조건은 그다지 나빠 보이지 않았고, 사실 선택의 여지도 없었다. 그런 조건을 받아들이든가 아니면 아무것도 못 해보든가 둘 중의 하나였으니까. 번개는 한참을 망설였지만, 결국 그 거래에 응하고 말았다.

비올키는 5천 리라짜리 지폐 한 장을 꺼내 테이블에 올려놓았다. 그러고는 번개에게 종이 한 장과 만년필을 내밀며 차갑게 말했다.

"이렇게 써. '본인, 가바차 안테노레는 명예를 걸고 6월 7일 선거일에 ○○당에 투표할 것을 맹세합니다.' 그 밑에 날짜를 적고 서명해. 정당 이름은 필요할 때, 내 입맛에 맞게 적어넣을 테니까."

번개는 비올키가 말한 대로 받아적고 나서 후회하는 표정으로 말했다.

"한 가지만 약속해. 이건 자네와 나, 둘 만의 비밀이야. 그리고 만약 내가 진다면, 6월 7일까지는 언제든지 다시 복수전을 할 기회를 주게."

"그러지."

비올키가 선선히 대답했다.

뻬뽀네가 인민의 집을 막 나서려는데 번개가 불안한 걸음걸이로 슬며시 나타났다. 번개는 다짜고짜 뻬뽀네를 붙들고 하소연하기 시작했다.

"대장, 나 좀 도와줘요. 비올키한테 몽땅 털렸어요."

"그래서 날더러 어쩌라고? 괜한 사람 끌어들일 생각은 마."

"그렇지만…. 이건 대장하고도 관계있는 문제예요. 내 투표권을 내기에서 잃었단 말이에요."

번개가 자초지종을 설명하자, 삐뽀네는 웃음을 터뜨렸다.

"신경 쓰지 마. 제깐 놈이 투표소 안을 들여다보기라도 할 거야? 걱정 따윈 집어치우고 자네가 마땅히 찍어야 할 당을 찍으면 돼."

번개는 침울한 표정으로 큼지막한 머리를 가로저었다.

"그래도…. 아니, 약속을 어길 수는 없어요. 게다가 계약서에 서명까지 한걸요."

"그따위 종이 조각 나부랭이가 무슨 효력이 있다고 그래?"

"명예를 걸고 한 약속이에요. 난 약속을 지키는 사람이지, 변덕쟁이 일곱 살짜리 어린애가 아니란 말입니다."

삐뽀네는 번개가 정색하는 모습을 보고 문제의 심각성을 깨달았다. 번개가 도무지 요령이라고는 부릴 줄 모르는 답답하고 고지식하며, 코끼리 같이 우직한 인간이라는 사실을 기억해 낸 것이다. 대체로 그런 사람의 머릿속에는 그 나름의 논리로만 돌아가는 모터가 들어 있어서, 논리를 완전히 깨부수기 전에는 아무도 그걸 멈출 수가 없는 법이다.

"좋아, 번개. 그 문제에 대해서는 내일 차분히 얘기해 보자."

"몇 시에요?"

"10시 35분."

빼뽀네가 목구멍까지 치밀어오르는 욕설을 간신히 삼키며 대답했다.

정확히 다음 날 아침 10시 35분에 번개가 빼뽀네의 작업장에 다시 나타났다.

"10시 35분이에요, 대장."

누가 보아도 번개는 뜬 눈으로 꼬박 밤을 새운 것이 분명했다. 그는 바짝 긴장한 채 모루 앞에 꼼짝 않고 서서 빼뽀네의 처분만을 기다리고 있었다. 번개의 눈빛은 피로에 찌들고 겁에 질려 있었다. 순간, 빼뽀네는 번개를 한 대 후려갈기고 싶다는 충동에 사로잡혔다. 어쩌면 그것이야말로 지금 상황에서 가장 논리적이고 분별 있는 결론일지도 몰랐다. 하지만 너무나도 불쌍한 표정을 짓고 있는 번개에게 들고 있던 망치를 차마 집어 던질 수는 없었다.

"이 멍청한…. 당장에라도 당에서 쫓아내도 시원찮겠어! 이런 걸 부하라고 데리고 있는 나도 참 한심하군. 자, 여기 5천 리라가 있다. 이걸 가져가서 더러운 비올키 자식한테 계약서를 돌려 달라고 해."

번개는 지폐를 호주머니에 쑤셔 넣고 어디론가 달려갔다가, 채 15분도 못 돼 다시 나타났다.

빼뽀네가 물었다.

"어떻게 됐나?"

"그렇게는 못 하겠대요."

빼뽀네는 외투를 아무렇게나 걸치고 모자를 집어 든 다음, 밖으로 달려나가며 외쳤다.

"여기 꼼짝 말고 있어!"

빼뽀네가 서둘러 비올키를 찾아갔을 때, 그는 짐짓 겸손한 태도를 가장하며 빼뽀네를 맞이했다.

"안녕하십니까, 읍장님. 뭐 필요한 일이라도 있으신지요?"

"입에 발린 소리는 집어치우게! 단도직입적으로 말하지. 이 5천 리라를 받고 그 친구를 놔주라고. 술에 취해서 한 실수를 약점으로 잡다니, 너무 비열한 짓 아니야?"

"그 친구는 전혀 취해 있지 않았습니다. 오히려 다른 어느 때보다도 멀쩡했지요. 그리고 내기를 하겠다고 우긴 쪽은 번개였지 내가 아닙니다. 복수전을 원하면, 애초에 약속한 대로 6월 7일 전까지 직접 와서 덤비라고 하십시오."

빼뽀네가 대꾸했다.

"비올키. 이 사건이 만일 경찰에 알려지면, 자넨 분명히 콩밥을 먹게 될 거야. 하지만 난 이 일이 공개되는 걸 원치 않아. 어서 계약서를 돌려줘. 이대로 자넬 벽에다 확 처박아 버리기 전에 말이야."

비올키는 입가에 쓴웃음을 지었다.

"이젠 협박입니까? 이런 식으로 나오면 곤란합니다. 나라고 경찰서에 가지 못할 것 같나요, 읍장 나리?"

빼뽀네는 두 주먹을 불끈 쥐었다. 그러나 비올키가 칼자루를 잡고 있는 것만은 분명한 사실이었다.

"좋아, 네놈이 겁쟁이가 아니라면, 그 빌어먹을 멍청이 대신 나하고 한 판 붙자!"

비올키는 부엌문을 닫고 서랍에서 카드 묶음 하나를 꺼내더니, 탁자 앞에 자리를 잡고 앉았다. 뻬뽀네는 그 맞은편에 자리를 잡았다. 그야말로 역사에 남을 만한, 치열한 명승부였다. 그러나 결국 뻬뽀네는 5천 리라 지폐를 털리고 아무런 보람도 없이 자리를 떠야 했다.

그날 저녁 그는 인민의 집에다 부하들을 모아놓고 의견을 나눴다. 먼저 뻬뽀네가 사뭇 진지한 태도로 이 사건을 놓고 설명하기 시작했다.

"그 사기꾼 녀석은 어느 정당에도 속해 있지 않지만, 우리 편이 아닌 것만은 확실해. 이 사건이 공개되면 당은 웃음거리가 되어 버릴 걸세. 그러니까 최대한 조용하고 신속하게 처리할 방법이 없나?"

스미르초가 좋은 의견을 냈다.

"스코파 카드 게임으로는 어림도 없습니다, 대장. 스코파로만 따지면, 우리 같은 사람 한 트럭이 가도 그놈한테는 상대가 안 돼요. 이도 저도 안 된다면, 차라리 1만 리라를 주고 계약서를 되사오면 어떻겠습니까?"

밤늦은 시간이었는데도 불구하고, 그들은 무리를 지어 비올키의 집으로 우르르 몰려갔다. 비올키는 아직 잠자리에 들지 않은 채, 무슨 일이라도 당한 사람처럼 안절부절못하고 있었다. 무언가 심상치 않은 일이 생긴 것이 틀림없었다.

빼뽀네가 불안한 기분으로 말을 꺼냈다.

"이봐 비올키, 우리랑 거래할 생각은 없나? 적당한 가격을 제시해 보게."

비올키는 씁쓸한 표정으로 양팔을 벌리며 말했다.

"이미 늦었소. 아까 스필레티와 스코파 게임을 했는데 내가 졌소. 그래서 1만5천 리라에다가 번개와 맺은 계약서까지 따가지고 가버렸단 말이오."

빼뽀네는 펄쩍 뛰었다.

"비올키, 이 못된 사기꾼아! 그 일은 철저하게 둘 사이의 비밀로 하기로 약속했던 거잖아!"

"말씀 잘하셨소."

비올키가 으르렁거렸다.

"잘잘못을 가려보잔 말이오? 먼저 말을 흘려 빼뽀네 당신을 끌어들인 건 번개요. 약속을 먼저 깬 쪽은 다름 아니라 번개였지 않소? 그러니 적어도 내 잘못 만은 아니라고 할 수 있지요. 게다가 나는 스필레티로부터 이 사실을 광고하고 다닐 수 없으며, 6월 7일까지는 그가 번개한테 설욕전의 기회를 주어야 한다는 약속을 받아두었소."

"말로야 뭐라고는 못 하나! 그 계약서는 지금 기독교민주당 대표 놈의 손에 들어가 있다고. 저주받을 스필레티 녀석이 그것을 갖고 무슨 음모를 꾸밀지 불 보듯 뻔한 일이잖아!"

이 일로 인해 마을 공산당 전체가 심각한 위기상황에 빠져 버렸다. 그들은 대책을 마련하기 위해 서둘러 인민의 집으로 발걸음을 옮겼다.

번개가 근심스러운 표정으로 그들을 기다리고 있었다. 빼뽀네는 번개의 침울한 낯짝을 보자 울화가 치밀었다.

"협의하고 자시고 할 시간 따위는 없어! 우리가 먼저 손을 써야만 해. 내일 아침, 번개를 출당 조치한다는 내용의 선언문을 배포한다."

번개가 깜짝 놀라 반문했다.

"대장, 뭐라고요?"

"자격 미달을 이유로 자네를 우리 공산당에서 출당 조치한다고 했어. 자네의 출당은 지금부터 3개월 전으로 기록될 거야."

빼뽀네 일당은 활화산처럼 쏟아져 나올 번개의 불만을 걱정하며 마음의 준비를 했다. 하지만 아무런 일도 일어나지 않았다. 번개는 그저 의기소침한 얼굴로 어깨를 움츠리며 이렇게 말했을 뿐이다.

"대장 말이 맞아! 나를 쫓아내는 건 아주 잘하는 일이에요."

그러고는 지갑에서 당원증을 꺼내 책상 위에 조심스럽게 내려놓았다. 빼뽀네가 당황했다.

"우리는 자네를 내쫓는 게 아니야! 단지 기독교민주당의 공격을 피하고자 자네를 내쫓는 척하는 거라고. 선거가 끝난 뒤,

자아비판을 시키고 자네를 다시 복당시킬 테니까….”

“자아비판은 지금 당장에라도 할 수 있어요.”

번개는 구슬프게 말했다.

“저는 개만도 못한 인간입니다. 너무나 멍청한 짓을 저질러 당에 큰 피해를 줬습니다. 하지만 진짜 문제는 앞으로도 이런 일이 다시 생기지 않으리란 법이 없다는 겁니다. 당원들과 대장의 기대를 배신해서 미안합니다.”

번개는 밖으로 쓸쓸히 걸어나갔다. 삐뽀네와 부하들은 한참 동안 아무 말도 하지 못했다. 비록 큰 사고를 저지르긴 했지만 번개의 진심을 의심하는 사람은 하나도 없었다. 다만 시기가 너무 안 좋았던 것이다. 그 불쌍한 얼간이가 자책을 하는 모습은 당원들의 가슴을 너무나 아프게 했다.

스미르초가 정적을 깨고 입을 열었다.

“선언문을 준비하겠습니다. 하지만 대장, 공식 발표는 잠시 보류하면 안 될까요? 혹시 스필레티가 약속을 지킬지도 모르지 않습니까.”

“그자가 어떤 인간인지 아직도 몰라서 하는 소린가?”

삐뽀네가 떨떠름하게 말했다.

“그래도 일단은 자네 말대로 해보지.”

*

다음날도 특별한 일은 생기지 않았다. 하지만 공산당원들은 모두 폭풍 전야처럼 평온하지만 긴장감이 도는 하루를 보냈다.

저녁 무렵, 번개의 아내가 인민의 집을 찾아왔다. 그녀는 몹시 흥분한 상태였다.

"그이가 미쳐도 단단히 미쳤어요."

그녀가 신음했다.

"꼬박 48시간 동안 아무것도 입에 대질 않고 있어요. 그리고 침대에 누워 아무도 만나려고 하지 않아요."

뻬뽀네는 사정이 어떤지 파악하려고 서둘러 번개의 집으로 달려갔다. 과연 번개는 벙어리처럼 말없이 꼼짝하지 않고 침대 위에 누워 있었다. 뻬뽀네는 그를 거칠게 흔들어도 보고, 간청도 해보고, 심지어는 욕설까지 퍼부어 보았지만 번개는 그 어떤 시도에도 아무런 반응도 보이지 않았다.

뻬뽀네가 참을성을 잃고 말았다.

"계속 이럴 건가! 정말 미쳐서 이러는 거라면 내일 아침 당장이라도 정신과 의사를 부르겠어. 의사가 지지든 볶든 알아서 처리하겠지!"

번개는 힘없이 오른팔을 늘어뜨리더니 침대 옆에 놓여 있던 도끼를 집어들고 뻬뽀네를 바라보았다. 그것은 일종의 침묵시위였다. 만일 정신병원에서 사람들이 오는 날에는 가만히 있지 않겠다는. 번개가 도끼를 집어 들면서 한 생각이 무엇인지는 보나 마나 뻔한 일이었다.

빼뽀네는 다른 사람들을 모두 방 밖으로 내보낸 다음, 엄한 목소리로 물었다.

"자, 이 방에는 자네와 나, 단둘뿐이야. 이제 무엇 때문에 이런 미친 짓을 시작했는지 말해 줄 수 있겠지?"

번개는 고개를 저으며 도끼를 바닥에 내려놓았다. 그러고는 침대 머리맡의 작은 서랍장을 열어 노트와 연필을 꺼내 무어라고 적더니, 그걸 빼뽀네에게 건넸다.

> 대장, 나는 말을 할 수가 없어요. 왜냐하면 성모님께 약속했기 때문이에요. 그 계약서를 다시 찾기 전까지 나는 아무 말도 하지 않고, 아무것도 먹지 않고, 아무것도 마시지 않으며, 조금도 움직이지 않겠다고 했어요. 화장실에도 안 갈 겁니다.

빼뽀네는 쪽지를 호주머니에 아무렇게나 쑤셔 넣고 방을 나와 번개의 아내와 딸들을 불렀다.

"그가 부르지 않는 한 아무도 방에 들여보내지 마시오. 그리고 최대한 평온한 상태로 혼자만 있게 해주시오. 별로 심한 병은 아니고 단지 일반인들도 가끔씩 겪을 수 있는 간단한 신경발작, 다시 말해서 사기가 떨어져서 생기는 일종의 정신적인 독감 같은 것에 불과하오. 그러니 절대 안정을 취하게 해주고, 며칠 굶기면 별수 없이 자리를 털고 일어설 거요."

다음날에도 빼뽀네는 번개의 상태를 확인하려고 그의 집에

다시 들렸다.

번개의 아내가 불안한 목소리로 말했다.

"어제하고 똑같아요."

"걱정하지 마시오. 번개는 금방 괜찮아질 거요. 전부 이 병이 정상적으로 진행되고 있다는 증거요."

뻬뽀네가 어두운 표정으로 대답했다.

그러나 나흘째에도 여전히 침대에 그대로 누워있는 번개를 보고 나서, 뻬뽀네는 도저히 가만히 있을 수가 없었다. 그는 번개의 집에서 나와 곧장 돈 까밀로에게 달려갔다. 돈 까밀로는 책상 앞에 앉아 커다란 종이 위에 적힌 글을 읽고 있었다.

"이봐요, 신부님."

뻬뽀네가 말했다.

"혹시 스코파를 하다가 자기 투표…, 에 뭣이냐, 거시기를 잃어버린 어떤 멍청이의 이야기를 아시오?"

"괜히 어렵게 말하느라고 애쓰지 말게. 나도 알고 있으니까. 마침 내가 지금 읽고 있는 이 종이가 바로 그 내용이라서. 누가 이 이야기를 선거 벽보에 쓰자더군."

"하! 그러니까 스필레티 그놈이 이번에도 모략을 꾸민 거요? 망할 자식! 선거일까지는 이 일을 비밀에 부쳐주고, 설욕전까지 허용한다고 해놓고는 뒷구멍으로는 딴짓을 벌이다니!"

"난 거기에 대해서는 아무것도 아는 바 없네. 내가 아는 건 오직 진 사람이 친필로 서명한 재미있는 문서가 선거 벽보에

첨부될 거라는 점뿐이야."

빼뽀네는 호주머니를 뒤져 번개의 노트에서 찢어 낸 쪽지를 꺼냈다.

"그게 재미있소? 그럼 여기 더 재미있는 문서도 좀 읽어 보시구랴. 이걸 보면 모든 걸 환히 알게 될 거요. 게다가 이걸 쓴 사람은 머지않아 굶어 죽을 테니, 더 흥미롭지 않겠소?"

빼뽀네는 쪽지를 돈 까밀로의 손에 건넨 다음 집으로 돌아가 버렸다. 돈 까밀로는 그 쪽지를 읽고 또 읽었다.

15분쯤 뒤에 스필레티가 사제관에 나타났다.

"신부님, 제가 쓴 벽보의 초안에 마음에 들지 않는 부분이라도 있습니까?"

"아니, 그런데 문제는 10분 전쯤에 번개가 이리로 와서 설욕전을 하겠다고 우겼다는 점일세."

"설욕전이라고요? 웃기지 말라고 하세요. 그런 요구에 응할 생각은 꿈에도 없습니다. 벽보가 너무 마음에 들어서, 저는 그걸 포기할 의향이 전혀 없습니다."

"무슨 말인지는 아네. 그렇지만 약속은 어쩔 건가?"

"약속이라고요? 언제나 배신과 거짓말을 밥 먹듯 하는 빨갱이 놈들하고 한 약속을 어기는 게 뭐 그리 대숩니까?"

"거기에 대해서는 나도 동감일세, 스필레티. 그렇지만 번개는 정상적일 때도 꽤나 위험한 인물일세. 게다가 지금은 눈이 벌게져서 복수할 기회만을 노리느라 반쯤은 미쳐있는 상태란 말일세. 만일 설욕전의 기회를 주지 않으면, 그자가 단박에 자네를 때려죽일지도 모른단 말이야. 물론, 정치 선전은 중요하지. 하지만 목숨만큼이나 중요하겠나?"

스필레티는 심각한 얼굴로 그 문제에 대해 곰곰이 생각해 보았다. 그리고 돈 까밀로의 말이 전부 틀리지는 않는다는 점을 인정했다.

"그렇다면 상대를 해줘야겠군요. 하지만 혹시 제가 지면요?"

"자네가 질 리가 있나. 우리 마을 최고의 카드 선수인 치노 비올키를 이긴 자네가, 번개 정도의 상대에게 겁먹을 이유는 하나도 없어."

"솔직히 말씀을 드리죠. 제가 비올키를 이긴 게 아닙니다. 신부님, 그 문서는 내기를 해서 따낸 게 아니에요. 실은 비올키가 뻬뽀네 손아귀에서 빠져나오려고 쇼를 했던 겁니다. 저어… 신부님, 신부님이 제 대신 번개와 시합을 해주시면 안 될까요? 제가 그 문서를 신부님한테 넘긴 것도 사실이니까, 지금 그 문서의 주인은 신부님이라고 둘러대면 괜찮지 않겠어요? 신부님에게라면 번개도 함부로 덤벼들지는 못할 거고요."

돈 까밀로는 스코파 카드게임에 관한 한, 천재적 재능을 가지고 있었으므로 흔쾌히 그의 제안을 받아들였다.

"좋아! 번개가 나한테 도전해 온다면 아주 박살을 내주겠네. 암, 계약서 얘기 따위는 다시는 꺼내지 못하도록 해 주지. 걱정하지 말게, 스필레티. 우리가 반드시 이길 테니까!"

다음 날 돈 까밀로는 뻬뽀네를 찾아갔다.

"그 계약서는 이제 내 수중에 있네. 만약 지금 단식하고 있는 친구가 그걸 되찾고 싶다면 나하고 스코파를 해서 이겨야 하네. 그가 만약 거절한다면 나는 이 문서를 예정대로 사용할 생각이야."

"말도 안 돼!"

뻬뽀네는 분한 표정으로 그를 바라보았다.

"아니, 거의 1주일 동안이나 아무것도 입에 대지 않은 빌어먹을 자식이 어떻게 신부님과 스코파 카드 게임을 할 수 있단 말이오?"

"자네도 그자처럼 빌어먹을 공산당이지만 매 끼니 거르지 않고 규칙적으로 먹고 있잖아. 자네만 괜찮다면 우리 둘이서 승부를 겨뤄 볼 용의도 있어."

"좋소, 그럽시다!"

"합의를 본 거네. 그럼 계약서와 5천 리라를 걸고 한판 붙도록 하지."

뻬뽀네는 지갑에서 지폐 한 장을 꺼내 탁자 위에 놓았다. 돈 까밀로는 그 지폐 위에 문제의 문서를 얹어놓았다.

카드 게임은 엎치락뒤치락하며 무척 치열하게 전개되었다. 그러나 결국은 뻬뽀네가 지고 말았다. 돈 까밀로는 돈을 자기 주머니에 집어넣었다.

"패배를 인정하겠나, 아니면 또 한번 설욕전을 해볼 텐가?"

빼뽀네는 또 한 장의 5천 리라짜리 지폐를 걸고 게임을 시작했다. 그는 입에 게거품을 물고 게임에 몰두했다. 이에 질세라 돈 까밀로도 그 두 배로 게거품을 물고 응수했다. 치열한 난타전 끝에 마침내 빼뽀네가 승리했다.

"자, 여기 번개의 계약서가 있네, 빼뽀네 동지. 난 자네가 낸 5천 리라짜리 지폐를 딴 걸로 만족하겠네."

*

번개는 이제 자유의 몸이 되었고, 단식을 풀고 식사를 하기로 결정했다. 빼뽀네는 번개의 집에 들러 음식을 집어먹는 그를 안도하는 심정으로 지켜보았다. 바로 이때 돈 까밀로가 웃으며 나타났다.

"여보게, 번개."

돈 까밀로가 말했다.

"자네 비올키하고 카드를 하면서 5천 리라를 잃었지? 맞나?"

"네."

번개가 더듬거리며 대답했다.

"자, 여기 자네의 5천 리라가 있네. 주님의 사랑으로 그 돈을 돌려받게 된 걸세. 선거날이 되거든 표를 찍기 직전에 주님의 은혜를 다시 떠올려 보게. 주님의 적들한테는 표를 찍어 주어서는 안 된다는 걸 잊지 말고 말일세."

"네, 물론입니다. 벌써 성모님하고 약속을 다 했어요."

문밖에서는 뻬뽀네가 돈 까밀로를 기다리고 있었다.

"신부님은 이 우주에서 가장 사악한 존재요. 내 돈을 가지고 하느님의 표를 사 버리다니!"

"하느님의 사랑은 무한한 법일세, 동지!"

돈 까밀로는 말을 끝낸 뒤, 빙그레 웃으며 하늘을 향해 양팔을 벌렸다.

선거 벽보

그날은 토요일이자 장날이었다. 장을 보러 읍내에 들른 마을 사람들은 눈앞에 펼쳐진 광경을 보고 모두들 자신의 눈을 비벼가며 두 번, 세 번 확인하는 유별난 경험을 했다.

그날 저녁, 카페나 선술집에는 사람들이 삼삼오오 모여 하나같이 낮에 보았던 광경에 대해 이야기했다. 정말 정치하는 놈들은 염치가 없다느니, 그놈들처럼 몰지각한 악당들도 흔치 않다느니 하며 수군거렸다.

읍내 광장의 한가운데에는 최근에 지어진 건물 두 개가 있었는데, 그 건물들의 외벽이 머리끝부터 발끝까지 선거 홍보용 벽보로 도배되는 사태가 바로 오늘 벌어졌던 것이다. 선거운동이 얼마나 비열하고 혼탁하게 흘러가고 있는지를 알려주는 단적인 증거였다.

'머리끝부터 발끝까지' 도배했다는 말은 그 최신식 건물이 주춧돌에서 처마 밑에 이르기까지 출입문과 창문만을 빼고는 전부, 온갖 조잡한 선거 관련 광고물로 뒤덮여 있었다는 것을 뜻한다.

게다가 사용한 풀의 접착력이 어찌나 강한지 벽보를 떼면 타일까지 함께 떨어지거나, 벽에 칠한 풀 자국을 따라 남은 종잇조각이 콧수염 모양으로 너덜거릴 정도였다. 완공된 지 얼마 되지도 않은 그 건물들은 심지어 대낮에라도 귀신이 등장할 것 같은 을씨년스러운 모양새를 연출하고 있었다.

마을 사람들은 이 문제를 놓고 토론을 벌이기 시작했다. 그러나 좀처럼 뾰족한 방안이 나오지 않았다. 그러나 정치인들에게만 이 문제를 그냥 맡겨놓았다가는 마을 전체가 선거용 벽보로 도배될지도 몰랐다.

문득 어떤 사람이 나서서 아주 멋진 제안을 내놓았다.

"다른 데서 어떻게 하든, 우리가 상관할 바는 아니오. 하지만 적어도 여기, 우리 마을만큼은 이런 몰염치한 짓을 못하게 정당들끼리 합의를 보도록 압력을 가합시다."

그러자 도시에서 공부했던 피에로가 그런 식으로 합의를 해 성공한 경우가 리구리아 해안 지방의 여러 마을에서 있었음을 상기시켜 주었다.

"리구리아 놈들처럼 자기 이익에만 밝은 짠물들도 합의를 봤는데, 우리 같이 선량한 사람들이 못할 건 또 뭐가 있겠어."

주민들은 즉각 행동에 돌입했다. 각자 소속된 정당에 합의를 보라고 압력을 가하기 시작했다. 그렇게 해서 각 당의 대표들은 선거용 선전물 관리를 위한 대타협을 이루기 위해 한 자리에 모였다.

선전물 관리 원칙은 사실 별게 아니었다. 벽보를 최소한으로 붙이면 되었다. 그러면 정치 선전물이 거름 더미처럼 마을에 쌓이지 않을 테고, 쓸데없는 비용도 낭비되지 않으리라. 숫자만 똑같다면 어차피 공평한 시합이 아니겠는가.

그렇지만 상대보다 더 많이 벽보를 붙이는 일이 선거의 승리와 패배에 직결된다면 약속을 지키는 것은 전혀 별개의 문제가 될 수도 있다.

기독교민주당원들의 대표인 스필레티가 주장했다.

"선거 벽보의 숫자를 줄이겠다는 합의만 제대로 지켜진다면, 한 사람당 1장씩만 붙여도 충분히 마을 여기저기에 1천 장씩 붙이는 효과가 날 거요."

빼뽀네가 물었다.

"나도 벽보를 줄이는 데는 찬성이야. 하지만 어떻게 속임수를 막을 생각이지?"

스필레티는 미리 생각해 둔 것이 있는지 가볍게 응수했다.

"그 문제는 간단하오. 합의 아래 중립적인 감시위원회를 구성한 뒤, 이 위원회가 각 정당에 일정한 분량의 직인을 찍어 주는 거요. 직인이 찍히지 않은 벽보를 게시하지 못하게 하면, 쉽사리 통제할 수 있소."

빼뽀네는 일언지하에 거절했다.

"그렇게는 안 되지. 스파이들이 우리 당 선거 벽보를 본 다음, 그 생김새와 내용을 반대파들에게 고자질할지도 모르니까 난 그 꼴을 용납할 수 없네."

그러자 스필레티가 다른 의견을 제시했다.

"딴에는 그렇군. 그렇다면 위원회가 일정량의 인쇄되지 않은 종이 한쪽에 직인을 찍어 주는 것은 어떻겠소? 미리 정해진 분량만큼 벽보 위에 허가 직인을 찍고, 공증인이 그 직인을 보관하면…. 이럴 경우에는 위원회의 역할도 대폭 축소되오. 벽보 수량 자체가 줄어들 테니까. 각 정당의 대표자들로 위원회를 구성하면, 위원들이 매일 마을 곳곳을 다니면서 직인이 찍혀 있지 않은 벽보는 어렵지 않게 제거할 수 있잖소? 게다가 각 정당은 필요에 따라 선거 벽보를 하루 만에 다 붙일 수도 있고, 매일 조금씩 붙일 수도 있소. 이건 마치, 우리가 한 사람당 1천 리라씩 공평하게 잔돈으로 나눠주는 것과 같소. 각자가 원하는 대로, 또 원할 때, 그 돈을 쓸 수 있지만 위조 화폐는 거기서 빼는 거요."

빼뽀네가 무거운 침묵 끝에 선언했다.

"좋아, 그럼 이제부터 구체적인 협의에 들어가 보자고."

그날 밤, 합의가 이루어지기까지 적잖은 시간과 토론이 필요했다. 하지만 결국, 각 정당은 직인이 찍힌 종이를 분배받는 방식에 동의했고, 직인은 공증인에게 엄정한 절차를 거쳐 맡기기로 결정했다. 선전물의 수량 또한 일정한 숫자로 제한됐다.

각 정당의 합의가 시행되던 첫날, 감시위원회는 마을 곳곳을 돌아다니며 조사 작업을 벌였다. 그 결과 허가받은 벽보 일부를 제외하고 나머지는 모두 거리에서 자취를 감추었다는 사실을 확인할 수 있었다.

그리고 다음 날도, 그다음 날도 선거 벽보가 함부로 거리에 나붙는 일은 없었다. 이 합의가 잘 지켜질 수밖에 없었던 까닭은 각 정당이 벽보 한 장을 붙일 때마다, 열 번쯤은 곰곰이 생각한 뒤에야 부착을 결정했기 때문이다. 모두 자신의 적이 예상치 못한 방식으로 공격해 올지도 모른다는 두려움에 사로잡혀 반격용 벽보 용지를 남겨두려고 했던 것도 이 제도가 쉽사리 정착된 이유 중의 하나였다.

마을 사람들은 아주 만족스러웠다. 전국에서 가장 유명한 중앙 일간지에 이번 합의에 대한 기사가 실리기까지 했으니 말이다. 그리고 그 기사는 다음과 같은 말로 끝을 맺었다.

'전국의 읍사무소에 그처럼 양식 있는 읍장이 많아지기를….'

덕분에 뻬뽀네는 한동안 목에 힘을 주고 으스대면서 마을을 활보했다.

그러나 누군가 그의 상쾌한 기분을 망치는 건 어쩔 수 없는, 정해진 운명과도 같았다. 그런 역할을 맡을 사람은 당연히….

빼뽀네는 참다 참다 못해 씩씩거리며 사제관으로 달려갔다.

그리고 돈 까밀로를 보자마자 이렇게 소리쳤다.

"선거 때 누구를 찍으라고 신자들을 볶아대는 교활한 신부가 하나 있는데, 당장 그 짓을 그만두지 않으면 사법 당국에 고발해 버리겠소."

돈 까밀로가 차분히 대답했다.

"저런, 그런 신부가 실제로 있단 말인가? 뭐, 그리 놀랄 일도 아니지. 주님의 적들을 철저히 응징할 필요가 있으니까."

빼뽀네가 그를 흘겨보며 외쳤다.

"장난하시오? 바로 당신 얘기야, 이 위선자!"

빼뽀네는 거친 말을 대놓고 퍼부을 정도로 흥분해 있었다.

돈 까밀로가 정색하며 되물었다.

"읍장 동무, 이 초라하고 불쌍한 신부가 대체 무슨 짓을 했다고 이 난린가?"

"시치미 떼지 마시오. 지금 신부님은 지위를 남용해 가며 신자들을 꼬드기고 있잖소. 성당에서 정치선전 하는 걸 그만두지 않으면 성직을 남용한 혐의로 고발하겠소. 제발 성당에서는 하느님 아버지에 대해 선전만 하시오. 정치 문제에 대해 감 놔라

배 놔라 하지 말고."

돈 까밀로는 양팔을 옆으로 벌렸다.

"내가 성당에서 정치 선전을 한다고? 대체 무슨 말을 하는 건가?."

"성당에 오는 사람들한테 공산주의자들에게 투표를 하면 지옥에 간다는 말을 하는 것이 정치 선전이 아니면 대체 무어란 말이오? 이건 자유 투표의 원칙에도 어긋나는 비상식적인 행동이오."

돈 까밀로가 미소를 지었다.

"아, 그런 뜻이었나? 뻬뽀네, 자네까지 나서서 그 사람들이 혹시 지옥에 갈지도 모른다는 걱정을 해 줄 필요는 없네. 성당에 나오는 사람들은 독실한 신자들이라서 결국엔 천국에 올라갈 거거든."

뻬뽀네는 잔뜩 열이 올랐다.

"내 말의 요지는 이거요. 지금 신부님은 특정 정당에 투표하는 사람에게 해를 입을 것이라고 위협하는 비양심적인 행동을 저지르고 있소."

돈 까밀로는 고개를 가로저었다.

"그건 사실이 아니야. 오히려 특정 정당에 투표하는 일이 심각한 잘못이라는 걸 알면서도 입을 다물고 있다면, 그게 바로 비양심적인 일이지. 난 그저 내가 믿는 바를 강론했을 뿐이네."

뻬뽀네의 얼굴이 새빨개졌다.

"감히 누가 공산당에 투표하는 사람을 가리켜 잘못을 저지르는 거라고 합디까?"

"세상의 진실을 잘 살피시는 분이 그러셨지. 교황님 말이야."

빼뽀네가 냅다 소리를 질렀다.

"흥, 교황이라고! 이젠 바티칸까지 조직적으로 나서서 정치 공작을 펼치는 거요?"

"솔직히 나도 모르겠네. 그 문제는 내가 시간 날 때, 교황님께 직접 여쭤 보도록 하지."

빼뽀네가 두 주먹을 불끈 쥐었다.

"빌어먹을! 어쨌든 난 경고했소. 그 짓을 그만두든지, 아니면 법정에서 봅시다."

"알려줘서 고맙네. 하지만 이 몸은 주님의 법정에서 단죄를 받기보다는 차라리 인간이 만든 법정에서 심판을 받는 게 더 낫다고 생각한다네. 인간은 실수를 하지만 주님은 그렇지 않으시니까 말일세."

빼뽀네가 이처럼 엄포를 단단히 놓고 떠나갔음에도 불구하고 돈 까밀로는 다음 주 일요일에도 여전히 정치 선전을 계속했다.

빼뽀네는 씁쓸한 입맛을 다시기는 했지만, 그 주에는 별다른 움직임을 보이지 않았다.

그가 다시 돈 까밀로를 찾아간 것은 그다음 주 토요일 저녁이었다.

"신부님, 내 생각으로는 내일 강론은 지난 주 강론과는 좀 달랐으면 좋겠소. 지난주 강론이 사람들 마음에 들지 않았다는 소문이 돌고 있소."

돈 까밀로는 양팔을 벌렸다.

"내 맘에는 쏙 들던데. 그건 단지 취향의 문제 아닐까?"

"아시다시피, 지금은 선거 기간이요. 이렇게 분위기가 과열되어가고 있는데, 불붙은 집에 기름을 들이부어야 속이 시원하겠소? 신부님을 위험에 빠뜨리지 않으려고 미리 경고하는 거요. 잘못하다가 아카시아 몽둥이에 두들겨 맞기라도 하면 어쩔 생각이오?"

돈 까밀로는 어깨를 으쓱해 보였다.

"웬만한 일에 내가 꿈쩍이라도 할 것 같나?"

뻬뽀네가 외투 속에서 몽둥이 하나를 꺼내 흔들어 보였다.

"그럼 만일, 이렇게 가정해 봅시다. 이만큼 굵다면?"

돈 까밀로는 고개를 저었다.

"최소한 이 정도는 굵어야 되지 않을까?"

대답이 채 끝나기도 전에 돈 까밀로는 탁자 밑에서 장작개비만한 굵기의 몽둥이를 꺼내 뻬뽀네의 눈앞에 들이밀었다.

그러자 뻬뽀네는 알아들었다는 표정으로 투덜거렸다.

"내가 진짜 굵은 몽둥이를 들고 와도 지금처럼 태연자약할 수 있을지 어디 두고 봅시다."

뻬뽀네는 더 이상 설득을 해봐야 아무런 소용이 없음을 깨닫고 바로 자리를 떴다. 돈 까밀로는 태연한 모습으로 잠자리에 들었다.

다음 날 아침의 강론도 지난주와 크게 다르지 않았다. 아니, 오히려 더 강경해졌다. 빼뽀네는 더 이상 참견하지 않았다. 그렇게 평온한 한 주가 지나고 다시 일요일이 찾아왔다.

성당에는 평소보다 훨씬 더 많은 사람으로 붐볐다. 돈 까밀로는 강론 순서가 되자, 흡족한 표정으로 주위를 둘러보며 입을 열었다.

"친애하는 형제자매 여러분."

그 순간, 성당 현관 앞에 빼뽀네가 나타났다. 스미르초, 비지오, 브루스코와 나머지 부하들을 모두 데리고.

돈 까밀로는 성당 현관 너머로, 대규모의 사람들이 운집하고 있다는 사실을 눈치챘다.

빼뽀네를 필두로 공산당원들이 꾸역꾸역 몰려들어 성당을 에워싸기 시작했다. 그들은 성당 현관문, 종탑 쪽문을 가리지 않고 밀고 들어와 성가대 안쪽 자리까지 들어섰다.

결론적으로 신자와 공산주의자를 막론하고, 투표권을 가진 마을 사람들이 전부 성당에 모인 셈이었다. 신자들은 근심스런 표정으로 돈 까밀로에게 시선을 고정했다.

"형제자매 여러분, 주님께서 오늘 우리 모두를 이곳에 다시 모이게끔 허락해주심에 대해 감사드립시다."

돈 까밀로가 미소를 지으며 입을 열었다.

강론은 전에 없이 길었다. 돈 까밀로는 그렇게 많은 군중에게 자신의 의견을 마음껏 피력할 기회를 놓치고 싶지 않았던 것이다.

돈 까밀로의 웅변은 성당을 가득 채운 뒤, 활짝 열린 현관을 통해 폭풍처럼 광장으로 퍼져나갔다.

마치 마음속에 담아있는 말을 전부 쏟아낼 듯한 기세였다. 실제로 돈 까밀로는 하지 말아야 할 말까지도 몽땅 뱉어버렸다. 정말 특이한 강론이었다.

뻬뽀네와 그 패거리는 마치 돌덩이라도 된 것처럼, 눈도 깜박이지 않고 그 자리에 꼿꼿이 서 있었다. 돈 까밀로가 마지막 한마디 말을 내뱉을 때까지 말이다.

미사가 끝났다. 돈 까밀로는 제의실로 들어가 제의를 벗어 놓고, 다시 제대로 향했다. 신자들은 벌써 거의 다 성당 밖으로 나가버린 상태였다. 돈 까밀로는 중앙 제대 앞에 무릎을 꿇은 다음 짧게 기도했다.

"예수님, 뒤만 좀 지켜주십시오. 앞쪽은 제가 맡겠습니다."

그는 천천히 돌아서서, 느리지만 단호한 걸음으로 텅 빈 성당을 가로지르기 시작했다.

뻬뽀네 일당이 현관 앞에서 기다리고 있었다. 그러나 그는 하나도 망설이지 않았다. 마치 삼손이라도 된 듯 그의 몸에서 강한 힘이 솟아나고 있는 것 같았다. 돈 까밀로는 주먹을 굳게 쥐었다.

그가 성당 현관 앞에 이르자, 공산당원들은 약속이라도 한 듯, 한 발짝 뒤로 물러났다.

돈 까밀로는 자신의 눈앞에 펼쳐진 광경을 보고, 입이 쩍 벌어졌다. 사제관이 공산당의 상징인 낫과 망치 표시, 그리고 '공산당에 투표하라'는 문구가 들어 있는 선거 벽보로 완전히 뒤덮여 있었던 것이다.

'완전히 뒤덮여 있다'는 말은, 돈 까밀로가 강론대에서 열변을 토하는 동안, 열다섯 명의 악당들이 열다섯 개의 사다리, 열다섯 개의 붓과 열다섯 개의 풀양동이로 무장을 하고, 사제관의 정면을 정치 선전용 벽보로 도배해 버렸다는 것을 의미한다. 단 1밀리미터의 틈도 남기지 않고.

창문 위에 달린 덧창에도, 출입문 위에 달린 덧문에도 벽보는 가지런한 모습으로 붙어 있었다. 또 처마 끝 물받이 아래, 그리고 굴뚝도 예외는 아니었다.

작업은 아주 주의 깊게 이루어진 게 틀림없었다. 자리가 넓고 판판한 곳에는 커다란 벽보가, 처마의 물받이처럼 붙이기 어려운 곳에는 작은 벽보가 빼곡히 달라붙어 있었다.

돈 까밀로는 숨을 고르며 주머니에서 안경을 꺼내 걸쳐 쓴 다음, 사제관을 향해 다가갔다. 멋진 풍경이라도 감상하는 척 사제관을 한참 동안 바라보다가, 바로 뒤에 서 있던 뻬뽀네에게 물었다.

"공산당이라…. 새로 생긴 정당인가?"

"생긴 지 좀 됐소."

빼뽀네가 긴장한 얼굴로 대답했다.

돈 까밀로는 현관으로 다가가더니, 주머니에서 작은 칼을 꺼냈다. 그러고는 아주 신중한 태도로 문틈을 따라 칼자국을 내기 시작했다. 그는 겨우 현관문을 여닫을 수 있을 정도가 되자 즉시 안으로 들어갔다.

약 3초 후, 돈 까밀로가 얼굴을 다시 밖으로 내밀고 물었다.

"내가 잘못 센 게 아니라면, 자네 당이 할당받은 벽보가 전부 여기 붙었겠군?"

빼뽀네가 득의양양한 표정으로 이렇게 외쳤다.

"그렇소! 우리한테 남은 벽보는 단 한 장뿐이요. 하지만 인민들에게 우리의 승리를 선포하는 데는 그 한 장만으로도 충분하지. 안 그런가, 동지들!"

그의 말이 끝나기도 전에 동지들의 커다란 웃음소리가 성당 마당을 가득 채웠다.

돈 까밀로는 꿀 먹은 벙어리처럼 입을 다물고 있다가, 힘겹게 내뱉었다.

"그런 목적으로 벽보를 쓸 생각이라면, 자네 등짝에나 붙이고 다니게!"

그가 등짝이라고 말하면서 울화통이 터지는 걸 참느라고 얼마나 끔찍하게 힘들어했는지를 아는 이는 오직 하느님뿐일 것이다.

명단에 끼는 게 중요해

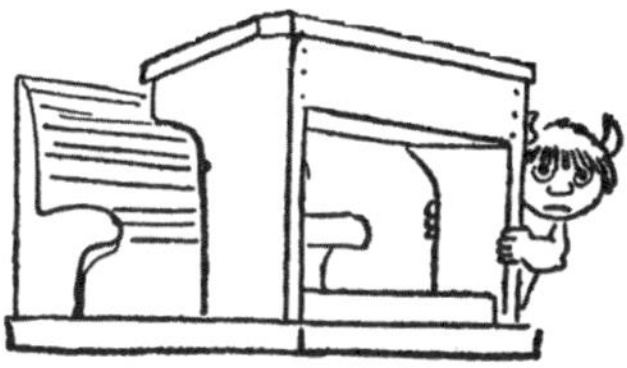

읍 사무소에서 커다란 충돌이 일어났다. 기독교민주당원들의 우두머리이자, 소수파로서 유일하게 읍 의회의 의석을 차지하고 있는 스필레티가 얼마 전 공산당원들이 돈 까밀로에게 저지른 횡포에 대해 거칠게 항의했기 때문이다.

"지금 이 마을의 양식 있는 사람들은 모두, 사제관이 온통 흉물스러운 정치 선전 벽보로 도배되었다는 사실에 분노하고 있다는 걸 알고 계시오?"

빼뽀네가 맞받아쳤다.

"분노하고 있다고? 나도 딴에는 양식 꽤나 있는 사람이지만 오히려 속이 다 시원하던걸그래?"

스필레티가 잔뜩 흥분해서 외쳤다.

"선량한 성직자를 모욕하는, 그런 염치없는 일을 꾸며놓고도 반성조차 하지 않소?"

"흥, 선량한 신부라고? 선량한 성직자가 어디 할 일이 없어 성당 안에서 공공연히 정치 선전을 하고 다니나? 정치 집회를 열고 싶으면 광장에서 열라고 해! 성당에서 엉뚱한 짓거리 하지 말고."

"돈 까밀로를 욕하기 전에 읍장 노릇이나 똑바로 하시오."

스필레티가 이렇게 대꾸했다.

"혹시 여기를 인민의 집으로 착각하는 건 아니오? 내가 지적하고 싶은 점은 이번 사건으로 마을 주요 건물의 외관이 엉망이 되었고 그로 인해 분개하는 읍민들이 상당히 많다는 것이오. 이게 과연 읍장으로서 할 처신이란 말이오?"

"그러게, 돈 까밀로는 선동가가 아니라 성직자로서 제대로 처신했어야지."

"신부님이 어떻게 처신을 했든, 그건 여기서 왈가왈부할 성질의 것이 아니오. 지금 나는 사제관 건물에 자행된 그 황당한 행위에 대해 분개하는 읍민들의 뜻을 받들어, 읍장님에게 정식으로 그 흉물스러운 벽보들을 치워 달라고 요청하는 바요."

스미르초가 나서서 목소리를 높였다.

"흉물스럽다니, 어디가! 말도 안 되는 소리는 집어치워라. 차라리 교활한 신부를 없애버리고 말지!"

"읍민들이 지금 원하는 것은 본당 신부의 교체가 아니오. 지금 당장 읍민들이 바라는 일은 사제관에 더덕더덕 붙은 벽보를 떼어내는 거요. 어쨌든 그 벽보들은 미관상의 아름다움을 해치고 마을의 품위를 심각하게 떨어뜨리고 있으니까."

치미는 화를 꾹 참고 있던 뻬뽀네가 끼어들었다.

"읍사무소가 할 수 있는 건 본당 신부에게 양동이 하나, 솔 한 개, 사다리 하나를 빌려주는 것이 전부야."

스필레티가 설명했다.

"그것참, 너그럽고 호감이 가는 조치올시다. 하지만 이미 본당 신부님께서는 그런 제안을 받아들일 수 없다고 답변하셨소. 그분은 자신이 직접 선거 벽보들을 떼어내는 걸 사람들이 보고 정치적인 의미를 부여할까 봐 걱정하시는 거요. 누가 그런 부담을 짊어지려고 하겠소? 오직 읍사무소에서 공식적으로 지정해 준 사람들이 그 작업을 실행할 때만 오해의 소지를 없앨 수 있다, 이 말이오."

뻬뽀네의 목에 떡갈나무 뿌리만큼 굵은 핏줄이 일어났다. 그는 이를 갈면서 거칠게 소리 질렀다.

"그 고귀한 신부님께 자신의 패거리와 함께 지옥에나 가시라고 제안드리고 싶군!"

"박수로 동의합니다!"

모두가 열렬한 박수로서 찬성의 뜻을 표시했다. 물론 스필레티만 빼고….

다음 날 아침 스미르초가 찾아와 묘한 일이 생기고 있음을 알렸을 때서야, 빼뽀네는 사건이 아직 끝나지 않았음을 뒤늦게 깨달았다. 성당 앞마당에서 뭔가 심상치 않은 일이 벌어지고 있었던 것을.

빼뽀네는 서둘러 사제관으로 달려가 그곳에 모인 사람들의 인파 속으로 파고들었다.

사람들이 빙 둘러싼 한가운데에는 돈 까밀로가 있었다. 그는 앞마당에 침대, 식탁, 의자, 병풍, 그리고 서랍장을 내놓고 아예 살림을 차렸던 것이다.

그리고 이제는 침대 위에 앉아 사람들의 호기심 어린 질문에 일일이 대답하고 있었다.

"그렇네. 간밤에 여기서 잠을 잤네."

"비가 오면 어쩌시려고요, 신부님?"

한 젊은이가 물었다.

"까짓거, 우산을 펴면 되지! 나는 말이야, 빛도 들지 않고 공기도 통하지 않는 집에선 살 수가 없어서 밖으로 나왔다네. 하지만 인내심을 가져야지. 아직도 6월 7일이 되려면 멀었으니까. 선거가 끝나면, 사제관 덧창에 잔뜩 붙여 놓은 벽보들을 떼어낼 권리를 되찾게 될 거고, 그러면 창문을 다시 열 수 있을 거 아닌가? 오해하지 말게. 난 불평하는 게 아니야. 오히려 내가 문을 열어도 찢어지지 않도록, 벽보를 세심하게 잘 붙여준 것에 대해 고맙게 여기고 있어. 어쨌든 돌아오는 6월 7일까지는 여기 앞마당에서 지낼 생각이네."

바르키니가 끼어들었다. 그는 뻬뽀네가 바로 옆에 와 있다는 사실을 모르고 있었다.

"신부님의 행동은 한마디로 정신 나간 짓입니다! 벽보들을 깡그리 떼어내고 어서 집 안으로 들어가세요! 아무도 감히 입을 열고 이러쿵저러쿵 떠들지 못할 겁니다!"

돈 까밀로는 양팔을 양옆으로 벌린 뒤, 고개를 가로저었다.

"이 사람아, 자네는 아직도 저 벽보를 붙여놓은 자들이 어떤 위인들인지 모른다는 말인가? 1948년 체코에서도 공산당원들이 어느 신부의 사제관 현관에 이런 식으로 벽보를 붙여 놓은 적이 있었다네. 그런데 신부가 집 안에 들어가려고 벽보를 떼어내자, 그들은 즉각 그 신부를 정치 선동 및 정치 방해 공작 혐의로 법원에 고소해 버렸지."

바르키니가 물었다.

"하지만 우리나라에서는 그치들이 우리더러 이래라저래라 명령할 권한을 갖고 있지 않잖습니까?"

돈 까밀로가 한숨을 내쉬었다.

"그러다가 만일 그자들이 선거에서 이긴다면, 누가 나를 구해 줄 수 있단 말인가? 여보게. 난 골치 아픈 일이라면 이제 딱 질색이야. 나는 그저 하느님의 거룩한 평화 안에서 그분을 따르는 사람들과 함께 살고 싶은 보잘것없고 온건한 신부일 뿐이라네."

한 노파가 이 말을 듣고 고뇌에 찬 목소리로 말했다.

"불쌍한 돈 까밀로 신부님! 바르키니 당신은 주님을 무시하는 이 무리가 얼마나 흉악한지 몰라서 그래!"

그대로 두었다가는 다들 어리석게도 돈 까밀로가 선동하는 대로 끌려들어 갈 것 같았다. 그래서 뻬뽀네는 급히 그곳을 빠져나와 어디론가 총총히 사라져버렸다.

10분 뒤, 비지오의 부하 하나가 양동이, 솔, 사다리, 벽을 긁어내는 주걱 따위를 가지고 달려와서는 사제관에 붙어있던 선전 벽보를 떼어내기 시작했다.

작업은 내리 두 시간 동안이나 계속됐다. 작업이 끝나갈 무렵, 돈 까밀로는 양팔을 옆으로 벌리더니 하늘을 우러러보며 탄식했다.

"예수님, 저들이 사제관을 어떤 꼴로 만들어 놓았는지 보십시오! 당신께서 대신 말씀 좀 해주십시오. 저처럼 가난한 사제는 밥을 굶는 한이 있어도 공사비를 쥐어짜 내서, 다시 저 위에 페인트칠을 해야 할 판이라…."

그는 더 이상 말을 계속 할 수가 없었다. 왜냐하면 비지오의 명령을 받은 벽돌공과 페인트공이 즉각 도착했기 때문이었다.

"신부님."

비지오가 돈 까밀로에게 속삭였다.

"제발, 엄살 좀 떨지 마세요!"

돈 까밀로는 그의 말대로 더 이상 엄살을 떨지 않고 자신의 잡동사니를 챙겨 사제관 안으로 들어갔다.

이런 사연으로 사제관은 뜻하지 않게 말끔히 새로 단장되었다.

*

다시 읍 의회가 열렸을 때, 빼뽀네는 회의 석상에서 몸을 돌려 반대파인 스필레티를 바라보았다.

"기독교민주당 마님께서도 이제 만족하시나?"

비아냥대는 그의 질문에 스필레티가 답변하기 곤란하다는 듯 양팔을 옆으로 벌렸다.

"그 질문에 대한 답을 듣고 싶다면, 누가 사제관 복원 작업을 지시했는지부터 알려주시오."

"누가 그랬기를 바라나? 우리가 했네!"

빼뽀네가 외쳤다.

"우리라…. 우리라면 읍사무소를 말씀하시는 거요, 아니면 공산당 바싸 지부를 말씀하시는 거요? 만약 읍사무소가 공산당이 끼친 해악에 대해 대신 값을 치렀다면 이번 조치를 순수하게만 받아들일 수는 없지 않겠소."

"우리란, 나 주세페 보타지가 개인 자격으로, 자네들이 이 사건을 정치적으로 이용하는 행동을 집어치우도록, 사재를 털어 값을 치렀다는 뜻이지!"

스필레티는 머리를 흔들었다.

"이의 있소! 읍민들이 읍사무소에서 개입하라고 했던 이유는 거의 범죄 수준으로 사제관의 경관을 망쳐놓은 공산당원들에 대한 적절한 처벌이 내려져야 한다고 생각했기 때문이오. 그 경비 또한 당연히 이번 사건에 책임이 있는 공산당에 물리면서 말이오. 그런데도 관청이 자신의 고유 업무를 방기하고 어느 개인이 대신하도록 허락하다니 말도 되지 않는 조치요. 본 의원은 주세페 보타치 읍장의 직무 태만에 대해 강력히 항의하겠소. 읍장으로서 그는, 읍민 자격의 주세페 보타치의 권리 남용을 허용함으로써, 이 사건이 공산주의자 주세페 보타치 동지와 공산당의 이익에 유리한 쪽으로 돌아가도록 만들었소!"

뻬뽀네는 얼굴이 새빨개지다 못해 새까맣게 되었다.

"우발적인 살인을 저지를지도 모르는 범죄자, 주세페 보타치에 대해서는 어떻게 생각하나?"

뻬뽀네가 숨을 헐떡거리며 두 주먹을 꼭 쥐었다. 스필레티는 더 이상 그를 자극하지 않았다. 더 이야기를 꺼냈다가는 본전도 못 건지고 매를 벌게 될 것이 분명했기 때문이다.

"에에, 본 의원은 보타치 씨를 더 이상 놀릴 필요성을 느끼지 못하며 이 부수적인 논쟁이 종결됐음을 선언합니다."

뻬뽀네는 유머를 즐길 줄 아는 사람이었다.

그는 스필레티의 기발한 대답을 듣자 맥이 탁 풀려서는 언제 그랬냐 싶게 화를누그러뜨렸다. 심지어 스필레티의 대답이 너무 마음에 든 나머지, 회의가 끝나고 한잔 사겠다는 제안을 하기도 했다.

그러나 이처럼 융통성 있는 태도는 돈 까밀로를 상대로는 발휘되지 않았다.

그날 저녁, 그는 돈 까밀로를 찾아가 따지기 시작했다.

"신부님, 이제 어릿광대 놀음은 끝냅시다. 이번 일로 내가 바보가 되었든 아니든 간에 그냥 무시하고 넘어가겠소. 하지만 이런 일이 또 벌어지게 내버려 둘 수는 없소. 만일 그렇게 되는 날에는 반드시 비극으로 끝나게 될 거요. 모든 건 신부님에게 달렸소."

"나한테 달렸다니?"

"제발 정치에 간섭하지 마시오."

돈 까밀로는 한숨을 내쉬며 반문했다.

"뻬뽀네, 들어보라고. 만일 자네가, 자네 작업장에서 강철로 된 끌 하나를 불에 달구고 두드려 벼리는데, 내가 자네한테 가서 '작업을 계속하게. 하지만 불은 끄고 하게' 라고 한다면 자넨 어떻게 반응하겠나?"

"돌았느냐고 반문할 거요. 강철을 제련하려면 그걸 벌겋게 달굴 불이 필요하니까."

"뻬뽀네, 그때의 불이란 건 변덕을 부려 만들어낸 환상적인 요소가 아니라 필수불가결한 요소라는 점을 인정하겠나?"

"물론이오."

"요즘 내가 하고 있는 일도 마찬가지네. 지금 정치적인 적대감 때문에 충동적으로 공산당에 투표하면 지옥에 간다느니, 파문된다느니 이야기하는 게 아닐세. 나는 그렇게 하지 않으면 안 된다는 사명감을 느끼고 있어. 양심에 거리끼지 않기 위해서라도 나는 계속 말할 수밖에 없네. 이해할 수 있겠나?"

뻬뽀네의 표정이 어두워졌다.

"이해했소. 하지만 신부님은 내 말을 하나도 이해하지 못하는구려."

뻬뽀네가 이런 말을 남기고 떠나간 뒤에도 돈 까밀로는 태연하게 자기가 옳다고 믿는 길을 바꾸지 않았다.

그는 매번 본당 신자들을 만날 때마다, 똑같은 말을 꺼냈다.

"형제 여러분, 나는 여러분에게 2 더하기 2는 4라는 자명한 사실을 말하고 있습니다. 만일 수학에 대해 자신만의 특별한 관점을 가진 누군가가 이런 답을 보고 탐탁지 않는다고 해서, 내가 어찌 여러분한테 2 더하기 2는 5라고 말할 수 있겠습니까? 여기, 아편을 먹으면서 그게 유일한 생명의 양식이라고 여기는 사람이 있습니다. 그렇다고 해서 내가 그자를 화나게 하지 않기 위해 여러분한테 아편은 독이 아니라고 말해서야 되겠습니까?"

뻬뽀네는 돈 까밀로에 관한 소식을 들을 때마다 속에서 끓어오르는 분노를 억지로 삭여야 했다. 그러다가 결국 울화병에 걸려 분별력을 잃어버리고 극단적인 결정을 내리고 말았다.

그날 저녁, 돈 까밀로는 느긋한 기분으로 저녁을 먹고 있었는데, 갑자기 부엌 창문을 두드리는 소리가 들렸다. 그는 창밖으로 고개를 내밀어 찾아온 사람이 누군지 확인하고는 말없이 현관으로 나가 문을 열었다. 그리고 그에게 문을 닫으라고 말한 다음, 부엌으로 돌아와 다시 식탁 앞에 앉았다.

사내는 부엌으로 뚜벅뚜벅 걸어들어왔다. 그는 혼자가 아니었다. 사내의 뒤로는 그의 충성스러운 부하들이 하나도 빠짐없이 늘어서 있었다.

돈 까밀로는 어쩐지 좋지 않은 예감에 사로잡혔다.

"이게 무슨 짓인가, 뻬뽀네?"

너덧 명이 돈 까밀로의 뒤쪽으로 다가왔다. 다른 몇몇은 옆으로 접근해 왔다.

"진정하시오, 신부님."

뻬뽀네가 천천히 말하면서 출입문을 닫았다.

"신부님을 해코지할 생각은 없소. 하던 대로 계속 저녁을 드시오. 우리는, 우리 일을 할 테니까."

스미르초가 앞으로 나섰다. 오른손에는 풀이 가득 들어있는 양동이를, 왼손에는 두루마리 종이를 들고 있었다.

그는 양동이를 바닥에 내려놓더니, 커다란 붓을 살짝 담근 뒤 그 붓으로 벽에 풀칠을 시작했다. 연이어 두루마리 종이 뭉치에서 벽보를 꺼내 벽에다 그것을 정성스럽게 붙였다.

그는 벽보를 주방 출입문과 찬장 문짝에도 한 장씩 붙였다.

소기의 목적을 달성한 스미르초가 말했다.

"대장, 다 됐는데요."

돈 까밀로는 넋을 잃고 벽보들을 한참 바라보다가, 고개를 돌려 빼뽀네를 노려보며 외쳤다.

"이건 자네가 지금까지 저지른 못된 정치적 장난 중에서도 가장 비열한 짓이야!"

빼뽀네가 무덤덤하게 반문했다.

"아무렴 신부님이 치시는 장난에 비할 수 있겠소? 성당에서 하는 강론을 통해 사람들의 환심을 사 그들의 순진한 마음을 이용해 먹는 교활한 수작 말이오. 그건 이것보다 훨씬 질 나쁜 정신적 주거침입죄요. 아무튼 이제 우리가 직접 실례를 통해 그 오류를 지적해 드렸으니 신부님이 깨달으셨기만을 바랄 뿐이오."

"좋네."

돈 까밀로가 투덜거렸다.

"하지만 자네들은 방금 나한테 준 이 모욕에 대해 반드시 값을 치러야 할 거야!"

스미르초가 쓴웃음을 지었다.

"우리는 이번 일을 꼼꼼히 준비했습니다, 신부님. 아무런 반격도 하실 수 없을 걸요? 증인이 하나도 없으니까."

"주님께서 다 보셨네!"

"아무렴요, 하느님이 법정에서 증언이라도 하시겠답니까?"

스미르초가 키득거렸다.

"주님께서는 잘못된 일을 그냥 두고 보시는 분이 아니야. 언젠가는 자네들도 깨닫게 되겠지."

돈 까밀로가 애써 화를 가라앉히며 대답했다.

빼뽀네 일당은 채소밭을 거쳐 밖으로 빠져나갔다. 돈 까밀로는 부엌에 혼자 남아 벽 위에, 찬장 위에, 출입문 문짝 위에 각각 붙어 있는 벽보를 한참 동안 노려보았다.

"예수님."

돈 까밀로가 말했다.

"어째서 저런 놈들에게 벼락을 내리지 않으십니까?"

"그건 원칙의 문제다, 돈 까밀로. 나는 저들이 나를 십자가에 못 박았을 때도 벼락을 내리지 않았느니라. 그런데 빼뽀네가 네 집에 벽보 몇 개를 붙였다는 사실만으로 어떻게 벼락을 내릴 수 있겠느냐? 잘 생각해 보아라, 돈 까밀로. 내가 지금 저들에게 벼락을 내린다면 선거의 자유로운 진행을 방해하려고 든다는 사람들의 구설에 오르지 않겠느냐?"

돈 까밀로는 고개를 숙였다.

다음날, 마을 사람 중 하나가 사제관에 들렀다가 부엌에 붙어 있는 벽보를 발견했다.

돈 까밀로는 이미 달아오를 대로 달아오른 선거 열기가 더 뜨거워져, 험악한 사태가 일어나지 않기를 바랐기 때문에 그 사람에게 단단히 입단속을 시켰다. 그럼에도 불구하고 소문은

급속도로 퍼져나갔다.

그러던 어느 날, 스미르초가 숨을 헐떡이면서 인민의 집에 나타났다. 그는 빼뽀네에게 달려가 다음과 같은 소식을 전했다.

"대장, 돈 까밀로가 반격에 나섰어요! 우리를 교회식으로 응징하겠대요. 사람들 앞에서 공공연히 공산당원들의 세례기록을 말소시켜 버리겠다고 떠들고 다닌답니다."

돈 까밀로가 고안해 낸 복수는 우스꽝스럽고 유치한 것이었으므로 일동은 배꼽을 쥐며 폭소를 터뜨렸다.

브루스코가 외쳤다.

"교활한 돈 까밀로가 얼마나 속이 탔으면 저럴까!"

비지오도 단언했다.

"신부가 정말 그런 짓을 저질렀다면, 성직자 자격이 없어! 도덕적으로도 완벽한 우리들의 승리야."

저마다 의기양양한 기분으로 자신들의 의견을 늘어놓자, 빼뽀네가 조심스럽게 한 마디 덧붙였다.

"하지만 이건 아직 소문일 뿐이야. 이 상황을 정치적인 반격의 기회로 삼으려면 확실한 증거가 필요해."

스미르초가 고개를 끄덕였다.

"서류를 사진 찍어 놓으면 어떻겠어요?"

"아니야, 그럴 것까지는 없어."

빼뽀네는 이유를 설명하기 시작했다.

"그 서류를 검토해 보는 것만으로 충분해. 만약 돈 까밀로가 진짜로 서류에다 장난을 쳐놓았다면, 신자들 앞에서 그 서류를 공개하라고 요구하지, 뭐. 그러면 돈 까밀로도 꼼짝없이 자신의 잘못을 인정해야 할 거야. 어쨌든 그건 때가 되면 다시 거론하자고. 지금은 일단 이 이야기를 덮어두지."

아무도 그 문제에 대해 다시 거론하지 않았다. 그렇게 여러 날이 지나자, 어느 새 그 일은 사람들의 뇌리에서 사라져 가는 듯했다. 그러나 남들과는 달리 그 사건을 계속 마음에 담아두고 있는 사람이 한 명 더 있었다.

*

돈 까밀로는 얼마 후 성당을 방문할 예정인 주교의 환영식에 사용할 짧은 아리아를 편곡하느라 자정이 다 되어 가도록 성당 오르간 앞에서 머리를 싸매고 있었다.

순간 등 뒤에서 무언가 이상한 기운이 느껴졌다. 얼른 몸을 돌려 뒤를 바라보았더니, 불법 침입자 한 사람이 기다란 망토를 걸친 채 서 있는 게 아닌가.

돈 까밀로는 자리에서 벌떡 일어나, 나뭇가지 모양의 청동 촛대를 움켜잡으며 외쳤다.

"여기서 썩 나가라! 이곳은 주님의 집이다!"

불법 침입자가 망토를 벗으면서 당당한 목소리로 맞받았다.

"기록부를 보여줄 때까지는 여기서 한 발짝도 물러설 생각이 없소!"

그자의 두 손에는 묵직한 몽둥이가 하나 들려 있었다. 그렇게 늦은 시간에 결투를 해야 한다고 생각하니 돈 까밀로는 왠지 마음이 우울해졌다.

"뻬뽀네, 늦은 시간에 성당에 와서 이 무슨 행패인가? 어서 돌아가게!"

"기록부를 보여주시오, 당장! 내가 완전히 미쳐 돌아가는 꼴을 보고 싶지 않으면 빨리 가져오시오."

"무슨 기록부 말이야?"

"세례 기록부! 나는 신부님이 얼마 전 당한 일에 대해 복수를 하려고 우리 당원들의 이름들을 세례 기록부에서 다 지워버렸다는 게 사실인지 확인하러 왔소."

너무나 어처구니없는 모함이었다. 돈 까밀로는 이 말을 듣고 너무 놀라 촛대를 아래로 떨어뜨리고 말았다.

그런 다음, 하늘을 우러러 탄식했다.

"예수님, 이 인간이 진짜 미쳤나 봅니다!"

뻬뽀네가 어두운 표정으로 다시 졸랐다.

"길게 말하고 싶은 생각 없으니 어서 기록부나 확인시켜 주시오. 마을에는 벌써 신부님이 세례 기록부에서 우리 이름을 지워 버렸다는 소문이 파다합니다."

돈 까밀로는 도무지 이해할 수 없었다.

"아니, 자네들 이름을 지우면 내게 무슨 이득이 있어서?"

빼뽀네는 끈질겼다.

"우리를 교회에서 제명시키려는 것 아니오."

돈 까밀로의 눈이 화등잔만 해졌다. 그는 빼뽀네를 뚫어져라 쳐다보다가, 낡은 기록부가 가득 들어 있는 커다란 서류함으로 다가섰다.

돈 까밀로는 그 안에서 빼뽀네가 보고 싶어 하는 기록부를 찾아내(돈 까밀로는 빼뽀네와 같은 해에 태어났으므로 기록부의 연도를 알고 있었다.) 오르간 위에 올려놓았다.

"직접 와서 보게."

빼뽀네는 그 낡아빠진 기록부의 책장을 넘겨 가며 열심히 자신의 이름을 찾았다. 이름은 기록부에 잘 남아 있었고, 그는 안도의 한숨을 내쉬었다.

"다른 동지들 것은 어디 있소?"

"자네 부하들의 출생연도는 나보다 자네가 잘 알잖나. 나는 하던 일을 계속할 테니까 자네가 직접 확인해 보라고."

돈 까밀로는 다시 오르간 앞에 가서 앉아, 조금 전에 하던 편곡 작업을 계속했다. 그런데 웬일인지 아까와 달리 악상이 쉽게 떠오르기 시작했다.

그래서 이제껏 질질 끌어오던 편곡 작업을 30분도 지나지 않아 끝낼 수 있었다. 돈 까밀로는 직접 노래를 불러 가면서 아리아를 연주해 보았다.

노래가 끝났을 때, 돈 까밀로는 잔뜩 흥분한 기색을 감추지 못했다.

"마치 〈라 마르세예즈(La Marseillaise)〉*라도 듣는 것 같군. 이걸 주교님께 들려 드릴 생각이오?"

기록부를 다 확인한 뒤에도 성당에 남아 노래를 듣던 뻬뽀네가 비꼬았다.

성가대 아이들이 프랑스 국가처럼 호전적인 노래를 부르며 주교를 맞이한다면, 늙은 주교는 너무나 가슴이 떨려 갑작스레 하늘나라로 불려 올라갈지도 모를 일이었다.

돈 까밀로도 연주를 마친 뒤, 자신이 편곡한 아리아가 너무 과격하다는 점을 깨달았지만, 이상하게도 안타까운 기분이 들기보다는 오히려 신이 났다.

다만 돈 까밀로는 이런 감정을 뻬뽀네 앞에서 한 치도 드러내고 싶지 않았기 때문에, 아직 화가 다 풀리지 않았다는 듯이 그를 노려보면서 재빨리 질문을 던졌다.

"그래, 어떻게 됐나?"

"다 잘 있었소."

"자네 이름이 신자 명단에 올라가 있다는 사실만으로 안심하고 있다면 그건 대단한 착각이야. 최후의 심판 날이 찾아오면, 그 동안 자네가 저지른 모든 잘못에 대한 죗값을 톡톡히 치르

---

* 프랑스의 국가. 호전적인 가사로 유명하다.

게 될 테니까!"

"그렇게 흥분하지 마시오, 신부님. 그 문제야 내가 알아서 해결할 것이고…. 어쨌든 중요한 건 명단에 올라가 있다는 것 아니겠소, 하하하."

뻬뽀네가 이제 마음이 놓인다는 듯, 호탕하게 웃으며 말했다.

비밀 협정

그 젊은이는 누런 가죽으로 된 멋진 가방을 한쪽 팔에 끼고 환한 미소를 지으며 사제관에 나타났다.

"사람들이 이곳 사제관에 가면 아주 훌륭한 신부님을 뵐 수 있다고 하더군요. 정말 뵙고 싶었습니다."

그러나 돈 까밀로는 아직 원자 왁스를 대량으로 구매한 사기 사건의 충격에서 벗어나지 못한 터라, 젊은이의 입에 발린 아첨을 그저 귓등으로 들어 넘겼다.

"말은 무척 고맙네. 그렇지만 보시다시피 난 별로 가진 게 없는 사람이라서…."

젊은이는 고개를 저었다.

"신부님, 저를 흔해 빠진 방문판매원쯤으로 생각하시나 본데, 절대 그렇지 않습니다. 저는 리베룰라라는 회사에 다니는 어엿한 정식 직원입니다."

돈 까밀로는 믿기지 않는다는 눈초리로 그를 노려보았다.

"그럼, 보험 영업이라도 하나?"

젊은이는 다시 한 번 고개를 좌우로 흔들었다.

"뭔가 잘못 알고 계신 것 같습니다. 리베룰라는 전혀 다른 사업을 하는 회사입니다. 자, 한번 보시죠."

그는 가죽가방을 재빨리 열고 총천연색 사진이 잔뜩 실린 두툼한 카탈로그를 돈 까밀로의 손에 쥐여주었다.

"오토바이, 자전거, 사진기, 라디오, 텔레비전, 타자기, 냉장고 등등, 정말 없는 게 없지요."

젊은이는 카탈로그를 넘기며 열심히 설명했다.

"저희 리베룰라는 최고의 제품만을 공장도 가격으로 엄선해 사들입니다. 덕분에 이렇게 저렴한 가격과 좋은 조건으로 소비자들에게 물건을 공급할 수 있는 거지요."

돈 까밀로가 카탈로그를 되돌려 주려고 하자, 젊은이는 그를 안심시키려는 듯 한마디를 덧붙였다.

"신부님, 마음 편히 살펴보세요. 지금 당장 구입하시라는 게 아닙니다. 오늘은 카탈로그만 찬찬히 보시면서 저희가 얼마나 다양한 물건을 취급하는지 확인해 보시라는 거지요. 물건들을 봐두셨다가 나중에 필요할 때 연락해주시면, 저렴한 가격과 좋은 할부 조건으로 최상의 물건을 바로 공급해 드리겠습니다. 예를 들어, 성능 좋은 텔레비전이 필요하시다면…."

미소를 띤 공손한 이 젊은이는 리베룰라 회사 직원으로 가장한 악마인 것 같았다. 그렇지 않고서야 돈 까밀로가 텔레비전이 갖고 싶어 죽을 지경인 걸 어떻게 알았겠는가?

사실대로 말하자면 별로 놀랄 일은 아니다. 돈 까밀로는 세일즈맨이 이런저런 얘기를 늘어놓는 내내, 카탈로그에 실린 텔레비전 광고사진을 뚫어질 듯 쳐다보고 있었으니까 말이다.

젊은이는 설명을 계속했다.

"신부님, 여길 한 번 보시겠어요? 이 물건들은 저희가 자신있게 추천하는 제품들로 많은 분들에게 사랑받는 최고의 상표들입니다. 여기 적힌 가격표만 보셔도 저희가 얼마나 양심적으로 장사를 하는지 금방 아실 수 있을 겁니다. 그뿐이 아니지요. 대금 지불은 또 얼마나 편리한지! 구입하실 때, 일단 부담되지 않을 만큼만 지불하시고 나머지는 매달 조금씩 나눠 내시면 됩니다. 그래도 계약서에 서명하는 일이 꺼려지신다고요? 저희 회사 이름이 리베룰라 아니겠습니까? 고객에게 부담을 주지 않고 거저 드린다는 뜻의 이름이지요. 고객분들이 그저 부담 없이 구매만 하시면, 할부금은 은행에서 자동으로 이체가 된답니다."

돈 까밀로는 카탈로그 속의 텔레비전에 마음이 쏠린 나머지 원자 왁스 때문에 당한 치욕을 까맣게 잊어버렸다. 그렇다고 해서 자신의 절망적인 경제 상태까지 잊을 정도로 흥분한 것은 아니었다. 그는 마지막으로 텔레비전 사진을 애처롭게 바라보고는, 젊은이에게 카탈로그를 돌려주었다.

"기회가 되면 연락하지."

돈 까밀로가 어마어마한 참을성을 발휘하며 말했다.

"신부님, 감사합니다."

젊은이는 카탈로그를 가방에 집어넣으며 결정타를 날렸다.

"그저 노파심에 드리는 말씀입니다만, 돈에 대해서는 하나도, 눈곱만큼도 걱정하지 마시라고 말씀드리고 싶네요. 언제든 물건이 필요하시면 저한테 연락만 주십시오. 바로 할부 판매 계약서를 작성하러 오겠습니다. 아 참 신부님, 혹시 5천 리라도 없으세요? 딱 5천 리라만 있어도 텔레비전을 바로 배달해 드릴 수 있는데 말입니다."

그렇다. 조금 전과 마찬가지로 방글방글 미소를 띠고 있는 저 공손한 젊은이는 리베룰라 직원 행세를 하는 악마임에 진정 틀림없었다. 그렇지 않고서야 돈 까밀로가 텔레비전을 사고 싶어 몸이 바짝 단 것뿐만 아니라 마침 지갑에 5천 리라가 있다는 사실을 어찌 알았단 말인가?

잠시 후 젊은이는 만족스러운 표정으로 사제관을 나섰다. 그의 가방에는 돈 까밀로의 서명이 적힌 계약서와 5천 리라, 그리고 할부금에 대한 담보조로 발행한 가계 수표가 들어있었다.

젊은이는, 수표는 그저 형식적인 절차일 뿐이라며 돈 까밀로를 안심시켰다. 처음에는 돈 까밀로도 할부금을 걱정하지 않았고, 오히려 그에게 고마운 마음을 가질 정도였다. 그가 호언장담한 대로 텔레비전은 최상의 제품이었고, 돈 까밀로도 텔레비전이 주는 즐거움에 푹 빠져들었기 때문이다.

그러나 세상의 즐거움은 천국의 즐거움처럼 영원히 지속되지는 않는다. 할부금을 붓기 시작한 지 넉 달째가 되어가던 어느 날, 마침내 문제가 터졌다.

돈 까밀로는 납입 날짜가 다 되어가도록 돈을 마련하지 못해 속이 탔다. 처음 계약할 때부터, 텔레비전은 어디까지나 성당의 비품이 아니라 돈 까밀로 개인의 사치품이었다. 돈 까밀로는 진실하고 고결한 마음씨를 가진 성직자라면 마땅히 세상의 일과 주님의 일을 구분 지을 수 있는 분별력을 지니고 있어야 한다고 믿었다. 그 분별력 중에서도 가장 중요한 원칙은 아무리 상황이 급해도 신자들의 헌금에 손을 대서는 안 된다는 것이었다. 그가 겨우 1만8천 리라라는 얼마 되지도 않는 액수를 놓고 고민에 빠졌던 것은 바로 이런 이유 때문이었다.

하지만 시골 본당의 신부에게 따로 돈 나올 구멍이 어디 있겠는가? 막노동이라도 하겠다고 나서면 공산당원들의 비웃음을 살 것이 뻔했고, 그렇다고 돈 받고 교리문답을 개인 교습할 수 있는 것도 아니었다. '이것이 후원자들의 도움을 구하러 다닐 만한 문제냐?' 하고 자문해 보아도, 답은 '아니다' 였다. 유치원 운영을 위해서라거나, 가난한 사람을 돕기 위해서라면 얼마든지 모금에 나섰겠지만, 텔레비전 할부금을 위해 손을 벌린

다? 그런 일은 우선 자신이 용납할 수 없었다. 돈 까밀로는 아주 가난했지만, 결코 남들에게 뒤지지 않는 자존심과 자부심으로 똘똘 뭉친 사제였기 때문이다.

'이 멍청이! 텔레비전은 필수품이 아니라 여유가 있을 때 구입하는 물건이잖아!'

그는 최악의 경우 물건을 반품할 수도 있다는 각오로 리베룰라에 할부금 연기를 요청하는 편지를 썼다. 하지만 유감스럽게도 수표는 벌써 은행에 들어가 있으며, 연체가 두 달 이상 지속된다면 어쩔 수 없이 신용불량자로 등록할 수밖에 없다는 대답이 돌아왔을 뿐이다.

그에게 남은 마지막 선택은 돈을 내거나 또는 미친 척하고 버티거나 둘 중의 하나였다.

다음 달이 되자, 상황은 더 악화일로로 치달았다. 돈 까밀로는 여전히 형편이 어려웠고, 돈을 마련할 뾰족한 방법을 찾아내지도 못했다. 이제는 더 이상 편지를 쓸 용기도 나지 않아, 하느님께 지진이라도 일어나게 해 달라고 빌 수밖에 없었다.

더 심각한 문제는 다가오는 지방 선거에 정치적인 파문을 불러일으킬 수도 있다는 사실이었다. 매달 발표되는 신용불량자 명단에 돈 까밀로의 이름이 끼기라도 하면, 비록 그가 입후보자는 아니지만, 기독교민주당에는 엄청난 악영향을 미칠 것이 분명했다. 빼뽀네와 그 패거리들이 명단 손에 쥐고 득의양양해서 뛸 듯이 좋아하리라는 생각만으로도 그의 등줄기에는 식은

땀이 흘렀다.

마음을 졸이며 암울한 기분에 빠진 채 며칠이 흘렀다. 명단이 공개되던 날, 그는 도시를 방문해 자신의 눈으로 직접 그것을 확인했다. '돈 까밀로'라는 이름이 대문짝만하게 실린 것을 보자 눈앞이 캄캄해졌다. 다른 이름들은 미처 눈에 들어오지도 않았다. 돈 까밀로는 의기소침해져서 사제관에 틀어박혔다. 사람들이 그의 치부를 알고 손가락질할 것 같아 두려웠기 때문이다.

그날 저녁, 돈 까밀로는 식욕이 하나도 일지 않았다. 아니, 억지로 먹었더라도 소화가 되지 않아 고생했을 것이다. 그는 밤이 늦도록 잠자리에 들지 못하고 사제관 주위를 배회하며 고민했다.

자신이 물심양면으로 지원하는 기독교민주당에는 최대의 위기이고, 뻬뽀네 일당에게는 사상 유례를 찾을 수 없는 정치적 기회였다. 사실을 알고 나면 뻬뽀네는 당장에라도 집회를 열어 이 문제를 가지고 돈 까밀로를 공격할 것이 분명했다. 생각이 거기까지 미치자 가만히 있을 수가 없었다. 뭔가 서둘러 대책을 세워야 했다. 돈 까밀로는 생각 따위는 집어치우고 일단 행동에 나섰다.

뻬뽀네는 작업장에서 망치질을 하느라 여념이 없었다.

그가 불쑥 나타난 돈 까밀로를 보고 투덜거렸다.

"대체 이 늦은 시간에 무슨 일이오?"

돈 까밀로는 평소와 달리 온화한 목소리로 말문을 열었다. 그에게 시비를 걸 처지가 아니었기 때문이다.

"남자 대 남자로 자네랑 얘기 좀 했으면 싶네."

"뭘 말이오?"

"신용불량자 명단에 대해서."

빼뽀네는 구석으로 망치를 내던지며 으르렁거렸다.

"한판 붙자는 거요? 내 비록 신부님의 반대파로 오랫동안 싸워왔지만, 결코 남의 개인적인 어려움을 선거운동 목적으로 써먹은 적이 한번도 없었다는 걸 기억하길 바라오."

"그게 바로 내가 하고 싶었던 말일세."

"대체 어쩌겠다는 거요? 신용불량 문제로 사람들 앞에서 나를 공격할 생각이라면, 단단히 각오해두는 편이 나을 거요!"

돈 까밀로는 자신의 귀를 의심했다.

"자네를, 뭐?"

빼뽀네는 주머니에서 잔뜩 구겨진 종이 한 장을 꺼내 돈 까밀로를 향해 집어던졌다.

"이걸 보고 날 놀리러 온 거 아니오? 신용불량자로 등록된 주세페 보타치 선생을…."

과연 빼뽀네의 이름이 'ㅂ'으로 시작하는 명단에 들어가 있었다. 그는 명단을 받아들고 자신의 이름이 실려 있는지를 걱정하느라 다른 사람의 이름은 신경 쓸 겨를이 없었던 것이다.

"관심 끄는 다른 이름은 없던가?"

돈 까밀로가 물었다.

"나는 내 문제에만 관심 있소."

뻬뽀네가 담담하게 대답했다.

돈 까밀로는 명단에서 이름 하나를 가리켰다. 뻬뽀네는 그의 손가락이 가리키는 데를 바라보고 눈이 휘둥그레져서는 믿기지 않는다는 듯 돈 까밀로를 쳐다보았다.

"아니, 이럴 수가!"

"그렇다네."

돈 까밀로가 탄식했다.

"내 이름도 들어가 있네. 망할 놈의 리베룰라 같으니!"

뻬뽀네가 펄쩍 뛰었다.

"신부님도 리베룰라한테 당했단 말이우? 그 성격 좋아 보이는 젊은이에게?"

"…."

"무얼 산 거요? 냉장고?"

"아니, 텔레비전."

뻬뽀네가 할부 판매에 대한 불만을 토로했다.

"그 망할 놈의 것, 원자 왁스 때보다 더 악질이오. 싼값에 샀다 싶었더니, 매달 말도 안 될 만큼 큰돈이 빠져나가더구먼. 할부금이 은행에서 자동으로 이체된다는 소리에 현혹된 내가 바보였소. 통장 잔액이 없으면 빚을 내서라도 돈을 채워넣어야 한다는 걸 까맣게 몰랐으니까! 정말 한심한 일이오. 생각 없이 계약을 하고, 뒤늦게서야 할부금이 잔뜩 남아 있다는 걸 알아채니 말이오. 결국 20만 리라라는 빚더미만 떠안은 셈이지."

그는 한바탕 욕설을 퍼붓고 나서야 평정심을 되찾았다.

"사실, 따지고 보면 냉장고도 잘 돌아가고, 신부님도 나나 마찬가지로 곤란한 지경이니 피차 정치적으로 이용하게 될 리도 없겠소. 그나마 다행스러운 일이지. 안 그렇소, 신부님?"

"흠, 동감일세."

돈 까밀로는 대답을 하다가 무언가를 기억해내곤 얼굴이 새하얗게 질렸다.

"아차, 그놈들을 빠뜨렸군!"

돈 까밀로와 뻬뽀네는 나머지 명단을 자세히 훑어보기 시작했다. 거기엔 극우파 일당의 이름이 죄다 적혀 있었다. 그들은 뻬뽀네의 공산당 패거리와 돈 까밀로의 기독교민주당을 모두 반대하는 세력이었다. 이제 물고 물리는 관계는 두 사람만의 타협으로는 문제 해결이 어렵게 된 셈이다. 게다가 정치적으로 열세에 놓여있는 극우파들이 악에 받친 나머지, 자기들에게 돌아갈 모욕도 잊어버리고 무턱대고 덤벼들 여지마저 있었다. 어떻게든 그들의 입을 틀어막아야 했다. 그렇지 않으면 온 마을 사람들이 이 상황을 놓고 배꼽이 빠지라 비웃어댈 것이다. 그것도 한 10년 동안은. 그들은 당장 극우파의 우두머리인 피에트로 폴리니를 만나러 달려가야 했다.

빼뽀네 역시 얼굴이 새하얗게 질렸다.

"그 작자들이 큰 문제요! 웬만큼 해서는 도무지 말을 들어먹지 않을 텐데…. 이놈의 할부 판매 때문에 여러 사람이 큰 망신당하게 생겼소, 정말 미치고 환장하겠군!"

"그 하느님 무서운 줄도 모르는 정신 나간 작자까지 우리랑 같은 처지라니!"

두 사람은 10여 분 동안 입을 다물고 이 문제에 대해 찬찬히 의논했다. 마침내 빼뽀네가 먼저 외투를 걸쳐 입으며 단호하게 말했다.

"포페타에서 만납시다. 같이 다니는 걸 들키면 곤란하니까, 난 들길로 가겠소. 신부님은 둑길로 가시오. 먼저 신부님이 말로 폴리니를 설득해 보시오. 말귀를 도무지 못 알아들으면, 내가 말 따위는 필요 없는 방법으로 이해시키겠소."

폴리니는 평소보다 조금 일찍 잠자리에 들었다가, 돈 까밀로가 부르는 소리에 화들짝 놀라 서둘러 밖으로 달려나왔다. 그는 문을 열다가 돈 까밀로가 빼뽀네와 함께 있는 것을 보고는 기절할 뻔했다.

"성직자와 공산당이 기어코 손을 잡은 겁니까? 이거 정말 큰일 났군. 이제 누가, 이들의 독재를 견제할 수 있으려나!"

"폴리니, 농담은 선거 유세 때나 하게. 일단은 신부님 말씀부터 들어보자고."

그들은 응접실로 들어가 앉았다.

돈 까밀로는 조금도 미적대지 않고 바로 본론으로 들어갔다. 그는 주머니에서 명단을 꺼내 폴리니에게 건네며 물었다.

"이걸 본 적이 있나?"

"네."

폴리니가 웃으며 말했다.

"오늘 아침 시내에 들러 명단을 받아 봤지요. 내 이름이 적혀 있는 걸 보고 아주 실망했지만, 신부님과 읍장님의 이름도 올라가 있다는 게 좀 위로가 되더군요."

돈 까밀로는 치명적인 정치적 패배를 야기할 수 있는 명단을 한 손에 움켜쥔 채로, 잔뜩 흥분해서는 앞으로 어떻게 할 생각인지를 폴리니에게 물었다. 그의 이름 아래에는 4만 리라라는 숫자가 적혀있었다. 한참 동안 침묵이 흘렀다.

마침내 돈 까밀로가 입을 열었다.

"난 리베룰라에서 텔레비전을 사고 뻬뽀네는 냉장고를 샀네. 자네는 뭘 샀나?"

"전 둘 다 샀어요. 리베룰라에서 파는 텔레비전과 냉장고는 성능이 모두 끝내주지요."

뻬뽀네가 동의했다.

"내 것도 그래."

돈 까밀로도 동의했다.

"내 것도."

폴리니가 포도주를 꺼내와 마개를 땄다. 그리고 모두 거나한 기분이 들 때까지 마셨다. 그걸로 협정은 맺어진 셈이었다.

두 사람은 불그스레한 얼굴로 폴리니네 집을 나섰다.

돈 까밀로가 강둑 쪽으로 방향을 잡으며 중얼거렸다.

"입단속을 시킬 사람이 더 이상 없어서 다행이야."

들길로 향하던 뻬뽀네가 맞받았다.

"다들 똑같은 무기를 가지고 싸우는 거지. 냉장고 대 냉장고, 텔레비전 대 텔레비전, 신용불량 대 신용불량. 이번 선거는 아주 평등하고 민주적인 것이 되겠어!"

도로 공사

토리첼라에 있는 작은 운하 위를 지나는 다리가 홍수로 인해 큰 피해를 보았다. 뻬뽄네는 자신의 승용차를 타고 스미르초와 함께, 복구 현장을 찾았다. 그는 거기서 예정된 시간보다 약간 더 머물렀다가, 돌아올 때는 시간을 아끼려고 지름길을 택했다.

자동차는 한 500미터 정도를 별다른 이상 없이 잘 달리는 것 같았다. 그러나 길의 상태가 워낙 나빴던 탓에, 그들이 게피네 타작마당에 이르렀을 때쯤엔 차축까지 진흙탕 속에 완전히 잠겨 옴짝달싹도 할 수 없는 상황에 이르고 말았다.

차를 끄집어내기 위해서는 대형 트랙터의 도움이 필요했다.

게다가 그 작업은 생각처럼 간단한 일이 아니어서 빼뽀네와 스미르초는 머리카락까지 온통 진흙투성이가 되고 말았다.

차를 끄집어 낸 다음, 게피가 설명을 늘어놓았다.

"사실 매년 겨울마다, 이런 사고가 반복됩니다. 여기서부터 지방도로까지 차량 통행이 불가능해지는 거지요. 그 사실을 모르면 읍장님과 같은 상황을 겪습니다. 매년 진정서를 제출해도 별로 소용이 없더군요. 올해 내려던 진정서를 지금 받아 주셨으면 합니다. 내일 번거롭게 읍사무소까지 갈 필요가 없도록 말이죠."

빼뽀네는 게피가 내미는 노란색 봉투를 거절하고 이렇게 으르렁댔다.

"책임자들에게는 내가 직접 가서 따지겠소!"

바로 그날 저녁, 읍 의회가 소집되었다. 빼뽀네가 장황한 설명을 마치자, 그의 부하들은 그 진흙탕 길에 도로를 건설하는 사업이 이미 오래전부터 계획되어 있었다는 사실을 알려 주었다. 그런데도 아직까지 시행되지 못했던 것은 오직 읍사무소에 예산이 부족했기 때문이었다.

이 사업에 드는 적절한 비용은 아무리 적게 잡아도 – 최소한 40센티미터 두께로 자갈을 깔아야 했기 때문에 – 200만 리라를 훌쩍 넘었다.

읍사무소에서 진행하는 각종 건설과 토목 공사일을 맡고 있는 브루스코는 볼멘소리를 늘어놓았다.

"우리처럼 잔뜩 목을 조르는 긴축 예산을 쓰고 있는 사람들한테 200만 리라를 내놓으라고 하면 그냥 나가 죽으라는 이야기나 마찬가지라고요!"

삐뽀네가 명령했다.

"어떻게든 마련해봐!"

반대편의 유일한 대표로 나와 있던 필레티가 물었다.

"돈이 나올 구석이 없는데, 어디서 구한단 말이오?"

"어떻게든 마련할 거요! 무슨 수를 써서라도."

하지만 200만 리라를 구하는 일은 결코 간단한 문제가 아니었다. 그 얘기가 나온 지 벌써 보름이 지났는데도, 어디서 그 빌어먹을 돈을 구할 수 있을지는 여전히 오리무중이었다.

문제의 실마리가 풀려나가기 시작한 것은 뜻밖의 인물에게서 들은 의외의 말 한 마디에서부터였다. 그 정보를 알려준 사람은 나이가 여든다섯이나 되었지만, 아직도 기억력만큼은 뛰어난 티모시 노인이었다.

그 일의 자초지종은 다음과 같다.

어느 날 오후, 삐뽀네, 스미르초, 비지오, 브루스코, 이렇게 네 명이 몰리네토의 선술집을 찾았다. 그들이 이런 저런 얘기를 나누던 도중에, 우연히 진흙탕 길 도로 공사에 대한 이야기가 튀어나왔다. 그런데 마침 거기 난로 앞에서 꾸벅꾸벅 졸고 있던 티모시 영감이 갑자기 대화에 끼어들었다.

"옛날에는 68년 법으로 모든 걸 다 해결하곤 했지."

스미르초가 당신 같은 늙은이가 무얼 아느냐는 듯이 심드렁한 목소리로 말했다.

"1868년이면 영감님께서 아직 태어나지도 않았을 때잖아요?"

"그게 무슨 상관이야? 자네는 징병제가 입법화되기 전에 태어났나? 그렇다고 입영 통지서를 안 받았어, 군대에 안 갔어? 68년 법은 1915년까지 시행되다가 전쟁이 발발하면서 잊혀졌지. 68년 법은 아주 강력한 법률이었어. 왜냐하면 그 법은 토지를 소유한 정도에 따라, 또는 각자 가진 재산에 따라 무상 노동 일수를 환산해서 할당했거든. 짐수레를 끄는 가축도 마찬가지로 징발했지. 그뿐인 줄 알아? 적당한 금액만 내면 일을 하지 않아도 되는 면책조항까지 있었다고. 읍에서는 그 돈으로 자재도 사고 그랬지. 옛날에는 제대로 안 되는 일도 많았지만, 요즘보다 더 잘 되는 일도 그만큼 많았어."

티모시 노인은 말을 마치자마자 한숨을 내쉬었다. 이어 빨갛게 달아오른 불씨 하나를 난로에서 끄집어내, 파이프의 담배통 속에 넣었다.

"68년도 법이라고 하셨습니까?"

뻬뽀네가 물었다.

"암, 68년도 법이지."

티모시 노인이 대답했다.

"난 관련 지시사항이 읍사무소의 게시판에 걸려 있는 걸 100번도 넘게 보았네. 관심 있으면 읍사무소에 가서 찾아보시게, 읍장 나리."

약 10분 뒤, 빼뽀네는 읍사무소의 서기에게 명령했다.

"1868년도 법에 관한 모든 사항을 알고 싶다. 그러니 지금부터 관련 문서를 뒤져, 완전한 보고서로 만들어 이틀 안에 제출하도록!"

서기는 읍사무소의 서류 창고를 뒤지면서 68년도 법에 관계된 모든 걸 찾아내는데 한 주를 보냈다. 그리고 그 문서들을 정리하고 내용을 요약하는 데는 한 주가 더 걸렸다. 그러나 읍장에게 제법 그럴듯한, 포장된 문서 한 묶음을 제출하면서 서기는 자신이 일을 썩 잘해냈다고 자신하고 있었다.

"하나도 빠진 게 없습니다. 그 법의 본문, 수행해야 할 작업에 대한 의결 사항들, 대여 명세서와 함께 징발 대상자 명단, 시행된 작업에 대한 보고서며, 징발 대상자들에게 부과된 노역 시간 또는 노역을 제공하는 대신 세금을 납부하기로 한 대상자들이 지불한 총액에 대한 기록까지 전부 들어 있습니다."

빼뽀네는 관계 서류를 꼼꼼히 살펴보는 데 사흘이 걸렸다. 그리고 읍사무소의 서기를 불러 물었다.

"그 법이 폐지된 시점은 왜 안 나와 있지?"

서기가 대답했다.

"제가 아는 한 그 법은 폐지된 적이 없습니다. 1차 세계대전의 발발과 함께 일시적으로 중단되었다가 그 뒤로 시행되지 않았을 뿐입니다.”

“〈관보 총람〉을 확인해 봐!”

빼뽀네가 호통을 치자, 서기가 대답했다.

“하지만 우리가 보관하고 있는 〈관보 총람〉에는 빠진 게 좀 있습니다. 확실하게 하려면 로마에 한번 문의해 봐야 될 겁니다. 공문을 보내서 확인해 보죠.”

빼뽀네는 지갑을 꺼내 얼마 간의 돈을 서기에게 내밀며 명령했다.

“아니야, 지금 당장 출발해! 이거면 넉넉하지는 않지만 출장비로 부족하진 않을 거야. 이 이상은 목에 칼이 들어와도 한 푼도 더 줄 수 없어. 그리고 하나 더, 이번 일은 비밀임무라는 걸 명심해!”

빼뽀네가 언성을 높일 때마다 그는 숨이 콱콱 막혀왔다. 게다가 비밀임무라니!

그러나 빼뽀네의 불같은 성격을 잘 아는 그는 당장 사흘치 식사에 해당하는 빵과 살라미 소시지, 치즈만을 잔뜩 싸가지고 로마로 떠날 수밖에 없었다.

서기는 로마에 머무르는 사흘 동안 다른 것은 입에도 못 대고 빵만 먹으며 자료를 찾는 데 열중했다. 돌아오는 길에 그는 그간 먹은 빵 때문에 목이 메어 죽을 지경이었지만 빼뽀네에게 68년 법에 관한 공식 회신과 남은 돈 45리라가 들어 있는 봉투 하나를 전달할 힘은 남아 있었다.

빼뽀네는 서기가 정리해온 문서를 읽다가 자기도 모르는 새에 승리감에 도취되어, 마치 사자의 포효와 같은 기쁨의 환호성을 질렀다.

그날 저녁, 인민의 집에서는 비밀회의가 열렸다. 빼뽀네는 지금까지 확인한 법률적 문제에 대해 설명한 뒤, 다음과 같은 결론을 내렸다.

"우리 읍에서 68년 법을 마지막으로 시행했던 때가 1914년이었네. 그 당시, 읍 행정은 사회주의자들이 맡고 있었지. 그리고 당시의 지주들은 68년 법에 따라 노동력을 제공했네. 요즘 상황과 다를 게 조금도 없어. 우리가 할 일은 1914년도의 독촉 대상자들의 명단을 현재 상황에 맞게 개정하는 거야. 그리고 참석하지 않는 지주들에게는 노동력을 제공하는 것에 해당하는 만큼의 돈을 노조 임금 계산 방식대로 산정해서 요구하는 거지. 이 문제를 읍의회에서 필레티 같은 녀석들이랑 논의할 필요는 없네. 우리는 현행법을 시행하는 것일 뿐이니까. 그 망할 놈의 지주들은 우리가 자기들한테 1914년부터 오늘날까지의 연체료를 물도록 강제하지 않는 것만 해도 다행이라고 여기고 주님께 감사드려야 할걸!"

돈 까밀로는 사제관에 딸린 작은 정원을 청소하고 있었다. 그런데 느닷없이 스미르초가 돈 까밀로를 찾아와 종이와 펜을 내밀며 중얼거렸다.

"좋은 시절도 이젠 다 갔소, 신부님."

스미르초가 내민 종이에는 다음과 같이 적혀 있었다.

> 본 수령증에 이름과 성을 적고, 수령했다는 뜻으로 서명하시오. 글씨는 반듯하게 적고 점선을 따라 뜯은 뒤에 한 부는 본인이 보관하고 나머지는 반환하시오.

돈 까밀로는 그 종이를 받아 세심하게 살펴보았다.

"이건 또 무슨 수작인가?"

"수작이라니요? 아무리 신부님이라지만 공무집행 중인 공무원에게는 말조심하십시오. 귀하는 현행법에 따라 15일 8시까지, 손수레, 삽, 곡괭이, 가래를 지참하고, 할당된 사흘간의 노역을 위해 읍사무소로 출두해야 합니다. 혹시 신학교에서 노동을 하지 말라고 가르쳤기 때문에 이 요구에 응할 수 없다면, 귀하는 고지서에 적혀 있는 금액을 납부함으로써 봉사를 면제받을 수 있습니다."

돈 까밀로는 그 종이를 스미르초에게 돌려주면서 대답했다.

"나하고는 상관없는 일일세."

하지만 그는 계속 거만한 어조로 말했다.

"보시다시피 고지서에는 신부님이 수취인으로 명시되어 있습니다. 그러니 일단 고지서를 인수하고, 이의가 있으면 읍사무소에 문의하시기 바랍니다.”

스미르초가 이처럼 건방을 떨 수 있었던 것은 그와 돈 까밀로 사이에는 육중한 철제 창살이 놓여 있었기에 가능했다. 게다가 대화 내내 돈 까밀로로부터 되도록 멀리 떨어져 있으려고 주의했기에, 돈 까밀로가 화를 내면서 갑자기 덮쳐도 안심할 수 있었던 것이다.

돈 까밀로는 펜을 들고 천천히 우편물 수령증에 서명했다. 황급히 자전거에 올라탄 스미르초가 도망치듯 사라지자, 돈 까밀로는 읍사무소를 향해 단호한 모습으로 행진을 시작했다.

빼뽀네가 기다렸다는 듯이 그를 직접 맞아들였다. 돈 까밀로가 빼뽀네 앞에 그 고지서를 내던지자 빼뽀네는 서랍에서 인쇄된 종이 한 장을 꺼내 앞으로 내밀었다.

“보시오, 이게 해당 법령이오. 신부님도 놀라셨겠지만 ‘두라 렉스, 세드 렉스(Dura lex, sed lex. 악법도 법이다)’라는 말은 나보다 신부님이 더 잘 알지 않습니까. 다른 말로 하면 ‘법이란 적용되지 않을 때에도 지속되는 것이다.’ 이 말이죠.”

돈 까밀로는 빼뽀네가 그 라틴어 번역을 제멋대로 했다는 것을 굳이 문제 삼지는 않았다. 그 대신 방금 읽은 그 법령에는 성직자에 대한 얘기가 없지 않으냐고 따졌다.

빼뽀네가 예의를 갖추어 우아하게 답변했다.

“사실, 본 법안은 본당 신부라는 직위와는 아무런 상관이 없소. 신부님이 받으신 고지서는 20헥타르에 이르는 토레타 농지의 현재 소유주 앞으로 나간 거니까. 이 법이 마지막으로 적용되었던 해인 1914년도에 작성된 명단을 보면, 토레타 농지의 소유주가 사흘 간의 노력 봉사를 명령받은 기록이 남아 있소. 그런데 1930년 그가 사망하면서, 그 농지가 교회에 기증되었소. 현행법상 토지를 양도할 때는 이익뿐만 아니라, 부담도 넘겨받지. 그러니 이건 세금의 한 종류라고 생각하시면 되오."

돈 까밀로가 대꾸했다.

"그 농지는 나한테 개인적으로 기증된 게 아니라, 교회에 공식 기증된 걸세. 읍장 나리, 그러니 교구청에 문의하게."

"그거야 신부님 업무지요. 우리는 그 농지가 본당의 재산이라고 알고 있으니까 본당 신부 명의로 고지서를 발부한 것뿐이오. 세금을 내는 사람이 본당 신부든 주교든 우리한테는 중요하지 않소. 우리가 관심을 두는 건, 정해진 기일 안에 해당자는 세금을 납부해야 한다는 사실뿐이오. 만일 신부님이 14일 저녁까지 납부하지 않으시면 우린 세금 장부에 원래 내야 할 금액에다 지불 연기에 따른 벌금과 이자까지 합쳐서 올려놓을 거요."

이 말을 듣고 돈 까밀로는 쌀쌀한 태도로 빈정거렸다.

"그러니까 자네들은 공산당이 꾸려 나가는 이 오막살이의 운영비를 마련하기 위해, 반세기 전부터 적용하지도 않았던 법을 다시 끌어내 써 보자는 거구먼."

그러자 뻬뽀네가 차분하게 설명했다.

"성당은 안 그렇소? 신부님이 꾸려 나가는 성당 운영비를 마련하기 위해, 신부님은 아무도 순종한 적이 없는 그 십계명에 호소하고 있잖소? 예를 들어 보죠. 십계명에는 도둑질하지 말라고 씌어 있다, 이거요. 한데 모든 사람들이 도둑질을 하니, 그 계명은 폐지된 것으로 봐야 한다는 결론을 내린다면 어떻겠소? 지금 이 법의 기원을 따져 1868년도까지 거슬러 올라가는 게 문제가 된다면, 십계명이 노아 시대까지 거슬러 올라가는 건 어떻게 해명하시려오?"

"노아가 아니라 모세일세."

돈 까밀로의 지적에 뻬뽀네는 코웃음을 쳤다.

"국물이나, 국물에 젖은 빵이나 그게 그거지. 노아든, 모세든 그게 무슨 상관이람. 아무튼 신부님이 지금 납부하기로 했다면 나한테 내시구려. 그럼 내가 바로 영수증을 발급해 드릴 테니까요. 신부님 명의로든, 주교님 명의로든, 아니면 교황님 명의로든. 사실 이 건 때문에 내가 좀 흥분되긴 합니다. 읍장 뻬뽀네, 드디어 인민의 고혈을 빨아먹는 성직자가 돈을 뱉어내는 모습을 보다! 멋지지 않소?"

돈 까밀로가 이를 앙다물며 말했다.

"읍장 동지, 이러다간 자네 담뱃대에 불을 붙일 때도 그 법을 써먹을지 모르겠군."

뻬뽀네가 대꾸했다.

"위대한 공산 혁명의 그 날이 오면, 신부님이 갚아야 할 최종 계산서는 내 따로 발급해 드리리다. 이번 고지서는 그걸 예고

하는 전주곡일 뿐이라오."

돈 까밀로는 성당에 계신 예수님에게 달려가 억울함을 털어놓았다. 예수님은 돈 까밀로의 하소연을 한참 동안 들으시더니 이렇게 말씀하셨다.

"돈 까밀로, 왜 그렇게 애태우느냐? 성서에 '카이사르의 것은 카이사르에게 돌리고 하느님의 것은 하느님께 돌려라.' 라는 말씀도 있지 않느냐?"

"하지만 카이사르의 것을 뻬뽀네에게 줘야 한다는 말씀은 없잖습니까."

"카이사르를 대리하는 사람이 뻬뽀네이니라."

"그렇지 않습니다! 이 문제가 세금에만 국한된다면, 뻬뽀네가 카이사르를 대리한다는 게 맞을 겁니다. 하지만 저주받아 마땅할 그 공산당 녀석들은 순전히 골탕먹이려는 의도로 저를 걸고 넘어갔단 말입니다. 뻬뽀네와 그 망할 놈들에게 기쁨을 주려고 가난한 사람들의 헌금을 쓰는 게 과연 옳은 일일까요?"

"길을 포장하는 일은 옳은 일이다, 돈 까밀로. 너는 마른 땅으로 다니는데, 왜 네 이웃은 진흙탕 속에 빠져 헤매야 한단 말이냐? 그러나 가난한 사람들의 헌금으로 네 이웃을 돕는 건 옳지 않다. 네가 직접 호주머니를 털어 이웃을 돕거라."

돈 까밀로는 두 눈을 동그랗게 뜨고 예수님을 쳐다보았다.

"예수님, 제 살림살이를 뻔히 아시잖습니까? 제가 돈이 어디 있습니까?"

"나 예수는 너보다 훨씬 가진 게 없었다. 그런데도 나는 이웃에게 봉사하며 살았느니라."

예수님의 말씀에 돈 까밀로가 고개를 수그리며 대답했다.

"돈을 내겠습니다."

15일 아침, 뻬뽀네는 자신의 집무실에서 서류를 뒤적거리고 있었다. 그 진흙탕 길의 공사에 착수하기 위해 '68년 법 작전'의 총액을 산출해야 했기 때문이다.

여덟 개 마을에 흩어져 있는 300명의 재산가로 구성된 징수 대상자 중에서 오로지 두 명만이 돈을 보내지 않았다. 징수된 액수가 진흙탕 길의 포장 공사에 필요한 200만 리라를 가뿐하게 넘어섰지만 뻬뽀네는 의기양양한 기분에 휩쓸려 정말 재미있는 장난을 놓칠 생각이 추호도 없었다. 그래서 뻬뽀네는 당원들을 독려했다.

"예외는 없다! 대상자들 모두에게 세금을 걷어라! 오늘까지 납부하지 않은 자에게는 벌금까지 더해서 세금 장부에 올려라! 돈 까밀로도 포함해서!"

브루스코가 중얼거렸다.

"과연 돈 까밀로가 세금을 낼까요?"

뻬뽀네가 자신 있게 외쳤다.

"당연하지. 돈 까밀로가 아니라 하느님 아버지라도 벌금을 내지 않고는 못 배길걸!"

"어라? 저기 좀 보세요, 대장."

브루스코가 광장 쪽으로 난 창문을 가리켰다. 뻬뽀네는 창가로 다가갔다가 숨이 탁 막혀 죽을 뻔했다.

8시에서 10분이 조금 못 되는 시간이었다. 광장 한가운데에는 돈 까밀로가 팔짱을 낀 채 버티고 서 있었다. 돈 까밀로 곁에는 손수레, 곡괭이, 가래, 삽, 고무장화, 식사용으로 준비한 포도주병과 빵이 담긴 바구니까지 준비되어 있었다.

말할 것도 없이, 광장은 근래 보기 드문 장관을 보려는 마을 사람들로 분주해지고 있었다.

"염병할!"

뻬뽀네가 가쁜 숨을 몰아쉬면서 자리로 돌아와 앉았다.

"대장, 내려가서 돈 까밀로 신부한테 저 물건을 다 치우라고 할까요?"

스미르초가 물었다.

"한 방 먹었군, 한 방 먹었어! 노역을 지시한 고지서의 내용을 완벽하게 준수한 셈입니다. 아니, 오히려 정해진 시간보다 일찍 나왔어요."

브루스코가 탄식하자, 비지오가 이렇게 덧붙였다.

"해당 법령은 노력 봉사 의무를 금전으로 대체해야 한다는 강제 규정을 두고 있지는 않습니다. 오히려 본인이 직접 노동력을 제공하는 거니까 한층 더 적법한 셈이죠."

빼뽀네는 큼지막한 주먹을 허공에 휘저으면서 냅다 소리를 질렀다.

"한 번 해보겠다 이거지? 좋아! 브루스코, 자네가 저 망할 신부를 맡아! 신부가 삽질을 제대로 하는지 사흘 동안 감시하라고!"

그때, 창가에서 광장을 계속 내려다보던 브루스코가 실망스런 목소리로 탄식했다.

"또야? 이제 벌금 물리기는 글렀수, 대장."

빼뽀네는 껑충 뛰듯이 창가로 달려갔다. 이번엔 진짜 한 대 단단히 얻어맞은 기분이었다. 납부 통지서를 보냈지만 세금을 내지 않은 또 다른 독촉 대상자로, 팔라초네라고 불리는 큼지막한 농지의 소유주가 있었다. 그 농지의 소유주인 도세티 백작 부인은 12일간의 노력 봉사와 수레가 달린 운송 수단을 제공하거나 이에 해당하는 금액을 납부하라는 읍사무소의 통지를 받았었다.

지금 광장 한가운데에는 트랙터 한 대와 거기 매달린 짐수레가 있었는데, 트랙터 옆에는 작업복 차림의 처녀가, 짐수레 옆에는 아름다운 부인과 중년의 신사, 그리고 젊은이 하나가 각각 서 있었다. 트랙터 옆에 선 젊은 처녀는 도세티 백작의 딸이었고 그 부인과 신사는 도세티 백작 부부였으며, 젊은이는 도세티 백작의 아들이었다.

더욱 많은 사람이 광장으로 모여들었다. 이 광경을 지켜보던 브루스코가 머리를 좌우로 흔들며 말했다.

"대장, 저 패거리와 공사장엘 가느니, 차라리 공산당에서 탈당하는 것을 택하겠어요!"

빼뽀네는 잠자코 그에게 자기를 따라오라는 손짓을 하고는, 앞장서서 광장으로 내려갔다.

빼뽀네가 부하들을 몽땅 대동하고 광장 한가운데에 도달했을 때, 시간은 8시를 딱 3분 앞두고 있었다.

"신부님은 누구를 대표해서 오셨소?"

빼뽀네가 돈 까밀로 앞에 멈춰 서서 물었다.

"토레타 농지일세."

돈 까밀로가 독촉장을 내보이며 대답했다.

"이 서류에 의하면, 나는 손수레와 기타 도구들을 갖고 사흘간 노력 봉사를 해야 한다고 나와 있더군."

브루스코가 수첩에다 메모하는 사이, 빼뽀네는 손수레를 꼼꼼히 검사했다.

"그런데 이 용구는 어디다 쓰시려고?"

빼뽀네는 돈 까밀로가 작업복 위에 놓아둔 성무일도서를 가리키면서 물었다.

"자네의 그 못된 영혼을 위해 기도하는 데 쓸 걸세."

돈 까밀로가 중얼거리듯 대답했다.

빼뽀네는 다른 그룹으로 넘어갔다.

"여러분은 누구를 대표해서 오셨소?"

"팔라초네 농지를 대표해서 왔어요."

백작 부인이 짐수레 위에 올라탄 채 아래를 내려다보며 대답했다.

"총 12일간의 노력 봉사 기간을 사흘로 단축해 산정해 주세요, 읍장님. 작업 인원이 네 명이니까요. 추가로 운송용 짐수레도 가지고 왔어요."

"운전사는 트랙터에 부가되는 인원입니다. 그러니까 그의 노동은 다른 세 명의 인원이 하는 노동과 함께 계산할 수 없는 별개 사항이다, 이 말입니다."

"그렇다면 트랙터 운전사로 온 우리 딸은 저와 같이 일하는 것으로 하고 트랙터는 다른 사람이 몰면 되겠군요."

"부인의 주장을 액면 그대로 받아들인다고 해도, 따님이 제공하는 노동력은 법적으로 인정받지 못합니다. 부인은 말할 것도 없고요."

뻬뽀네가 단정 짓듯 말했다.

"왜지요? 전 이해할 수 없군요. 우리는 둘 다 성인이고 신체도 건강해요. 68년 법령에는 노동 일수에 관해서만 규정되어 있지, 일하는 사람의 성별에 대해선 명시돼 있지 않던데요."

백작 부인은 법조문을 들어가며 명쾌하게 반박했다.

"도로 건설 작업처럼 힘든 일에는 여성들의 참여를 허용할 수 없습니다."

뻬뽀네가 잘라 말하자, 백작 부인이 날카로운 목소리로 항의했다.

"읍장님과 훌륭한 공산당원들께서는 언제나 자유롭고 문명화된 소비에트 연방을 찬양하지 않았나요? 거기서는 여성들도 벽돌공, 광부, 도로 청소부, 기관사, 대장장이로 다들 일한다는데, 왜 우리는 안 되는 거죠?"

군중 가운데에서 낄낄거리는 비웃음 소리가 나자, 빼뽀네는 불쾌한 듯 외쳤다.

"좋소! 모두 작업 현장으로 가십시다! 따님은 계속 트랙터를 운전하고, 토레타 농지의 대표께서는 짐수레에 본인의 용구들을 가지고 함께 올라타도록 하시오."

돈 까밀로가 끙끙대며 짐수레에 오르자, 트랙터가 움직이기 시작했다.

짐수레는 핏빛처럼 빨갰다. 그 위에 올라탄 아름다운 백작부인과 거리낌 없는 얼굴의 백작, 선이 고운 젊은 아들, 수레 가장자리에 기댄 채 꼿꼿이 서 있는 성직자, 트랙터를 에워싸고 있는 군중의 모습, 거기다가 잿빛 하늘까지 한데 어울려, 마치 프랑스 혁명을 묘사한 판화의 한 장면을 연상케 했다. 단두대로 가는 귀족과 사제들이 올라탔던 그 침울한 이륜마차를 떠올리게 했던 것이다.

스미르초가 근심스러운 표정으로 중얼거렸다.

"대장, 인민 혁명이 일어나면 지금보다도 훨씬 끔찍할까요?"

"에이, 망할 인간 같으니!"

빼뽀네는 누구에게랄 것 없이 뜻 모를 말을 뇌까리며 자신의 승용차, 운전석에 아무렇게나 주저앉았다.

트랙터에서 가장 먼저 뛰어내린 사람은 백작 부인이었다. 그녀는 빼뽀네 앞에 척 버티고 서서 이렇게 말했다.

"읍장님이 시키는 대로 할 테니, 뭐든 시켜만 주세요."

빼뽀네의 표정이 평소보다 더 험상궂어졌다.

"그냥 댁으로 돌아가시오. 이번 공사에는 기계를 이용할 겁니다. 팔라초네 농지에 대해서 정해 놓은 노력 봉사 명령은 다 이행된 것으로 칠 테니, 어서 가시오."

"안타깝군요. 조금은 운동을 했어도 좋았을걸…."

백작 부인이 불평했다. 그러자 빼뽀네가 대꾸했다.

"염려는 붙들어 매시길. 앞으로도 기회는 많으니까."

이미 손수레와 용구들을 내려놓은 돈 까밀로는 다른 이들이 다시 트랙터에 올라타는 것을 바라보며, 빼뽀네에게 질문했다.

"나도 그냥 가면 되나?"

"아니요. 신부님은 남습니다!"

빼뽀네가 무뚝뚝한 표정으로 대답했다.

백작 부인 일행을 태운 트랙터는 방향을 틀어 오던 길로 되돌아갔다. 인상적인 것은 집으로 돌아가는 백작 부인이 보여준 빛나는 미소였다.

빼뽀네는 이렇게 중얼거렸다.

"자기 눈이 예뻐서 봐 준 거라고 믿는다면 대단한 착각이야."

돈 까밀로가 막 손수레를 밀고 그들이 서 있는 도로로 걸어 나왔다.

뻬뽀네가 말했다.

"신부님, 이 작업은 세 단계로 나누어서 합니다. 맨 먼저 바닥의 굳기에 따라 가래나 곡괭이로 파냅니다. 그다음에는 파낸 것을 삽으로 떠서 손수레에 싣고, 마지막으로 파낸 흙을 저 지점까지 옮기시오. 그러면 괭이를 단 트랙터가 와서 다 쓸어갈 겁니다."

돈 까밀로가 작업복을 입고 커다란 고무장화를 신는 동안, 뻬뽀네는 브루스코에게 읍사무소에 돌아가 작업 계획을 마무리하라면서 이렇게 명령했다.

"정오에나 데리러 와."

돈 까밀로와 둘만 남게 된 뻬뽀네는 돈 까밀로가 일을 열심히 하는지 긴장의 끈을 늦추지 않고 계속 감시했다. 그러면서 내심 브루스코 대신 자신이 작업 감독으로 남은 것을 후회하기 시작했다.

돈 까밀로는 침착하고 끈기 있게, 그러면서도 묵묵히 작업을 해나갔다. 웬만큼 하다가 제풀에 나자빠질 거라고 생각했던 뻬뽀네는 놀라움을 금할 수 없어서 돈 까밀로에게 이렇게 털어놓았다.

"신부님을 쳐다보면 쳐다볼수록, 단지 성직자들이 일하는 모습을 보기 위해서라도 애써 혁명을 완수해야겠다는 확신이 점점 더 강해져 갑니다그려."

돈 까밀로는 아무 대답도 하지 않았다. 뻬뽀네는 돈 까밀로가 일하는 모습을 단 1분도 놓치지 않고 줄곧 지켜보았다.

정각 12시, 브루스코가 도착했다.

"여기서 점심을 해결하겠어. 자네는 마을로 돌아가서 먹을 걸 좀 가져와."

얼마 뒤 브루스코가 음식을 가지고 돌아왔고 돈 까밀로와 뻬뽀네, 두 사람은 길을 사이에 두고 앉아 서로 마주 보면서 묵묵히 음식을 먹었다.

1시가 되자, 돈 까밀로는 작업을 다시 시작했다. 그 뒤로도 그는 자기에게 할당된 8시간을 다 채울 때까지 미친 듯이 일했다.

일이 끝날 즈음이 되자, 브루스코가 다시 나타났다.

뻬뽀네가 지시했다.

"물건은 게피한테 맡기고, 신부님을 차로 사제관까지 바래다 드려라. 내일 아침 8시까지 이리로 모셔오는 걸 잊지 말고. 물론 그때까지 살아 계신다면 말이야."

돈 까밀로가 고개를 가로젓더니, 껄껄 웃으며 말했다.

"읍장 나리는 아직도 신부들에 대해서 잘 모르시는군. 두 배로 쳐주기만 한다면, 지금부터 여덟 시간은 더 일할 수도 있는데!"

삐뽀네는 돈 까밀로의 반응이 재미있다는 듯 미소를 지었다.

"소원대로 해드리지요! 이봐 브루스코, 가서 음식과 등잔을 가져와라. 구급차도 대기시키고."

한 시간의 휴식 시간 동안, 돈 까밀로는 자동차에 휘발유를 가득 채우듯 음식을 잔뜩 먹었다. 그는 등불을 켜 주위를 밝히고 다시 작업을 시작했다. 아무래도 계절이 겨울로 접어들고 있는 만큼 날씨는 제법 쌀쌀했지만, 진흙 덩어리를 꽁꽁 얼어붙게 할 정도로 춥지는 않았다.

돈 까밀로는 쉴 새 없이 곡괭이질을 하고, 삽질을 하고, 손수레를 밀었다. 그는 마치 돌진할 줄만 알았지 정지할 줄 모르는 폭주기관차처럼 움직였다.

그러나 시간이 지남에 따라, 차츰 돈 까밀로도 피로를 느끼기 시작했다. 몸은 물먹은 솜처럼 무거웠고, 머리가 빙빙 돌았다. 이대로라면 얼마 못 가 나가떨어질 것이 분명했다.

보다 못한 삐뽀네가 이렇게 충고했다.

"더 이상 못 버티실 것 같으면 그만두셔도 되는데."

"흥, 선심은 아껴 두었다가 나중에 백작 부인한테나 베풀게."

돈 까밀로는 힘을 짜내 다시 곡괭이를 쳐들었다.

밤 10시가 되자, 온몸에 쑤시지 않는 곳이라고는 단 한 군데도 없었다. 양팔은 금방 부러져 나갈 것 같았다. 그래도 그는 조금도 물러서지 않았다.

돈 까밀로의 도전은 반 시간이나 더 계속되었다. 마음이 약해진 뻬뽀네가 마침내 백기를 들었다. 더 이상 그 안쓰러운 꼴을 차마 두고 볼 수 없었던 것이다.

"이제 됐소! 빚은 다 갚으셨소. 내일 세금 납부를 완료했다는 영수증을 받으실 거요!"

"그까짓 건 아무래도 상관없네."

돈 까밀로가 간신히 몸을 가누며 대답했다.

그러자 뻬뽀네가 애원했다.

"제발 그만 자동차에 올라타슈!"

"신경 쓰지 말게, 읍장 양반. 아직도 걸어서 돌아갈 힘 정도는 남아 있다고. 게피에게 삽도 돌려줘야 해. 내 것이 부러져서 빌려 썼거든."

돈 까밀로가 비틀거리며 걸음을 옮겼다. 그러자 뻬뽀네는 그의 손에서 삽을 빼앗아 들고는 말했다.

"내가 전해 주겠소. 신부님은 일단 사제복으로 갈아입으시오. 이미 노동자 노릇은 할 만큼 했으니까."

*

돈 까밀로는 성당으로 돌아와, 예수님에게 그간의 경과를 상세히 보고했다.

"예수님, 이제 돌아왔습니다. 보시다시피, 제가 직접 값을 치렀습니다. 비록 제 호주머니 속에는 한 푼도 없었지만요."

"잘했다. 게다가 그들이 값을 깎아주었으니 다행이로구나."

예수님께서 미소를 지으며 대답하셨다.

"이제 잠을 자러 가도 된다, 돈 까밀로. 너는 다른 사람의 것에 손대지 않고도 카이사르에게 속한 것을 카이사르에게 돌려줬으니까 말이다."

그러자 돈 까밀로가 덧붙였다.

"어떤 의미에서는, 뻬뽀네에게 속한 것을 뻬뽀네에게 준 셈이기도 하지요."

과연 그 같은 판단은 정확했다. 왜냐하면 뻬뽀네가 게피의 타작마당에서 돌아오면서, 자신의 승용차가 있어야 할 자리에 대신 돈 까밀로의 손수레가 놓여 있는 것을 보았으니까 말이다. 지금 그는 손수레를 밀면서 터벅터벅 마을을 향해 걸어오고 있었다.

시계는 11시를 가리켰고, 들판을 걷기엔 조금 늦은 시간이었다. 그러나 그 시간 현재 모든 일은 '이상 무' 였다.

코모

로사는 자전거를 성당 마당에 세워 놓고 빠른 걸음으로 사제관으로 향하더니, 돈 까밀로가 안에 있는지 확인하기 위해 거실 창문에 매달려 안을 들여다보기 시작했다.

돈 까밀로는 인기척을 느끼고 고개를 들었다. 그는 창문에 매달린 로사를 발견하고는, 읽던 책을 책상에 밀어놓고 창가로 다가갔다.

"무슨 일인가?"

"그 사람들이 곧 들이닥칠 거예요! 벌써 농지를 다 돌아보고 저택으로 향하고 있대요."

"어떤 사람들 말인가?"

"유산 상속인들 말이에요. 사실 저도 아직 만나보진 못했어요. 마르티노가 그저 다섯이라고만 하더라고요. 조카 둘, 그들의 아내, 공증인까지 합쳐서요."

돈 까밀로는 신발을 닦고 사제복의 먼지를 털어 옷차림을 단정히 한 뒤, 저택을 향해 성큼성큼 발걸음을 옮기기 시작했다.

저택 앞에 도착해보니, 웬 사람 하나가 정문 앞에서 서성이고 있었다.

"오, 읍장 동지 아니신가!"

"안녕하시오, 신부님."

돈 까밀로가 시가에 불을 붙이며 물었다.

"읍장 동지께서는 어인 일로 이곳에 행차하셨나?"

"왜요? 공산주의자 읍장은 마을을 돌아다니는데 주교님의 허락이라도 받아야 한답디까?"

"아니, 그런 건 아닐세. 그저 자네가 얼마 전에 돌아가신 네오미 부인이 남긴 유산에 왜 관심이 있는지 궁금해서 물어본 걸세."

"양로원의 입장을 대변하려고 이 자리에 나왔소. 그러는 신부님은 웬일이시오?"

"난 유치원을 지키려고 왔지."

그때, 자동차 한 대가 정문 철책 앞에 멈추어 섰다. 차 안에서 여인 둘과 남자 셋이 내렸다. 어찌나 옷을 잘 차려입었는지 무척 눈에 띄었다. 그들은 조용한 목소리로 함께 얘기를 주고 받으며 저택으로 향하는 길로 들어섰다.

그들을 지켜보던 삐뽀네가 돈 까밀로를 보며 말했다.

"꽉 막힌 사람들 같지는 않은데요."

"꽉 막힌 사람들인지 아닌지는 겪어봐야 알 수 있지. 하여튼 빨리 따라가 보세나."

돈 까밀로는 말이 끝나기가 무섭게 황급히 그들을 뒤쫓아 고색창연한 저택의 현관에 들어섰다.

모두 등나무로 만든 의자에 앉자, 잠시 어색한 침묵이 흘렀다. 돈 까밀로가 용기를 내어 말문을 열었다.

"작고한 네오미 씨는 생전에 교구 사회복지위원회에서 운영하는 유치원과 읍장님 소관의 관리위원회에서 운영하는 양로원에 많은 애정을 가지고 계셨소. 유언을 남길 때 유치원과 양로원을 잊지 않을 거라고 여러 차례, 본인에게 말씀하셨소."

유산 상속자들은 뚱한 표정을 지으며 서로의 얼굴을 바라보았다. 잠시 뒤 비쩍 마른 조카의 아내가 입을 열었다.

"여러분들께서 잘 아시다시피, 네오미 이모님은 애석하게도 아무런 유언장도 남기지 않고 천국으로 떠나셨어요."

그녀는 공증인을 향해 몸을 돌렸고 공증인은 천천히 고개를 끄덕이며 대답했다.

"필요한 모든 조사를 마쳤습니다. 고인은 구술로 받아 적거나 직접 작성한 유언장을 전혀 남기지 않으셨습니다. 따라서 유산의 상속권은 여기 계신 고인의 조카, 조르조 씨와 롤로티

씨 두 분에게 있습니다."

'조카는 무슨 놈의 조카. 네오미 할멈 생전에는 얼굴 한 번 비친 적도 없는 작자들이!'

그러나 돈 까밀로는 혀끝에서 맴도는 이 모든 생각을 속으로 꿀꺽 집어삼켰다.

"공증인의 말에 이의가 있는 건 아니시죠?"

비쩍 마른 조카의 아내가 미소를 지으며 말했다.

"그럼 고인이 바라셨던 대로 유산을 처리하는 일만 남았네."

뻬뽀네 역시 돈 까밀로가 속으로 집어삼킨 생각에 전적으로 동의하고 있었지만 어찌해 볼 방도가 없어 침묵을 지켰다.

비쩍 마른 조카가 앞으로 나서더니, 자신들은 네오미 이모님의 생전의 입장을 존중해 유치원과 양로원을 위해 적당한 돈을 기부할 의향이 있다고 말했다.

"신부님과 읍장님 체면을 생각해서 특별히 마음 써드리는 거예요!"

뚱뚱한 조카의 아내가 큰소리쳤다.

"마을 사람들을 봐서는 어림 반 푼어치도 없지만…."

뻬뽀네와 돈 까밀로는 황당하다는 눈빛을 주고받았다. 이 마을에 발을 디딘 지 두세 시간밖에 되지 않은, 저 비 맞은 멸치 같은 작자들에게 마을 사람들이 무슨 짓을 했다고 저런 말을 들어야 하는 건지 알 수 없었기 때문이다.

비쩍 마른 상속인의 아내가 구체적으로 그 이유를 밝혔다.

"여기 오기 전에 우리는 먼저 농지에 들러 소작인들을 만나 봤어요. 그런데 그 사람들은 하나같이 우리에게 사기를 치려 들더군요. 가진 사람들이 더 하다니까!"

상속인들이 언급한 사람들은 콜롬바이아 농지와 카날레토 농지를 경작하는 소작농들로, 정치적 입장에는 차이가 있지만 주로 농사에만 열중하는 선량한 사람들이었다.

뻬뽀네는 비쩍 마른 조카의 아내에게 점잖게 이 사실을 일러주었다. 그러자 그 여자는 아니라고 단호하게 고개를 저으며 말했다.

"선량한 사람들이라는 건 읍장님 생각이죠! 그 사람들은 우리한테 욕설을 퍼붓고 물건을 내던질 기세던 걸요. 게다가 재산의 절반은 자기네 거라고 하더군요!"

"당연하지."

뻬뽀네가 말했다.

"우리나라의 소작농 제도는 그런 방식으로 운영되고 있소. 뭐 새삼스럽지도 않은 얘기를 가지고 그렇게 놀라시오."

그 여자는 정나미가 떨어진다는 듯이 뻬뽀네를 쳐다보았다.

"우리의 법적 권리를 알고 나서도 그렇게 당당하게 나올 수 있을지 기대가 되네요. 아무튼 유치원과 양로원에 대한 기부는 모든 일이 정리되고 나면, 그때 가서 처리하기로 하죠."

돈 까밀로는 허리를 굽혀 인사했다.

"상속인 여러분들의 관대함에 우선 감사의 말씀을 드리오.

그러나 한 가지 더 알려 드릴 게 있소. 고인이신 네오미 부인이 내게 여러 차례 말씀하시기를 유언장을 작성할 때는 로사와 마르티노에 대한 감사의 표시를 잊지 않을 거라고 하셨소. 두 사람 모두 15년 동안 정성을 다해 부인을 모셔왔소. 로사가 열네 살, 마르티노가 열다섯 살이 되던 해부터 말이오. 네오미 부인은 그들을 고용인이 아니라 친자식처럼 여기셨소."

돈 까밀로의 말이 채 끝나기도 전에 뚱뚱한 조카의 아내가 아주 냉랭하게 대답했다.

"신부님, 걱정하지 마세요. 법에 따라 그들에게도 보상금이 돌아갈 테니까요."

로사와 마르티노는 층계참에서 움직이지 않고 조용히 그 광경을 지켜보고 있었다. 여자가 그 둘을 향해 몸을 돌리며 지시했다.

"오늘 날짜로 일을 그만두세요. 퇴직금은 일한 만큼 쳐서 지불할 테니까. 정식 고용 계약서는 가지고 있나요?"

로사와 마르티노는 서로의 얼굴을 멀뚱멀뚱 바라보았다.

"계약서 같은 건 쓴 적도 없는데요."

어안이 벙벙해진 마르티노가 대답했다.

비쩍 마른 조카의 아내가 의자에서 벌떡 일어나 부르짖었다.

"대단한 양반이군! 15년 동안이나 계약서 한 장 없이 두 사람을 부려 먹었어. 이제 와서 그 뒤치다꺼리를 우리가 도맡아 해야 하다니! 이 건으로 보상금을 한 몫 단단히 받아낼 생각은 하지 않기를 바랍니다."

기분이 상한 로사가 외쳤다.

"우린 보상금 같은 걸 받아낼 생각이 전혀 없어요!"

비쩍 마른 조카의 아내는 다행이라는 듯 미소를 띠며 공증인에게 말했다.

"그래요? 그렇다면 지금이라도 계약서를 작성할 수 있는지 확인해 보세요. 도시로 돌아가는 대로 즉시요."

그러고는 좌중을 향해 제안했다.

"자, 그 문제는 공증인이 알아서 해결할 테고, 이제 아주 신중하게 다루어야 할 일이 남았네요. 농지 건을 서둘러 마무리 짓도록 합시다."

공증인이 농지 상황을 간결하게 정리해 말했다.

"제 생각에 농지 분배는 아주 간단합니다. 우선 두 농지는 면적도 같고, 딸린 부속물들도 대동소이합니다. 그리고 농지 안에 세워진 농장이나 창고들은 같은 해에 똑같은 형태로 만들어졌고, 동일한 재산 가치를 지니고 있습니다. 즉, 상속인들은 두 농지 중에서 어떤 쪽을 선택해도 아무런 문제가 없습니다."

조카 형제는 더 이상 할 말 없다는 듯이 어깨를 으쓱했다.

"동전 던지기로 결정하자."

동전 지갑을 뒤지며 뚱뚱한 조카가 제안했다.

"동전 앞면이 나오면 콜롬바이아를 갖고, 뒷면이 나오면 카날레토를 갖겠어."

동전이 공증인에게 건네졌고 그는 동전을 받자마자 공중으로 높이 던졌다.

"앞면입니다."

공증인이 선언했다.

"콜롬바이아 농지는 루이지 롤로티 씨에게."

비쩍 마른 조카의 아내가 화가 나서 벌떡 일어섰다.

"그래! 어쩔 수 없이 우리가 증오와 오만으로 가득한 고집불통의 소작인들이 버티고 있는 카날레토를 떠맡아야 되겠네!"

뚱뚱한 조카의 아내가 말했다.

"과장하지 말아요! 둘 다 똑같다고 했잖아요!"

비쩍 마른 상속인의 아내가 강하게 반감을 표시하며 말했다.

"바보 취급하지 말아요. 그쪽 소작인은 혐오스러운 작자라고요! 읍장님, 말씀 좀 해보세요! 마을 사람들을 잘 알고 계시잖아요."

뻬뽀네는 눈치를 슬금슬금 보다가 그녀의 편을 들었다.

"부인 말씀이 옳소! 카날레토의 소작인은 가짜 기독교민주당원인 데다 성격이 사납기로도 둘째가라면 서럽다오. 반면에 콜롬바이아의 소작인은 사람 좋고 점잖기로 유명하지!"

돈 까밀로가 덧붙였다.

"하나 빼먹은 게 있네. 콜롬바이아 쪽 소작인은 속이 무척 시커먼 공산주의자라는 것 말이야."

형제는 정치 얘기라면 넌더리가 난다며 돈 까밀로와 뻬뽀네를 제지했다. 그러고 나서 뚱뚱한 조카가 흡족한 얼굴로 결론지었다.

"그럼, 이걸로 결정 난 거다. 나는 동전 던지기로 결정된 사항을 받아들이겠어."

"당신들은 내 남편이 물러터진 걸 이용해 먹었어!"

비쩍 마른 조카의 아내가 소리쳤다.

두 조카의 아내들은 서로 언성을 높이며 분위기를 험악하게 만들었다. 공증인이 모두를 가라앉히며 진정시키는 데 족히 20여 분이나 걸렸다.

돈 까밀로가 타협안을 제시했다.

"부인, 염려하지 마시오. 만일 소작농이 자기 일을 제대로 하지 않으면, 내가 직접 그를 타이르겠소."

"그렇다면 콜롬바이아의 소작농은 내가 상대하지."

뻬뽀네가 지지 않겠다는 식으로 끼어들었다.

"그 친구야 평소 유치원과 양로원에 대해서도 호의적이고, 나와는 서로 사이좋게 지내는 편이니까."

상속인들은 두 사람의 호언장담을 듣고 겉보기에는 평정심을 되찾은 것 같았다. 하지만 속으로는 바짝 긴장들을 하고 있었다. 집 안의 물건들을 정확하게 반으로 나누는 중요한 절차가 아직 남아있었기 때문이다.

두 상속인의 아내들이 도끼눈을 떠가며 감시하는 가운데 포크부터 수건까지 모든 것이 빠짐없이 목록에 등재되었다.

가장 먼저 테이블보를 나누었는데 이것은 비교적 쉬운 일이었다. 부엌 물품을 분배하는 일도 그다지 어렵지는 않았다. 두 사람은 계속 입씨름을 그치지 않으면서도 이 접시들은 네가, 이 컵들은 내가 하며 부지런히 물품을 나누었다.

당연히 이가 깨졌는지의 여부, 칼의 연마 정도, 냄비의 크기와 재질 문제 등이 고려되었다.

그리고 침대 시트, 베게 커버, 수건 등등을 나눌 때에는 '새것', '거의 새것', '쓸만한 것', '낡은 것', '구멍 뚫린 것' 으로 분류를 하기 위해 일일이 빛에 비추어 보기까지 했다.

다음은 가구를 나누는 일이었다. 의자와 소파는 비교적 나누기가 간단한 축에 속했다. 그러나 각 물건의 값어치를 정확히 평가하고, 어떤 물건으로 불균형을 상쇄할 것인지를 정하기 위해 목수를 부르게 되었다.

침실의 물건은 어렵지 않게 나눌 수 있었다. 모두가 짝이 맞았던 덕분이다. 침대, 장롱, 협탁, 안락의자, 침대 발치의 양탄자, 창문 커튼, 똑같은 액자에 끼워진 똑같은 형태의 성화 그림에다 심지어 요강까지, 마치 정확한 계산으로 채워진 것처럼 한 쌍씩 있었다.

그 무렵 돈 까밀로와 뻬뽀네는 신이 나 있었다. 두 사람은 목수와 함께 일종의 기술고문으로 참여하여, 물건을 나누는 일을 맡았는데, 그들이 특히 관심을 가졌던 것은 포도주 저장고의 물건을 나누는 일이었다.

수많은 병에 들어 있는 포도주를 완벽하게 반으로 나누려면 작은 병에, 큰 병에 그리고 술통에 들어 있는 수많은 포도주를 맛보고 적당한 등급을 매겨 분류하는 작업이 필수적이었다. 두 사람이 자신들의 임무를 어찌나 충실하게 수행했는지, 작업이 끝날 무렵에는 얼굴이 잘 익은 토마토처럼 붉어져 있었다.

포도주 저장고에서 볼일을 마친 돈 까밀로와 뻬뽀네는 식료품 저장실로 자리를 옮겼다. 여기서 그들은 돼지고기, 돼지기름, 올리브기름, 식초에 절인 음식, 돼지고기 넓적다리 살로 만든 햄, 그 밖에도 수많은 종류의 소시지를 정확하게 무게를 달아 나누는 일을 맡았다.

그들이 맡은 일을 마무리 지었을 때, 거의 모든 물건은 상속인들에게 정확하게 반반씩 분배되어 있었다. 다만, 나누기 어려웠던 토마토소스 한 통이 '유치원의 아이들을 위해' 돈 까밀로에게 증정되었고, 뻬뽀네에게는 '양로원의 노인들을 위한다'는 명목으로 깔때기 하나가 주어졌다.

이제 마지막으로 문제의 코모*를 나눌 차례가 왔다.

고인이 된 네오미 부인의 침실 옆에는 벽난로와 두 개의 안락의자와 한 개의 낡은 코모가 딸린 작은 방이 있었다.

이 코모는 떡갈나무로 만들어진 길고 야트막한 고가구로 큰 서랍만 두 개가 달려있었다. 그 집에 있는 물건 중 제법 값어치가 나가는 유일한 고가구였다.

* 서랍이나 문이 달려 있는 이탈리아식 장롱

안락의자와 서랍 안에 들어있던 잡동사니들의 분배가 정리되자, 코모를 어떻게 나눌지를 놓고 다시 논쟁이 일어났다.

뚱뚱한 조카의 아내가 말했다.

"내가 가져가겠어요. 우리 집 현관 앞에 두면 딱 맞겠네!"

비쩍 마른 조카의 아내도 가만히 있지 않았다.

"우리 집 응접실에도 딱 어울릴 것 같은데, 이를 어쩌나?"

뚱뚱한 조카의 아내가 말했다.

"이 코모에는 네오미 이모에 대한 추억이 깃들어 있잖아요? 내가 가져갈게요."

비쩍 마른 조카의 아내가 응수했다.

"누구한테는 이모가 아닌가? 이건 내 거예요. 좋은 땅을 가진 사람이 양보해요."

"아까 공증인이 말하는 것 못 들었어요? 두 땅은 가치가 똑같다니까! 좋은 물건들을 다 챙긴 사람이 물러서요."

두 여자의 말싸움이 여간해서는 끝날 것 같지를 않자, 목수가 끼어들었다.

"이 물건을 팔아서 돈으로 나누면 되잖소?"

그의 제안은 무시되었다. 두 여자 모두 완전한 코모를 원했기 때문이다. 욕설 몇 마디가 오가고 나니 금방 몸싸움이라도 할 기세로 분위기가 험악해졌다.

비쩍 마른 상속인의 아내가 화가 나 소리쳤다.

"이걸 꼭 나누어야 하겠다면 똑같이 나눕시다, 목수 아저씨,

이걸 반으로 톱질해 주세요!"

"그러자고요! 똑같이 잘라주세요!"

뚱뚱한 이의 아내가 격앙된 목소리로 동의했다.

목수는 농담하는 건 아닌지 주변 사람들을 둘러보았다. 그는 두 사람 모두 진심이라는 것을 확인하고는 분필로 선을 그어 정확히 반으로 나누었다. 그런 다음, 톱을 들고 신중하게 두 조각으로 자르기 시작했다.

두 번째 서랍을 톱질할 때였다. 목수가 톱질하다 말고 멈추었다. 자세히 살펴보니 서랍 바닥이 이중으로 되어있었다.

목수는 혹시 이중 바닥 안에 무언가 들었나 싶어 잘린 서랍을 들고 흔들었다. 그러자 밀랍으로 봉해진 커다란 노란 봉투 하나가 바닥에 떨어졌다. 공증인이 봉투를 집어 들어 겉봉에 쓰인 글자를 읽었다.

'존경하는 돈 까밀로 신부님과 주세페 보타치 읍장님께.'

공증인이 어깨를 으쓱했다.

"수신인들이 여기 계시니 이 편지를 넘겨드려야 하겠군요."

돈 까밀로가 공증인에게 말했다.

"잠깐! 이왕 봉투를 집어 든 김에, 그냥 편지를 뜯어 큰 소리로 한 번 읽어주시오."

공증인은 봉투를 열고 네오미 부인의 친필 편지를 꺼내 읽기 시작했다.

"나 네오미는 미망인으로 이날 이때껏 혼자 살아왔습니다.

그 누구로부터의 압력에 의한 것이 아닌 내 자유의사에 따라, 내가 사망한 이후 모든 재산에 대한 상속 내용을 관계자와 함께 구술해 문서로 남깁니다. 먼저 콜롬바이아 농지는 유치원에, 카날레토 농지는 노인들을 위한 양로원에 기증하겠습니다. 그리고 집과 집안의 물건 일체, 집에 딸린 토지 및 정원과 채소밭을 로사 토비니와 마르티노 바로치에게 공동상속하며 그들의 헌신과 애정에 감사를 표합니다. 내가 죽은 이후에 유산 상속의 권리를 주장하며 나타날지 모르는 친척들에게는 아무런 권리도 없음을, 이 유언장을 빌려 분명히 밝힙니다. 기독교 신자도 아니고 공산주의에 대해 반대하는 나로서는 그다지 내키지는 않지만 두 분의 정직성을 높이 평가하여, 본 유언장의 집행인으로 돈 까밀로 신부님과 주세페 보타치 읍장님을 임명합니다. 내 손으로 직접 작성한…."

잠시 동안 아무도 입을 열지 않았다. 마침내 비쩍 마른 조카의 아내가 고개를 저으며 소리쳤다.

"재판정에서 봅시다!"

뚱뚱한 조카의 아내와 두 명의 조카 또한 재판정에서 따지겠다며 큰소리를 질러댔다. 그러자 뻬뽀네가 즉시 받아쳤다.

"다 좋아. 일단은 여기서 꺼지라고."

그들은 허겁지겁 자리를 박차고 일어나 현관을 향해 달려 갔다. 왜냐하면 뻬뽀네의 눈초리에서 당장 문밖으로 나가지 않으면 잠시 후 창문으로 내동댕이쳐질지도 모른다는 위협을 읽었기 때문이다. 그러나 돈 까밀로가 도망가는 일행을 문가에서 막아섰다.

“가시기 전에 유언장의 발견과 그 진위에 대한 서명을 부탁드리고 싶소만.”

“우린 아무 데도 서명하지 않을 거예요.”

비쩍 마른 조카의 아내가 고함쳤다.

기세 좋게 말은 했지만 뻬뽀네와 돈 까밀로의 공동전선 앞에서는 그저 무력한 저항일 뿐이었다. 그들이 서명을 마치자마자 돈 까밀로는 주머니에서 토마토소스 병을 꺼내 비쩍 마른 상속인의 아내에게 돌려주었다.

“이건 유치원 아이들이 드리는 선물이외다.”

그러자 이번엔 뻬뽀네가 뚱뚱한 조카의 아내에게 야릇한 미소를 지으며 깔때기를 내밀었다.

“양로원에 있는 노인들이 주는 선물이오.”

로사와 마르티노는 너무 놀라 입도 다물지 못하고 그 자리에 멍하니 서 있었다.

“집하고 집안의 물건 일체와 집에 딸린 토지 및 정원과 채소밭을 똑같이 나누어 로사 토비니와 마르티노 바로치에게 상속하며….”

돈 까밀로가 큰 소리로 이 대목의 유언장을 다시 읽을 때에야 비로소 그들은 간신히 정신을 차렸다.

뻬뽀네가 투덜거렸다.

"우리를 유언 상속 집행인으로 삼다니…. 우리가 그 귀찮은 일을 해야 한단 말이지! 이 집안에 있는 모든 물건을 또 나눠야 하나?"

"이 이상 어떻게 더 잘 나누겠나?"

돈 까밀로가 대답했다.

"이 귀중한 코모까지 벌써 두 동강 내버렸는걸…."

뻬뽀네는 로사와 마르티노, 그리고 두 쪽 난 코모를 차례로 훑어보더니 마침내 결론을 내렸다.

"내 생각에는 이 반 토막 난 코모를 다시 하나로 붙여야 할 것 같군."

"그래, 나도 돕겠네."

돈 까밀로가 말했다.

로사와 마르티노는 코모가 하나로 붙은 날로부터 두 달 이 지난 어느 화창한 일요일, 읍장과 신부가 참관한 가운데 부부가 되었다. 돈 까밀로는 만면에 미소를 띠며 이렇게 성혼을 선언했다.

"축하하네, 코모처럼 잘 붙어살게."

청춘을 돌려다오

어느새 한밤중이었다. 돈 까밀로는 제대에 놓인 촛대에 부지런히 금칠을 하느라 시간이 가는 줄도 모르고 있었다. 갑자기 성당문이 날카로운 소리를 내며 열렸다.

머리에 검은 보자기를 뒤집어쓴 한 여인이 들어오더니, 흐느끼며 제대 바로 앞줄에 무릎을 꿇고 앉았다.

성직자의 가장 중요한 임무는 길 잃은 어린양을 돌보는 일이었으므로, 돈 까밀로는 하던 일을 일단 멈추고 그쪽으로 다가갔다. 그는 여인이 고개를 드는 순간 깜짝 놀랐다. 정말 의외의 인물이었기 때문이다.

"에르네스티나 씨 아니오?"

여인은 고개를 떨구고 큰 소리로 흐느끼기 시작했다.

"신부님, 제가 정신 나간 짓을 저질렀어요!"

돈 까밀로는 평소 그렇게도 얌전하고 정숙한 그녀가 저질렀다는 정신 나간 짓이 무엇인지 종잡을 수가 없었다.

"진정하시오."

돈 까밀로가 그녀를 다독거리며 말했다.

"뭐가 문제인지는 모르지만, 그래도 분명히 해결 방안이 있을 거요."

그녀가 부르짖었다.

"해결책이요? 이젠 돌이킬 수 없어요. 어릴 적부터 항상 해보고는 싶었지만 지금까지 잘 참아왔었는데…. 마흔다섯이나 먹어 이런 바람이 불지 누가 알았겠어요. 애들도 네 명이나 있는데 말이에요. 집에 돌아갈 엄두가 나지 않아요. 으흑, 이 사실을 남편이 알게 되면 어떻게 나올지…."

마지막 몇 마디는 울음소리에 섞여 그나마 잘 들리지도 않았다. 돈 까밀로는 에르네스티나가 펑펑 쏟아대는 눈물에 당황한 나머지 땀을 뻘뻘 흘렸다. 그녀는 심한 혼란과 죄책감에 사로잡혀 지나치다 싶을 정도로 괴로워하고 있었다.

에르네스티나의 남편 카를로 다보니는 겉으로 보기에는 무척 점잖은 신사 같지만, 남의 잘못을 쉽게 용서하는 관대한 사람은 아니었다. 그녀의 말대로 정말 큰 잘못을 저질렀다면 카를로는 결코 손찌검도 마다하지 않을 인물이었다. 그가 남들 앞에서 부인을 욕하거나 때린 적이 한 번도 없었던 것은 오직 에르네스티나가 조심스럽게 행동했던 덕분이라는 사실을, 돈 까밀로는 너무나 잘 알고 있었다.

얼굴을 두 손으로 감싸고 흐느끼는 그녀에게 돈 까밀로는 자신이 할 수 있는 최선의 해결책을 내놓았다.

"고해성사라도 보시겠소? 마음만이라도 홀가분해지도록."

에르네스티나는 고개를 저었다.

"신부님, 그럴 필요 없어요. 이게 고백을 한다고 해결될 일이겠어요? 자, 보세요!"

그녀는 말과 동시에 머리에 쓴 보자기를 걷어 어깨 뒤로 내렸다. 돈 까밀로는 그녀의 갑작스러운 행동이 뜻하는 바를 하나도 이해할 수 없었다.

잠시 후, 그는 놀라움에 사로잡혀 예수님을 향해 큰 소리로 외쳤다.

"마흔다섯이나 먹은 사람의 머리 색깔이 이렇게 하루아침에 바뀔 수도 있습니까?"

그러나 예수님은 아무 말씀도 하지 않으셨다.

돈 까밀로가 마음을 가라앉히며 엄숙하게 말했다.

"제발 그만 울 수는 없겠소? 그저 조그마한 실수를 저지른 것뿐이잖소."

에르네스티나는 수긍하지 않았다.

"신부님이 카를로를 아신다면 그렇게 쉽게 말씀하실 수는 없을 걸요? 다른 사람들에게는 이게 그저 실수에 불과할지도 몰라요. 하지만 카를로는…. 이게 무슨 정신 나간 짓이냐며 저를 가만두지 않을 거라고요!"

돈 까밀로는 그녀의 말을 부인할 수 없었다. 그는 카를로 다보니가 어떻게 나올지 충분히 짐작하고도 남았던 것이다.

*

카를로 다보니의 성격을 알려주는 일화 하나가 있다. 1938년에 있었던 일이다. 자신이 살고 있는 저택의 외벽이 잘 익은 수박처럼 쩍 갈라지자, 그는 읍내 최고의 미장이인 브루스코를 불러다가 벽을 새로 발라달라고 요구했다.

브루스코는 벽에 생긴 균열을 확인하고는 고개를 저었다.

"난 못하겠소. 이건 심각한 하자요. 건축가를 부르시오."

카를로 다보니는 건물에 하자가 있다는 게 무슨 말이냐고, 전 세계에서 가장 훌륭한 건축가이자 집짓기에 일가견이 있었던 그의 증조부 루도비코가 실수했을 리가 없다고 펄쩍 뛰면서 도리어 브루스코를 엉터리 미장공으로 취급했다.

얼마 뒤, 브루스코로부터 연락을 받은 읍 소속 건축가가 마을로 급파되었다. 건축가는 벽을 확인하더니 대뜸 건물이 곧 쓰러질 지경이니 여러 말 할 것 없이 건물을 비우라고 카를로 다보니에게 통보했다.

카를로는 솜씨 좋은 증조부가 지은 건물이 그렇게 쉽게 무너질 리가 없으며, 만약 무너진다 해도 그것은 다른 건물들이 전부 무너지고 난 다음의 일일 거라고 맞받았다.

그러자 읍 소속 건축가는 단호한 태도로 말했다.

"맘대로 하시오. 있는 그대로 상부에 보고할 거요. 지금 이 순간부터 벌어지는 모든 사고의 책임은 선생 소관이요."

카를로 다보니는 철거 통지를 받고도, 앞뒤가 꽉 막힌 고집불통처럼 건축가가 잘못 판단했다는 것을 증명하려고 도시에서 유명하다는 건축가 셋을 불러다 재점검을 요구했다.

세 사람은 신중하게 건물을 조사했다. 그들은 측량을 끝낸 뒤, 건물을 버티게 할 수 있는 유일한 방법은 지붕, 대들보 그리고 문설주를 교체하는 것뿐이라는 결론을 내렸다.

카를로는 그들의 보고서를 받자마자 품삯을 계산해주고 바로 쫓아냈다. 세 명의 건축가 역시 루도비코 다보니가 얼마나 훌륭한 건축가였는지, 어떤 생각으로 집을 지었는지도 이해하지 못하는 바보들이라는 것이 그의 주장이었다.

또 다른 건축가를 찾아 나선 카를로가 새로운 전문가를 데리고 돌아왔을 때는 지붕부터 문설주까지 모두 무너져 내린 다음이었다. 그러나 그는 전혀 당황하지 않았다.

"내가 부서진 물건들을 치울 동안, 새집에 대한 정확한 견적을 내 주시오."

"좋습니다. 이왕이면 현대적이고 멋진 집을 지읍시다. 새집이니 새로운 각도에서 궁리할 필요가 있겠군요."

건축가가 활기차게 대답했다.

"그렇게 할 필요는 없소."

카를로는 단호하게 말했다.

"전과 똑같이 지으면 되오. 설계도와 평면도는 여기 있소."

건축가는 카를로가 보여준 설계도를 살펴본 뒤 이렇게 제안했다.

"채광이 어둡고 균형이 안 맞는 방들이 있군요. 크게 잘못 설계된 장소만 손보도록 합시다."

"증조부께서 잘못 설계한 건 없소. 이대로가 좋소."

건축가는 인내심을 잃었다.

"그럼 적어도 욕실만이라도 안에다 만듭시다!"

"싫소. 그런 걸 집안에 들일 생각은 없소. 목욕이야 물통만 있으면 충분하고, 제정신이 박혀있는 사람은 집에서 멀찍이 떨어진 마당의 뒷간을 쓰는 법이오. 안에다 변소를 짓는 미친 짓은 도시 사람들이나 하라지."

이렇게 해서 카를로 다보니는 그의 증조부 루도비코가 지은 것과 똑같은 집을 같은 장소에 다시 지었다.

카를로는 이런 사람이었다. 좋게 말해서 늘 한결같았고, 나쁘게 말하자면 옛것을 미련할 정도로 고집하며 변화를 반기지 않는 사람이었다. 에르네스티나가 한순간의 실수를 두고 앞 일을 걱정하며 눈물짓는 것도 당연했다.

"어릴 적부터 항상 해보고는 싶었지만 지금까지 잘 참아왔었는데…. 마흔다섯이나 먹어서 이렇게…."

에르네스티나는 이렇게 말했지만, 사실 스스로 잘 참아냈다기보다는 다른 사람들에게 억눌려 마음 가는 대로 행동하지 못했던 것뿐이었다.

그녀의 마음속에서 금발에 대한 갈망이 자라나기 시작한 것은 열한 살 때였다. 그녀는 갈색 머리가 잘 어울리는 귀여운 소녀였다. 그러나 금발의 어여쁜 공주가 등장하는 동화를 읽고 치렁치렁한 금발을 자랑하는 아기 천사의 그림을 보며, 아름다워지려면 금발이어야 한다는 고정관념에 사로잡혔던 것이다.

어여쁜 처녀로 자라난 그녀는, 영화와 잡지의 영향을 받으며 점점 확신을 굳혔다. 열일곱 살이 되던 해, 그녀는 커져만 가는 열망을 어머니에게 털어놓았다.

"머리를 금발로 물들이고 싶어요."

어안이 벙벙해진 어머니는 염색 같은 한심한 짓은 생각도 하지 말라고 못 박았다. 얼굴에 덕지덕지 분을 바르거나 머리를 노랗고 빨갛게 물들이는 여자는 다 그렇고 그런 여자라고 굳게 믿었기 때문이다.

그러나 에르네스티나의 결심은 너무나 확고했다. 어머니는 할 수 없이 남편에게 도움을 청했다.

그녀의 아버지는 딸을 파멸의 구렁텅이에 빠진 여자라도 되는 듯이 다루기 시작했다. 그는 에르네스티나를 방 안에 가두고 무서운 목소리로 겁을 주었다.

"에르네스티나, 정신 나간 짓을 할 낌새가 조금이라도 보이면 아빠는 네 머리를 빡빡 밀어버릴 거다."

하지만 에르네스티나는 삭발당해도 좋으니 딱 한 번만이라도 금발로 물들여 봤으면 소원이 없겠다는 생각을 버리지 못했다. 숱한 갈등 끝에 그녀는 부모님과 사는 한은 자신의 꿈을 이룰 길이 없다는 사실을 깨달았다. 그래서 결혼을 통해 집을 탈출하기로 마음먹었다.

에르네스티나는 카를로 다보니와 2년 동안 사귀었다. 스무 살이 넘자마자, 그녀는 자신이 결혼 적령기에 도달했다는 사실을 카를로에게 여러 번 암시했다. 그리고 얼마 지나지 않아 그들은 결혼에 골인했다.

신혼여행에서 돌아오던 날, 신혼의 단꿈에 흠뻑 젖은 에르네스티나가 폭탄선언을 했다.

"카를로, 나는 오래전부터 머리를 금발로 물들이고 싶었…."

그러나 그녀는 미처 말을 끝맺을 수 없었다.

"당신, 만약 그러면 나랑 끝인 줄 알아!"

"…."

에르네스티나는 힘없이 입을 닫았지만, 자신의 오랜 소망을 결코 포기한 것은 아니었다.

첫 아들을 낳던 날, 그녀는 남편이 행복해하는 틈을 타, 다시 그 얘기를 끄집어냈다.

"카를로, 자리에서 일어나는 대로 도시에 있는 미용실에 가서 머리를 금발로 물 들이고 올게요."

그는 화가 치밀어 날카로운 음성으로 이렇게 못 박았다.

"당신 마음대로 해. 그렇지만 두 번 다시 날 볼 생각은 말아."

에르네스티나가 네 아이의 엄마가 된 것은 스물아홉 살 때였다. 그녀는 전형적인 현모양처였지만, 금발에 대한 갈망은 여전했다.

"난 아무것도 바라지 않아요. 이런 낡은 집에서 사는 것을 불평한 적도 없고 보석이나 귀금속을 사달라고 당신한테 졸라본 적도 없어요. 바라는 건 그저 아주 작은 소원 하나예요. 그런데 그것 하나 들어 주지도 못해요? 정말 너무해!"

그 말을 들은 카를로가 어찌나 흥분했는지, 그 뒤로 일주일 동안이나 집안 분위기가 삭막해질 정도였다.

나이 마흔에 에르네스티나는 열일곱 살짜리 큰아들, 열다섯 살짜리 둘째, 열세 살짜리 큰딸과 열한 살짜리 막내딸을 두었다. 네 아이들은 무척 눈치가 빨랐고 부모님 말씀을 잘 들었다. 아이들은 엄마를 사랑하는 만큼 아빠를 사랑했고, 대책 안 서는 금발 머리 얘기가 나올 때만 빼고는 모두 행복했다.

금발 머리 얘기가 나오기만 하면, 아이들은 뒤이어 몰아칠 폭풍 전야의 긴장감 속에 사로잡혔다. 가장 최근에 그 일로 집안이 시끄러워졌던 것은 에르네스티나가 마흔둘이 되던 해였다.

"이제 참을 만큼 참았어!"

에르네스티나가 단호한 목소리로 말했다.

"내일 도시로 가 염색할 거예요. 지금껏 나 하고 싶은 것 하나 못하고 양보하고 살았지만, 내일부터는 더 이상 그렇게 살지 않겠어요."

카를로 다보니는 또다시 소리를 지르면서 길길이 날뛰었다.

큰아들이 애원하는 눈빛으로 어머니를 말려보았으나, 에르네스티나는 이미 제정신이 아니었다.

"내일 머리 하러 가겠어요. 아무도 나를 말릴 수 없어요. 꼭 하고 말 거예요."

남편이 식탁을 엎어버리는데도 그녀는 눈 하나 깜짝하지 않았다.

"세상이 무너진다 해도 내일은 꼭 하고 말 거예요."

카를로는 자리를 박차고 일어났다.

"맘대로 해!"

그의 목소리가 어찌나 냉정하고 차가운지 아이들은 오싹 소름이 돋았다. 그 길로 집을 나간 카를로는 일주일 동안 집에 돌아오지 않았다.

카를로가 일주일 만에 집으로 돌아왔을 때, 맨 먼저 확인한 것은 그녀의 머리였다. 다행히도 에르네스티나는 예전 그대로의 갈색 머리를 유지하고 있었다. 집안에는 다시 평화가 찾아왔다. 그러나 카를로 다보니는 아내의 머리가 언제 바뀔지 모른다는 듯이 은근히 신경을 쓰며 긴장을 늦추지 않았다.

이후 그녀는 염색에 대해 한 번도 말하지 않았다. 마치 에르네스티나의 머릿속에서는 금발 머리에 대한 집착이 완전히 사라지기라도 한 것 같았다.

그러던 어느 날, 그녀는 갑자기, 누구에게 말도 하지 않고 덜컥 금발로 염색을 해버렸다. 아주 순식간에, 충동적으로 벌인 일이었다.

물론 금발이라고 해서 아주 밝은 것은 아니고 약간 붉은 기가 도는 금발로 그리 야하다고는 할 수 없었지만, 점잖기만 한 다보니네 식구들과는 어울리지 않는 색깔이었던 것만은 틀림없었다.

에르네스티나는 저녁 무렵 읍내로 돌아가는 차를 잡아탈 때쯤에야 비로소, 자신이 얼마나 정신 나간 짓을 저질렀는지를 깨달았다.

'마을 사람들이 날 보기라도 하면 어쩌지?'

그녀는 즉시 쓰고 있던 모자를 벗어 가방 안에 쑤셔 넣고 그것 대신 머리를 전부 가리는 검은 보자기를 하나 사서 뒤집어썼다. 그런데도 찜찜한 기분은 도무지 가시지 않았다.

에르네스티나는 차를 타고 오는 내내 좌불안석이었다. 그녀는 결국 마을보다 몇 정거장을 앞서 내렸다. 그리고 사람들의 눈을 피해 들판을 가로질러 집으로 향했다. 마침내 저 멀리 집이 보이는 곳까지 왔을 때, 그녀는 부끄럽고 두려운 마음에 어떻게 해야 좋을지 알 수 없었다.

'카를로에게는 무어라고 말하지? 또 아이들한테는?'

그녀는 마음을 가라앉히려고 어둠이 짙게 깔리도록 집 밖을 서성였지만 집으로 돌아갈 엄두가 나지 않았다. 그때, 성당 창문 너머로 새어나오는 불빛을 발견했다. 그녀는 지푸라기라도 붙잡고 싶은 심정으로 성당을 향해 서둘러 달려갔다. 그리하여 에르네스티나는 자신의 잘못을 돈 까밀로에게 털어놓게 되었던 것이다.

*

"신부님, 제가 정신 나간 짓을 저질렀어요!"

돈 까밀로는 흐느끼는 에르네스티나를 바라보며 물었다.

"어쩌다가 갑자기 머리를 금발로 물들일 생각을 하게 되었는지, 말해줄 수 있겠소?"

그녀는 한동안 머뭇거리다가 결국 털어놓았다.

"오늘 아침, 거울을 들여다보다가 흰머리를 발견했어요. 이제 나도 늙었구나 싶더군요. 그러고 나니 사람들 앞에 나서는 게 두려워졌어요. 나이가 들어간다는 사실을 남들에게 알리고 싶지 않았던 거예요."

돈 까밀로가 한참을 고민하더니 결론을 내렸다.

"에르네스티나 씨가 한 일에는 충분히 납득할 만한 이유가 있었소. 카를로가 무어라 해도 말이오. 지금껏 충분히 고민했으니 이제 그만 울고 집으로 돌아가도록 하시오."

에르네스티나는 근심스러운 표정으로 그를 바라보았다.

"그렇지만…. 신부님, 너무 겁이 나요."

"오늘 밤은 부인을 위해 기도드리겠소. 주님께서 분명히 부인을 돌보아주실 게요."

"고맙습니다."

에르네스티나는 성호를 긋고 천천히 성당을 빠져나갔다.

그녀는 두근거리는 가슴으로 집 안으로 들어갔다. 아이들은 모두 식탁에 둘러앉아 있었다.

"아빠는?"

머리에서 보자기를 벗지도 않은 채, 에르네스티나가 물었다.

"아직 안 들어오셨어요."

큰아들이 대답했다.

"엄마는 먼저 자러 올라갈게. 차를 놓치는 바람에 먼 길을 걸었더니 무척 피곤하구나."

그녀는 부리나케 계단을 올라 방 안으로 들어갔다. 다행히도 아이들은 아무것도 눈치채지 못했다.

그녀는 보자기를 벗고 잠옷으로 갈아입은 다음, 불을 끄고 이불 속으로 들어갔다. 하지만 잠이 오지 않았다. 아니, 카를로가 노발대발할 것을 생각하면 오던 잠도 훌쩍 달아났다.

자정을 알리는 종소리가 울렸다. 계단을 오르는 남편의 발소리가 들리고, 방으로 들어오는 기척이 느껴졌다. 그녀는 조마

조마한 마음으로 불이 켜지지 않기만을 빌었다. 스위치를 올리는 소리가 들렸지만 방은 여전히 어둠에 잠겨 있었다. 전기가 나간 것 같았다. 카를로는 하는 수 없이 그대로 옷을 벗고 이불 속으로 들어왔다.

카를로 역시 쉽사리 잠들지 못하는 눈치였다. 그때 갑자기 불이 켜졌다! 전기가 들어온 것이다. 그녀가 이불 속으로 머리를 숨길 틈도 없이….

남편과 아내는 서로를 바라보았다. 에르네스티나는 카를로가 하얗게 세어가는 자신의 수염을 염색했다는 것을 깨달았다.

두 사람은 웃을 수도 울 수도 없는 묘한 감정에 사로잡혔다.

잠시 침묵이 흐른 뒤, 카를로가 바람 빠진 풍선처럼 맥없이 말문을 열었다.

"그나저나 내일 아이들 얼굴을 어떻게 보지?"

에르네스티나가 한숨을 내쉬며 대답했다.

"주님의 뜻에 따를 수밖에요."

다음날 아이들은 주님의 뜻대로 아무것도 알아채지 못한 체했다. 하루하루가 지나고 세월이 흘렀다. 카를로의 검은 수염과 에르네스티나의 금발 머리 위에도 하얀 눈이 내리기 시작했다. 그러나 그들은 허옇게 센 머리와 수염이 청춘의 상징이기라도 한 듯 기뻐하며, 다시는 물을 들이지 않았다.

대화

"예수쟁이들과의 진정한 대화는 몽둥이로 한참 두들긴 뒤에나 가능할 것입니다. 그러나 당의 명령은 결코 거부할 수 없는 법. 그들을 살살 달래가며 대화하는 유화정책을 써보도록 하겠습니다."

빼뽀네는 중앙당으로부터 지시를 받고, '정치적 긴장 완화 방법의 모색' 이라는 다소 거창한 제목의 보고서를 작성하기 시작했다. 그는 가톨릭 신자들이나 비신자들 모두로부터 긍정적인 반응을 얻기 위한 방법으로 소비조합의 활성화를 역설했다.

"신부들은 강론대 앞에 서 있을 때는 무적입니다. 화제가 떨어지면 교리, 십계명, 지옥, 천국 같은 허황된 이야기를 끌어들여 신자들을 현혹시킵니다. 그렇지만 성물 판매 문제라면 상황은 완전히 바뀝니다. 종류야 어떻든, 누가 팔든 상품을 구매하는 사람들 입장에서는 가격 문제에 민감할 수밖에…."

빼뽀네의 결론은 한 마디로 다음과 같았다.

'결국 싼 물건을 많이 갖다놓는 게 최고라는 말입니다.'

그즈음 인민의 조합, 즉 공산당 소비조합은 돈 까밀로의 목에 걸린 가시 같은 존재가 되어가고 있었다. 빼뽀네는 자기 부하들을 독려해서 식료품 가게뿐 아니라 술집, 카페, 담배 가게, 전자제품 대리점을 전부 공산당 조직 산하의 협동조합으로 끌어들였다. 게다가 그는 소속 상점들에게 중앙당을 통해 싼 값으로 물건을 들여올 수 있도록 편의를 봐주었다. 상점 주인들은 이익을 많이 남길 수 있어 만족스러웠고, 손님들도 저렴한 가격에 물건을 구입할 수 있었으므로 행복했다.

반면에 돈 까밀로는 교회 소비조합의 물건이 팔리지 않아 애간장을 태우고 있었다. 그러나 아무리 궁리를 해봐도, 공산당만큼 저렴한 가격에 물건을 공급할 방법을 찾을 수가 없었다. 더구나 공산당 측의 '정치적 긴장 완화' 정책이 시행되기 시작한 다음부터는, 더욱 거침없이 몰아치는 그들의 가격공세에 심한 스트레스마저 받아야 했다. 돈 까밀로는 미친 듯이 가격을 내려대는 빼뽀네 일당과는 도무지 상대가 되지 않았다.

그는 '차라리 소비조합을 닫아버릴까' 생각도 해보았지만, 사악한 공산당원들에게 이대로 굴복하기는 싫었다. 그래서 아슬

아슬하게 살림을 꾸려나가며, 가끔씩 상황이 정말 좋지 않을 때마다 예수님의 격려를 구하는 것으로 마음을 달랬다.

"예수님, 어떤 상황인지는 저보다 더 잘 아실 거라고 믿습니다. 그렇다고 해서 제가 운영하는 보잘것없는 상점이 번창하도록 해달라고 말씀드리는 건 반칙이겠지요. 그저 제가 평온함을 잃지 않도록 도와주소서. 아멘."

예수님의 도우심 덕분에 돈 까밀로는 평정심을 잃지 않고 나름대로 최선을 다해 자신의 소비조합을 운영할 수 있었다. 그 일이 터지기 전까지는….

어느 날, 뻬뽀네의 조합에서 새로운 분야의 물건을 취급하기로 했다는 소식이 들려왔다. 이 소식을 들은 돈 까밀로는 완전히 폭발 직전이 되었다.

그러나 남에게 전해 들은 말만으로 함부로 판단을 내릴 수는 없는 노릇이었으므로, 돈 까밀로는 애써 화를 억누르며 상황이 어떻게 돌아가고 있는지를 직접 확인하려고 공산당 협동조합 쪽으로 발걸음을 옮기고 있었다.

조합 창문에는 '우리는 조합 노동자들의 종교적인 필요에 부응하여, 아름다운 레이스로 장식된 미사보와 정교하게 장식된 미사용 초, 견진성사와 첫 영성체, 그리고 혼배 성사 때 입을만한 특별한 의상 일체를 갖추었습니다. 가격과 품질에서도 결코 떨어지지 않습니다. 누가 진실한 신자들을 위한 질 좋은 상품을 합리적인 가격에 제공하는지 직접 확인해보십시오' 라는 안내문이 대문짝만하게 나붙어 있었다.

게다가 진열장 한가운데에 놓인 '노동자의 수호자 성 요셉'의 커다란 동상 발치에 기대어 세워진 안내문에는 "견진성사와 첫 영성체와 같은 중요한 행사에 입고 나갈 만한 좋은 옷이 필요하십니까? 신심 깊은 고객들이 안심하고 구입할 수 있도록 정장 및 외투를 정찰제로 판매합니다."라고 적혀있기까지 했으니, 돈 까밀로의 심정이 오죽했겠는가?

상점 문 앞에 모습을 드러낸 스미르초가 싹싹하게 말했다.

"신부님, 특별한 양초가 있는 데 사지 않으시렵니까? 본당 신부님께는 15퍼센트 할인된 가격에 드립니다. 비록 저희가 손해는 좀 보겠지만, 아무려면 어때요? 성직자를 돕는 건 신자들의 당연한 의무니까요."

사람들이 모여들자 돈 까밀로는 당황했다. 그는 스미르초의 모자챙을 한 손으로 움켜쥐더니 단숨에 턱까지 뒤집어씌우고는 도망치듯 발걸음을 옮겼다.

"왜 이러시는 겁니까? 싼 물건을 파는 게 죄인가요."

스미르초의 항변에 주변에 몰려든 사람들도 고개를 끄덕이며 동조했다. 돈 까밀로는 심한 모멸감으로 이를 악물고 그 자리를 빠져나갔다.

다음 날 아침, 돈 까밀로는 예의 '정교하게 장식된' 양초 세

개가 성모마리아상 앞에서 밝은 빛을 내며 타오르는 것을 발견하고는 거품을 물고 쓰러질 뻔했다. 그다음 날엔 양초의 수가 여섯 개로 늘어났다. 그는 공산당원들이 돈 까밀로의 화를 돋우기 위해 놓아둔 것이라고 확신했다. 그러나 고약한 공산당원들의 소행이라는 분명한 증거가 필요했다.

그날 오후, 돈 까밀로는 고해소 안에 틀어박혀 현장을 감시하기 시작했다. 얼마 지나지 않아 초로의 남자가 성당 안으로 들어와서는 성호를 긋더니 안토니오 성인 상 앞에 다가섰다. 그러더니 외투 속에서 그 망할 놈의 초를 꺼내 불을 붙이는 것이었다.

돈 까밀로는 뒷모습만 보고도 그가 누구인지 알아차렸다. 그는 공산당원이 아니라, 본당에서도 가장 신심 깊기로 유명한 마르케토 프로시 노인이었다. 돈 까밀로는 즉시 고해소에서 달려나가 분개한 목소리로 따졌다.

"마르케토 씨! 당신 같은 진실한 신자가 이런 짓을 할 줄은 미처 몰랐습니다."

"아니 신부님, 안토니오 성인 앞에 양초를 봉헌하는 것이 잘못이란 말입니까?"

"그게 아니라, 인민의 조합에서 산 양초를 켜는 게 불경한 일이라는 겁니다!"

마르케토 노인은 깜짝 놀라 반문했다.

"안토니오 성인에게 양초를 켜놓고 감사 기도를 바치면서도

3천 리라나 아낄 수 있는데도요? 신부님네 양초나 이 양초나 모두 똑같은 공장에서 만든 거잖습니까?"

돈 까밀로는 하도 기가 막혀 마르케토 노인의 말에 항변조차 할 수 없었다. 그가 돌아간 다음, 돈 까밀로는 제대 위의 예수님에게 하소연을 늘어놓았다.

"예수님, 인간의 본성은 어쩔 수 없나 봅니다. 유다는 은전 30냥에 예수님을 배반했다면, 저 사람은 그놈의 3천 리라 때문에 예수님을 배반하는군요!"

예수님이 위엄 있게 물으셨다.

"누굴 가리켜 하는 말이냐, 돈 까밀로?"

"마르케토 프로시 말입니다. 방금 안토니오 성인 앞에 초를 켜놓고 간 사람이오."

"돈 까밀로, 며칠 전 너는 상점 때문에 평온함을 잃지 않도록 도와달라고 내게 간청했었다. 그 기도를 벌써 잊었느냐?"

돈 까밀로가 고개를 숙이며 겸손하게 속삭였다.

"아닙니다, 예수님. 제가 잘못했습니다."

그러나 돈 까밀로가 진짜 평정심을 되찾기까지는 꽤 오랜 시간이 걸렸다. 또한 그는 강론 시간 마다, 아니 강론 시간 외에도 신자들과 마주칠 때면 언제나, 독실한 신자들을 대상으로 사기 치고 다니는 악랄한 인간들 또는 그들이 운영하는 상점에 대해 경고하고 다녔다.

그가 잘 써먹는 표현 중의 하나는 '악마는 사람들의 호감과 신뢰를 얻기 위해 온갖 수단과 방법을 가리지 않는 법이므로, 싸게 주겠다고 할 때는 특히 주의해야 한다'는 것이었다. 돈 까밀로의 말대로라면 협동조합을 운영하는 공산당원들은 열을 내주고 천을 빼앗아 가며, 사람들의 탐욕과 게으름을 교묘하게 이용해 먹는 존재였다.

돈 까밀로는 악마의 유혹에 절대로 넘어가지 않았다. 그는 공산당 녀석들이 파는 물건을 쓰지 않으려고 최선을 다했다. 그래서 어느 날엔가는 소금이 들어가지 않은 수프를 먹어야 했고, 다른 날 밤엔 시가 하나를 구하러 억수같이 쏟아지는 빗속을 헤치고 토리첼라까지 수십 킬로미터를 걸어야 했다. 돈 까밀로는 그렇게 뻬뽀네와 그 일당이 운영하는 인민의 조합에 대한 불매운동을 하면서 아주 힘든 나날을 보내고 있었다.

*

유치원 물품을 후원받으러 마을을 순례하는 날이 찾아왔다. 돈 까밀로는 매년 그래 왔던 것처럼 필로티의 작은 트럭을 빌려서 힘 좋은 복사 한 명과 함께 마을의 농장들을 방문했다. 두 사람은 하루 종일 여기저기를 돌면서, 밀, 옥수수, 감자, 사과, 장작 등을 잔뜩 얻었다.

이상할 정도로 일이 잘 풀려나갔다. 돈 까밀로가 기분 좋게 운전을 해서 농장에 들르면 사람들은 약속이나 한 듯이 여러

가지 물품을 푸짐하게 내 주었다. 겨울답지 않게 포근하고 햇살이 따사로운 날이었다.

돈 까밀로는 농장 순례를 마치고, 행복한 기분으로 마을 광장에 이르렀다. 이제 성당까지는 200여 미터를 앞두고 있었다. 그런데 인민의 집을 30여 미터 앞두고 엔진이 말썽을 부리기 시작하더니, 결국 얼마 못 가 트럭이 멈추고 말았다.

그저 우연이었지만, 돈 까밀로는 그것이 악마의 소행이 아닐까 하고 의심했다. 그도 그럴 것이, 공교롭게도 트럭은 인민의 조합이 운영하는 주유소 바로 앞에 멈춰 섰던 것이다. 차에서 내린 돈 까밀로는 연료통을 두들겨 보고는 이렇게 불평했다.

"기름이 다 떨어졌군."

"그나마 다행이네요. 바로 주유소 앞이잖…."

복사가 명랑한 목소리로 말하다 말고 입을 다물었다.

돈 까밀로가 입조심하라는 듯 으르렁대고 있었기 때문이다. 하지만 이미 때는 늦었다. 적은 아군의 위기를 알고 즉각 조치에 나선 다음이었다.

조합 문가에 기대어 서서 따스한 햇살을 즐기던 적군은, 엔진 소리를 기가 막히게 알아듣는 귀와 연료 냄새를 정확하게 판별하는 탁월한 코까지 갖고 있었다.

"신부님, 안녕하시오?"

빼뽀네가 유쾌하게 인사를 건넸다.

"안녕하신가, 읍장 동지."

돈 까밀로가 이를 악물며 대꾸했다.

얼마 지나지 않아, 공산당원 패거리가 조합 밖으로 우르르 몰려나오더니 뻬뽀네를 빙 둘러쌌다.

"대장, 무슨 일입니까?"

스미르초가 물었다.

"신부님 차에 기름이 떨어졌다네!"

뻬뽀네가 대답했다.

그러자 스미르초가 재미있다는 듯이 비꼬았다.

"이를 어쩐다? 길을 가다가 기름이 떨어졌다니 참 딱하시네. 100리라만 있으면 당장에라도 기름을 넣어드릴 수 있을 텐데, 과연 그렇게 하실는지…."

비지오도 거들었다.

"이봐 스미르초, 그 돈 가지고는 1리터도 못 살 것 아닌가?"

"어허, 자네가 잘 모르는군. 신부님은 말이야, 반 리터만 사고도 남을 분이지."

스미르초가 조롱 섞인 목소리로 대답했다.

뻬뽀네 패거리는 짐짓 돈 까밀로에게는 무관심한 척, 자기들끼리 얘기를 나누었다. 그렇지만 마을이 다 떠나가라 큰 소리로 떠들어대고들 있으니, 돈 까밀로의 목에 터질듯한 핏줄이 치솟아 오르는 것은 당연한 일이었다.

뻬뽀네가 마침내 그들의 대화에 끼어들었다.

"반 리터라고? 내 장담하는데, 저 양반은 이 악마의 주유소에서는 한 방울도 안 살 걸세. 다른 주유소로 가면 기름 한 방울 사는데 전 재산을 내야 한다고 해도 말이야."

스미르초가 물었다.

"그럼 차는 어떻게 하고요?"

"간단하지!"

뻬뽀네는 어느새 구름같이 모여든 군중을 향해 외쳤다.

"신부님의 차는 두 가지로 움직이네. 기름하고 주님의 힘으로 말이야. 조금만 기다려 보라고. 기도하고 시동을 걸면, 주님께서 엔진이 돌아가도록 도와주실 거야."

모두가 큰 소리로 웃어대자, 돈 까밀로는 뻬뽀네를 노려보고는 주먹을 불끈 쥐며 말했다.

"주님을 성가시게 해 드릴 필요는 없네. 이런 일은 나 혼자로도 거뜬하니까."

스미르초가 기다렸다는 듯이 평소 하고 싶었던 말을 내뱉었다.

"말로야 무얼 못 해요! 천하의 돈 까밀로라고 해도 이런 경우에는 어쩔 수 없을걸!"

"운전대를 잡아라!"

돈 까밀로가 복사를 향해 큰 소리로 지시를 내렸다. 그는 단숨에 차 뒤로 달려가더니 젖 먹던 힘까지 쏟아부어 가며 차를 밀기 시작했다.

차가 요란한 소리를 내며 들썩거렸다. 이 소음이 돈 까밀로의 뼈마디에서 난 건지, 차에서 난 건지는 분명하지 않다. 어쩌면 둘 다에서 난 소리였는지도 모른다.

돈 까밀로는 자기 트럭과 한 몸처럼 붙어살다 죽은 크릭이라는 유령을 연상시킬 정도로 무언가에 단단히 홀려 있었다. 뻬뽀네 패거리는 숨을 죽이고 돈 까밀로를 바라보았다. 트럭이 움직일 것인가, 아니면 돈 까밀로가 나가떨어질 것인가.

하느님의 도우심 덕분이었을까? 트럭이 슬금슬금 움직이더니 천천히 앞으로 나아가기 시작했다. 뻬뽀네와 부하들은 할 말을 잃고 조용히 트럭을 뒤쫓았다.

그렇게 50미터쯤 간 다음, 돈 까밀로가 차 뒤에서 빠져나오며 외쳤다. 다소 헐떡거리긴 했지만 당당한 목소리였다.

"나처럼 할 수 있겠나? 자신 있는 사람은 덤벼 보라!"

누구도 선뜻 나서려고 하지 않았다. 그러자 뻬뽀네가 주위를 한 번 쓱 훑어보더니, 느릿느릿 트럭 쪽으로 발걸음을 옮겼다. 그는 돈 까밀로에게 트럭에서 떨어지라는 뜻으로 고갯짓을 해 보이고는 돈 까밀로와 마찬가지로 트럭 뒷부분에 어깨를 갖다 댔다.

"끙!"

둔탁한 소리와 함께 차가 움직였다. 10, 20, 30미터.

뻬뽀네는 50미터를 지나, 100미터 지점에 이르러서도 멈출 생각을 하지 않았다. 트럭이 앞으로 나아갈수록 공산당원 패거리의 응원 소리는 커져만 갔다. 어느새 광장에는 뻬뽀네를 응원하는 소리에 모여든 구경꾼들이 가득했다.

빼뽀네는 하나도 지친 기색이 없어 보였다. 120, 150, 200미터! 빼뽀네는 트럭이 성당 초입에 들어서자 비로소 걸음을 멈췄다.

여기저기서 터져 나오는 환호성에 일일이 손을 들어 답례하는 빼뽀네를 보고도 돈 까밀로는 침착하기만 했다. 환호성이 잦아들자 드디어 돈 까밀로가 입을 떼었다.

"수고했네."

사람들은 의외로 담담한 돈 까밀로의 반응에 의아한 표정을 지었다.

"마침 성당까지 공짜로 트럭을 밀어줄 물고기 한 마리가 필요했었거든. 한 마디로 자네는 낚시에 걸린 셈이야."

빼뽀네가 반문했다.

"정말 그렇게 생각하시오?"

빼뽀네의 부하들 모두가 그의 말뜻을 알아들었다. 스미르초가 재빨리 운전대를 잡았고 다른 부하들이 트럭 뒤로 몰려가 양떼처럼 다닥다닥 달라붙었다. 그들은 일사불란하게 함성을 질러가며 트럭을 제자리로, 방금 트럭이 멈춰 서있던 주유소 앞으로 밀어내는 데 성공했다.

이번에는 빼뽀네가 의기양양하게 상황을 정리했다.

"원래 자기 꾀에 자기가 넘어가는 법이오. 이제 처음하고 똑같은 상황이니 어디 한번 움직여 보시오, 신부님."

돈 까밀로는 시가를 꺼내 피워 물었다.

스미르초가 주유기로 다가서며 빈정댔다.

"기름이 필요하지는 않으십니까, 신부님?"

"아니, 됐네. 기름은 내게도 있다네."

돈 까밀로는 어디선가 들고 온 연료통을 열고 기름을 부은 뒤, 차의 시동을 걸었다. 그가 성당 마당을 향해 의기양양한 모습으로 사라진 것은 정말 순식간의 일이었다.

다들 너무나 허탈해서 입을 쩍 벌리고 그 자리에 얼어붙은 듯이 서 있었다. 뻬뽀네는 모자를 땅바닥에 내동댕이치며 화가 나서 날뛰었다.

"또야? 저 망할 놈의 신부가 우리 기름통을 훔쳐다가 기름을 넣은 게 벌써 두 번째야!"

스미르초가 뻬뽀네를 위로했다.

"괜찮아요, 대장. 망할 놈의 신부는 겨우 50미터밖에 못 움직였지만 대장은 200미터나 움직였잖아요? 4대 1로 이긴 셈이니까 참자고요. 사람들의 웃음거리가 되지는 않을 테니까요."

뻬뽀네 일당은 그 일에 대해 다시는 언급하지 않았다. 그러나 사람들은 아직도 여전히 이 일을 두고 제각기 떠들어 대고 있다. 앞으로도 10년 정도는 계속 화제가 될 듯하다.

사랑의 유희

빼뽀네의 부하 중에서도 비아스카는 교회와 성직자 문제에 관해 가장 신랄한 독설을 퍼붓는 사람이었다. 그의 독설이 어찌나 심했던지, 마을 공산당의 대표이자 읍장인 빼뽀네마저 고개를 절레절레 흔들 지경이었다.

그래서 언젠가 일시적으로 공산당과 교회 간에 휴전 상태가 되었을 때, 빼뽀네는 비아스카를 따로 불러 돌출 행동을 하지 말라고 단단히 주의를 시켰다.

"앞으로는 노조 사무실 같은 데서 그런 식으로 거칠게 교회를 몰아붙이지 마. 정말 그렇게 퍼붓고 싶다면, 딴 데 가서 풀고 와!"

"어디 가서요? 이탈리아 기독교노동자 연합이나 대지주들이 모인 카페에 가서 한바탕 해대라는 말씀입니까?"

"요즘 상황을 모르는 것도 아니면서 왜 자꾸 그래? 정히 욕설을 퍼붓고 싶으면 집에 가서 해."

비아스카가 고함을 질렀다.

"집에 가서 하라고요? 나더러 돼먹지 못한 마누라나 상대하고 있으라는 겁니까?"

"이젠 자네 마누라도 면역이 생겼을 만하지, 뭘 그러나."

두 사람 옆에서 색인 카드를 정리하던 스미르초가 이 말을 듣고 키득거렸다.

"작년에, 제가 탈곡기를 가지고 저 친구 집에 갔을 때였습니다. 땅 주인 롤리니 영감이 쌀자루의 개수를 확인하려고 왔는데, 비아스카가 그 영감을 보자마자 엄청난 욕설을 퍼붓지 뭡니까. 그러자 영감은 아무 소리도 않고 자전거에 펄쩍 뛰어 올라타고는 쏜살같이 도망치는데 그 모습이 마치 엉덩이에 로켓이라도 단 것 같습디다."

"그건 다 지나간 얘기지. 요즘 마누라가 많이 아파. 내 목소리가 조금만 높아져도 많이 힘들어 한단 말이야. 그래서 여기 노조에 와서나 겨우 심정을 토로하는 건데…."

비아스카의 얼굴에 회한이 스쳐 지나갔다.

"도무지 이해가 안 가요, 대장. 법 때문에 부르주아 고용주들을 놔둬야 하고, 민주주의 때문에 당을 깎아내리는 신부들을 건드리면 안 되고, 긴장완화라는 이유로 교회를 욕하면 안 된다니, 대체 나더러 어쩌라는 겁니까? 정치적 자유를 얻기 위해 목숨을 걸고 싸웠던 일, 파업 주모자로 수배되면서 겪은 고생, 당 재정에 보탬이 되라고 공산당 신문을 파느라 동분서주한 게 그렇게 의미 없는 일이었나요? 겨우 욕 몇 마디 했다고 당이 그걸 갖고 시비를 걸면 난 도대체 어떻게 해야 합니까?"

"당이 시비를 걸고 싶어하는 건 아니야."

뻬뽀네는 그의 괴로움을 충분히 이해했기 때문에 조심스럽게 대답했다.

"하지만 비아스카, 정치 문제에 대해선 조심스럽게 접근할 필요가 있다는 건 알고 있겠지? 요즘 같은 시기에 3킬로미터나 떨어져 있는 창문의 유리창에 금이 갈 정도의 큰 소리로 교회나 신부에 대한 독설을 퍼붓는 건 당을 이롭게 하는 일이 아니야. 게다가 노조 사무실은 사람들이 통행하는 광장과 맞닿아 있잖아? 적들에게 휘둘리고 싶지 않다면, 욕을 하더라도 제발 작은 목소리로 해!"

"내 적은 오직 하납니다!"

비아스카가 어두운 얼굴로 잘라 말했다.

"저 위 하늘에 사는 분 말이에요. 그 양반이 듣게 하려면 고함을 칠 수밖에 없다고요."

그 이후로 비아스카는 마을에 더 이상 나타나지 않았다. 아내 모니카의 병세가 더욱 악화되었기 때문이다. 그녀에게는 하루 24시간 병간호하는 사람이 필요했다.

*

23년 전, 어느 무도회에서 비아스카는 처음 모니카를 알게 됐다. 그때 그는 이렇게 생각했다.

'저 여자는 나한테 전혀 어울리지 않는 여자야.'

그녀는 우아하고 아름다운 데다 성품이 침착하고 온화했다. 결정적으로 성직자를 혐오하고 교회라면 치를 떠는, 거친 시골 사내 비아스카가 가장 싫어하는 독실한 가톨릭 신자였다.

그런 첫인상에도 불구하고 비아스카는 3년 동안 그녀를 계속 관찰했다. 그러고는 마침내 다음과 같이 결론지었다.

'내 생각이 맞았어. 저 여자는 내 이상형과는 정반대야.'

비아스카는 모니카에게 자기 생각을 솔직히 털어놓았다. 그녀는 이 같은 그의 솔직함에 마음이 흔들렸고, 그렇게 해서 전혀 어울릴 것 같지 않던 두 사람이 결혼에 이르게 되었던 것이다.

그러나 그들은 신혼여행 첫날부터 말다툼을 벌였다. 그 뒤로 20년 동안, 단 하루도 쉬지 않고 말다툼을 벌여온 그들의 관계에도 이제 마지막 순간이 다가오고 있었다. 비아스카는 모니카가 누운 침대 곁에서 계속 그녀를 바라보고 있었다. 그녀의 얼굴은 침대 시트보다도 더 하얗고 창백했다.

모니카가 갑자기 눈을 뜨더니 입을 열어 말했다.

"신부님을 뵙고 싶어요."

그녀의 목소리는 아주 가늘었다. 비아스카는 왠지 화가 치밀었지만 지금 같은 상황에서 그 가녀린 목소리를 상대로 싸울 수는 없는 노릇이었다.

그는 아래층으로 내려가서 심부름꾼에게 본당 신부를 불러오라고 말했다. 그런 다음, 눈과 차가운 바람에 아랑곳하지 않고 들판을 가로질러 스티보네 둑까지 단숨에 달려가, 목청을 있는 대로 돋우어 가며 소리를 질렀다. 그의 목소리가 어찌나 컸던지 얼어붙은 미루나무 나뭇가지에 금이 갈 지경이었다.

비아스카가 집에 돌아왔을 때는 돈 까밀로가 이미 왔다가 성당으로 돌아간 다음이었다. 모니카는 비아스카를 보자 태연히 눈꺼풀을 반쯤 닫고 미소를 지었다.

그녀는 새벽녘에 숨졌다. 그리고 그녀 평소 바랐던 대로, 교회 절차에 따라 장례식이 이루어졌다. 장례식 당일, 비아스카는 곡물 창고 문을 꽁꽁 닫아걸고 그 안에 들어가 있었다. 지붕에 난 창문으로 지나가는 인파와 차량을 지켜보면서….

마르티네토 길을 지나 멀어져 가는 짧은 장례행렬을 이루는 신부와 십자가가 잿빛 하늘 아래, 마치 중국산 먹물로 그린 형상들처럼 우울해 보였다. 비아스카는 죽은 자를 위해 울리는 조종소리를 들으며 부르짖었다.

"이걸로 당신이 내 신경을 건드리는 일도 마지막이야! 더 이상 나를 괴롭힐 수는 없을 거라고!"

그러나 그게 마지막은 아니었다.

*

그로부터 일주일이 지났다. 비아스카는 저녁이 되자 외양간의 문을 닫아걸려고 밖으로 나왔다. 그때, 자전거를 탄 사람 하나가 타작마당으로 불쑥 들어왔다. 돈 까밀로였다.

비아스카가 말했다.

"내가 보낸 액수가 틀리기라도 했소?"

"아니야. 500리라가 남았어. 여기 남은 돈을 돌려주려고 가져 왔네."

"신부님이나 가지시오!"

"우리 가게에서는 팁을 받지 않는다네. 뭐하나? 전등을 비춰 보게. 거스름돈을 세어야 하니까."

비아스카는 아무 말 없이 집 현관을 향해 걸어가기 시작했다. 돈 까밀로는 말없이 그의 뒤를 따랐다. 부엌의 벽난로에서는 장작이 활활 타오르고 있었다. 돈 까밀로는 외투와 모자를 벗어 놓은 다음, 불을 쬐기 위해 자리를 잡고 앉았다.

"대체 할 말이 뭐요? 겨우 500리라를 돌려주기 위해 이런 연극을 꾸미지는 않았겠지."

돈 까밀로는 늘 피우는 반쪽짜리 토스카노 시가에 불을 붙이고는 두어 모금을 빨았다.

"불쌍한 모니카. 자네 같은 야만인하고 살면서 어떤 인생을 보냈어야 했을까?"

돈 까밀로는 연민에 가득 찬 목소리로 한탄했다.

"남의 일에는 신경 끄시오! 집사람하고 나하고의 관계야 내가 가장 잘 알지. 딴 사람이 이러쿵저러쿵 늘어놓는 이야기는 듣고 싶지 않소."

"자네가 말하는 관계가 어땠는지는 모르지만, 우리도 보는 눈이 있어. 항상 모니카를 향해 소리친 건 자네잖아? 모니카는 착하고 유순했어. 결코 불평한 적도, 항의한 적도, 목소리를 높인 적도 없었지."

비아스카는 흥분을 이기지 못하고 펄쩍 뛰었다.

"물론 그렇겠지! 하지만 사람들은 집사람이 무슨 말을 지껄였는지는 모른다고. 집사람은 간교했거든. 성모마리아 같은 얼굴로 사람들을 속이는 방법을 죄다 신부들한테서 배웠어! 그래, 난 불한당이오. 어쩌겠소, 이렇게 생겨먹은걸? 집사람을 위해 갖은 고생을 다 하고 온갖 애를 써도, 나는 결국 불한당이라는 소리밖에 못 듣는다니까."

비아스카는 분노에 가득 차, 씩씩거리며 2층으로 달려올라갔다. 그리고 잠시 후 팔에 무언가를 한 아름 들고 내려와서는 식탁 위에 털썩 내려놓으면서 외쳤다.

"자, 어디 한번 이 옷 중에서 단추가 제대로 붙어 있는 게 하나라도 있는지 확인해 보시지! 이 얘기를 몇 번이나 했을 것 같소? 수천 번, 아니 백만 번쯤은 했을걸. 그래도 소용이 없었소. 팬티 단추가 떨어져 바지 밑으로 흘러내리기라도 하는 날엔 화가 나서 소리 지를 수도 있는 것 아니오? 사정도 모르면서 사람들은 나더러 짐승, 악당이라고 하지. 그래, 이 바지는 어떻소? 갖고 있는 것 중에서 그나마 유일하게 괜찮은 바지요. 하지만 이런 얼룩들이 묻어 있는데 어떻게 입고 다니겠소?"

돈 까밀로는 어쩔 수 없는 일이라는 듯이 양팔을 활짝 벌리며 말했다.

"병을 앓고 있던 모니카가 어떻게 모든 살림을 다 챙길 수 있었겠나?"

"흥, 그런 말을 할 줄 알았지. 내가 몇 번이나 그녀에게 일하는 사람을 쓰라고 했는지 아시오? 내가 그 여자한테 돈을 안 주기라도 한 적이라도 있었나? 난 15년 전부터 단돈 1리라도 만진 적이 없소! 그 여자가 앓던 병, 그놈의 병 때문에! 내가 뭘 더 할 수 있었겠느냐고? 난 그 여자를 그 분야 전문가인 의사들한테 보냈소. 세상에서 좋다고 하는 특제품 약이란 약은 다 사 주었소. 눈알이 튀어나올 정도로 비싼 약들을."

그는 갑자기 찬장으로 다가가더니, 서랍 하나를 열고 표지가 다 너덜해진 작은 공책 한 권을 꺼냈다.

"이 가계부는 그 여자가 관리했소. 나는 어제야 비로소 이 가계부를 처음으로 들여다보았소. 돈 문제에는 관심이 없었으니까. 자, 이걸 보시오. 이게 15년 동안 달이면 달마다 외국의 특제품 약들을 사기 위해 들인 돈이오. 매월 평균 2만5천 리라요. 여기 합계도 있군. 438만 리라. 많은 돈을 썼다고 아내를 비난하는 게 아니오. 아깝다는 것도 아니고. 내가 하고 싶은 말은 단지 나더러 짐승 같다고 비난하기 전에, 실제가 어떤지 알고서 떠들라는 것뿐이오. 나를 평생 미치도록 괴롭혀 놓고도 모자라, 죽고 나서까지 자기를 못살게 굴었다고 남들한테 핀잔이나 듣게 만들다니! 그 아내를 다시 만나 여기 내 목구멍 속에 담아 두고 있는 얘기를 전부 다 할 수만 있다면, 지금 당장 죽어도 좋소!"

돈 까밀로는 고개를 가로저었다.

"자네의 이념 때문에라도 그녀를 다시 보지는 못할 걸세. 그녀는 저 위 하늘나라에 있는데, 자네는 죽으면 저 밑 땅속으로 가게 될 테니까."

비아스카가 낄낄거렸다.

"그따위 설교는 다른 데 가서 하시지. 내가 교리 학교에 다니는 어린애인 줄 아시오? 이보쇼, 돈 까밀로. 저 세상에 뭐가 있는지 진짜 알고 싶소?"

그는 손바닥을 펼쳐 들더니 그 위로 '훅' 하고 한 차례 입김을 불며 허공에 흩어지는 바람 시늉을 했다.

"아무것도 없소, 아무것도!"

돈 까밀로가 넌지시 물었다.

"하지만 만일 뭔가가 정말 있다면 어떻게 하지? 그리고 수많은 사람이 믿어왔고 지금도 믿는 것이 사실이라면 말일세?"

그러나 비아스카는 돈 까밀로의 말에 귀를 기울이는 것 같지 않았다. 그는 찬장으로 가서 포도주 한 병을 꺼내 유리잔 두 개에 가득 따랐다. 그러고는 식탁 앞에 앉아 포도주를 한 모금 들이키고 외쳤다.

"자, 이 포도주 맛 좀 보시오. 그러고 나서 나한테 말 좀 해 주시오. 좋은 포도주 맛을 이따위로 망쳐 놓는 게 잘한 짓인지 아닌지 어디 한번 얘기해 보시오! 포도주 맛 좀 보시라니까."

돈 까밀로는 포도주를 맛보았다. 비아스카 말이 맞았다. 백번 천 번 그의 말이 옳았다.

"여자들은 말일세. 어떤 것들에 대해서는 이해를 하지 못해. 그 대신 여자들은 그것들보다 더 중요한 다른 일을 고민하지."

돈 까밀로는 호주머니에서 봉인된 노란색 봉투 하나를 꺼내 비아스카에게 내밀었다.

"이게 다 뭐요?"

"글씨체는 자네도 당연히 알 테고. 글을 모르는 것도 아닌데 거기 뭐라고 씌어 있는지도 못 읽나?"

'돈 까밀로 신부님께. 이 봉투를 제 남편 아델모 비아스카에게 전달해 주시기를 바랍니다….'

비아스카가 작은 칼로 봉투를 여는 동안, 돈 까밀로는 마음속으로 예수님에게 기도했다.

'주님, 저 봉투는 모니카가 죽기 직전에 저한테 맡긴 겁니다. 당시 그녀는 정신이 마치 수정처럼 맑고 또렷했습니다. 그녀는 저한테 이렇게 부탁했습니다. "신부님, 제 남편이 인생의 방향을 바꾸고 하느님과 올바른 관계를 맺을 수 있도록 이 봉투를 제 남편에게 건네주시기 바랍니다."라고 말입니다. 저는 그녀에게 반문했습니다. "만일, 그 사람이 인생의 방향을 바꾸지 않는다면?" 그러자 그녀는 망설이지 않고 제게 답했습니다. "바꿀 거예요!" 주님, 그녀가 너무나 확고하게 말했기 때문에 저는 오늘 저녁에 망설이지 않고 비아스카에게 그 봉투를 전달했습니다. 제 행동이 너무 경솔했을까요?'

돈 까밀로의 마음속에 예수님의 대답이 들려왔다.

'돈 까밀로, 많은 이들이 경솔함과 믿음을 혼동하지만 너의 행동은 분명 옳은 것이었느니라.'

비아스카는 봉투에서 장부처럼 생긴 작은 책자를 꺼내 살펴보기 시작했다.

"신부님, 이건 내 명의로 된 정기예금 통장 아니오? 그렇지만 난 은행에 예금한 적이 한 번도 없는데?"

돈 까밀로는 걱정스러운 마음을 감추려고 애써 목청을 가다듬었다.

"모니카가 자네를 위해 준비한 걸세."

"돈이 어디서 나서?"

"벌써 15년 전의 일이로군."

돈 까밀로는 크게 한숨 쉬었다.

"처음 병이 발병했을 때부터 의사들은 그녀에게 치유될 가망이 없다고 했어. 그래서 그녀는 치료를 포기했네. 하지만 자네에게는 그 사실을 털어놓을 수가 없었네. 대신에 자네가 매월 스위스제 약을 사라고 준 돈을 한 푼도 빼놓지 않고 몰래 은행에 예금하기 시작했지. 원금에 복리 이자까지 합치면, 지금 자네가 소작하는 농지를 사기에 딱 맞는 액수가 되네. 게다가 땅 주인인 롤리니는 자네 같은 끔찍한 소작인에게서 벗어나기 위해서라도, 기꺼이 싼 값에 땅을 팔려고 생각하고 있지. 모니카는…."

"이런 망할!"

비아스카가 주먹으로 식탁을 내려치면서 소리를 질렀다.

"죽을 애를 써서 치료비를 마련해 줬더니, 그 돈을 치료하는 데 쓰지 않고 은행에 전부 집어넣었단 말이야? 자, 이제 모니카가 도대체 어떤 여자였는지 똑똑히 알겠소? 나는 롤리니의 땅 따위에는 관심 없소! 땅을 사 봤자 그걸로 뭘 하겠소? 이제 모니카는 죽었고 나만 혼자 남았는데…."

잠시 침묵이 흘렀다.

비아스카가 혼잣말하듯 부르짖었다.

"왜, 어째서 치료를 받지 않았던 거야?"

돈 까밀로가 양팔을 벌리며 말했다.

"어쩌면 나을 가망도 없는 자신에게 들어가는 돈이 아깝다고 생각했는지도 모르지. 난 그저 그녀가 한 말을 자네한테 전달할 뿐이야. 자네가 그 땅을 샀으면 하는 것이 그녀의 마지막 소원이었으니까."

"15년 동안의 노력이 전부 헛수고였다니!"

"헛수고가 아니네."

"그럼 어느 곳에 소용되었단 말이오?"

"자네 마음 안에서 모니카가 병이 낫게 될 거라는 희망을 생생히 유지하는 데 쓰였지."

"그거야말로 멍청한 생각이오!"

비아스카가 으르렁거렸다.

"그게 바로 그녀가 평소에 하던 바보 같은 생각이란 말이오. 소설에나 나오는 얘기지. 그럼 나더러 이제 그런 희망을 가지고 뭘 하라고? 자기 아내는 이제 가버렸고 여기 나만 멍청이처럼 이렇게 남았는데…."

비아스카는 이마에 흐르는 땀을 닦았다.

잠시 마음을 진정시킨 후 그가 다시 말했다.

"사람들이 말하길 내가 나쁜 놈이라고, 내가 아내를 죽였다고 합디다. 사람들 귀에는 언제나처럼 내가 고함치는 소리만 들렸을 테지. 내가 아무리 소리를 질러도 아내는 침묵을 지키고 있었으니까."

하지만 그것은 사실이 아니다. 모니카는 침묵하고 있었던 것이 아니라 낮은 목소리로 얘기했을 뿐이다. 다른 사람들은 몰라도 비아스카는 다 들었던 것이다.

비아스카는 한동안 고개를 숙인 채 아무 말도 않고 있다가, 갑자기 미친 사람처럼 소리를 질러댔다.

"그래, 그래! 농사지을 땅, 롤리니, 미사, 신부가 집전하는 장례식, 천국, 지옥, 연옥, 영원하신 하느님 아버지, 최후의 심판! 그래, 그래! 전부 다 좋아. 제발 잠깐만이라도 그 입 좀 닥치고 있으란 말이야!"

그는 단숨에 포도주를 들이켰다. 그러고 나서 식탁을 커다란 주먹으로 세게 내려치면서 으르렁거렸다.

"난 그 아내한테 수천 번, 아니 백만 번은 얘기했소! 그런데도… 그 여자는 돌대가리야! 여기 이 망할 식탁처럼 돌대가리라고!"

돈 까밀로는 자리에서 일어나 비아스카 앞에 500리라짜리 지폐 한 장을 내려놓고는 외투를 챙겨 입고 모자를 썼다.

"비아스카, 모니카가 마지막으로 내게 남긴 말이 있네. 그녀가 그랬지, 남편은 비록 거친 사람이지만 무척 진실한 사람이라고, 언젠가는 주님의 품 안으로 돌아올 거라고 말이야."

갑자기 비아스카가 주먹을 꽉 쥔 채로 그 자리에서 얼어붙었다. 마치 눈앞에 모니카가 나타나기라도 한 것 같았다. 어느새 그의 두 눈에는 눈물이 가득 고여 있었다.

"모, 모니카!"

먼 길을 떠난 아내에 대한 그리움이 절절히 묻어나는 목소리였다.

이제 비아스카와 모니카 두 사람은 비록 지상과 천국으로 떨어져 있지만, 이렇게나마 만날 수 있게 되었으므로 앞으로의 일은 둘이 알아서 해결해야 할 것이다. 하긴, '부부 사이 일에는 함부로 끼어들지 말라' 는 옛말도 있지 않은가.

몰래 바친 기도

이렇게 변덕스러운 가을 날씨는 바싸 마을 사람들에게도 처음이었다. 툭하면 억수 같은 장대비가 퍼부었고, 좀 뜸하다 싶으면 하다못해 부슬비라도 내렸다. 그러다 기적적으로 아침나절에 잠깐 햇빛이 살짝 비추는가 싶으면, 오후에는 한치 앞을 구별하기 힘들 정도로 안개가 짙게 끼었다. 어찌나 짙은 안개인지, 비를 맞지 않아도 옷이 흠뻑 젖을 정도였다.

밀을 파종하지 못한 농부들은 애가 타서 발을 동동 굴렀지만 변화무쌍한 자연의 조화에는 어쩔 도리가 없었다. 아예 밭갈이를 포기한 사람이 워낙 많아 창고 안에 잠든 트랙터에는 뿌연 먼지만이 하염없이 쌓여가고 있었다.

정신이 똑바로 박힌 사람이라면 이런 날씨에 들판을 쏘다니는 미친 짓을 하지는 않는다. 이런 날, 자기 발로 사냥을 나서는 사냥꾼도 결코 정상이라고 볼 수는 없을 것이다.

안개가 짙게 깔린 습기 가득한 오후, 사냥꾼 하나가 카날라초 길에 나타났다. 그는 무릎까지 올라오는 고무장화를 신고 있었는데, 진흙이 자꾸만 발에 달라붙어 성가셨는지 가끔씩 멈춰 서서 웅덩이에 발을 대고 씻곤 했다.

사냥꾼은 신통치 않은 사냥 결과에 적지 않게 실망하고 있었다. 아니, 그냥 신통치 않은 정도가 아니었다. 그는 지금껏 총 한 발 제대로 쏴보지 못했다. 안개 때문에 동물들이 전혀 눈에 띄지 않았던 탓이다.

그의 뒤를 사냥개 한 마리가 아주 따분하다는 표정으로 따르고 있었다. 아니나 다를까, 어느 순간 사냥개는 갑자기 반대방향으로 걷기 시작했다.

"번개!"

개가 멈추었다. 녀석은 주인을 흘낏 돌아보고는 협조할 생각이 없다는 듯 다시 가던 길로 걸음을 옮겼다.

"번개! 이리 와!"

화가 난 사냥꾼의 목소리가 파르르 떨렸다. 그러자 개는 불만스러운 기색을 노골적으로 드러내며 천천히 사냥꾼의 곁으로 돌아왔다.

"내가 이곳을 떠날 생각이 없으면, 너도 남아 있어야지!"

아마 말을 할 줄 알았다면 번개는 이렇게 받아쳤을 것이다.

'신부님, 뭐라도 좀 잡고 나서 그런 말씀을 하시라고요. 대체 우리가 무엇 때문에 이런 날씨에 여기 나와서 이 고생을 하는 건데요?'

돈 까밀로는 번개가 괘씸해 한참을 씨근덕거렸다. 그러나 따지고 보면 도무지 걷힐 기미가 보이지 않는 안갯속에서는 참새 한 마리 잡기도 어려울 것이 분명했다. 그는 마지못해 이렇게 내뱉었다.

"돌아가자. 집에 가고 싶어 안달하는 너를 끌고 다니는 것도 고역이구나."

돈 까밀로가 엽총에서 총알을 빼고 총구를 아래로 해서 어깨에 둘러메던 그 순간이었다. 뭔가를 발견했는지 번개가 급히 짖었다.

"하필이면 지금!"

돈 까밀로는 서둘러 탄약을 장전하면서 중얼거렸다. 흔한 산토끼처럼 시시한 놈이 아니라 꽤 큰 놈이었다. 번개가 빽빽한 아카시아 나무숲을 향해 계속 으르렁거리자, 돈 까밀로는 짖지 말라는 표시로 손을 흔들어 보이고는 재빨리 몸을 숨기고 놈이 모습을 드러내기를 기다렸다.

잔가지들이 버석버석 부러지는 소리가 빠른 속도로 가까워졌다. 무척 날랜 놈이 틀림없었다.

10미터, 5미터, 3미터…. 나무 사이에서 나타난 것은 머리 없는 유령이었다! 돈 까밀로는 너무나 놀란 나머지 손가락 하나

까딱할 수 없었다. 게다가 그놈은 돈 까밀로가 숨어있는 덤불을 향해 성큼성큼 다가오기까지 하는 것이었다.

번개가 반가운 기색으로, 꼬리를 흔들어 대며 그쪽으로 달려갔다. 돈 까밀로는 그제야 덩치 큰 유령이 실은 머리 위까지 외투를 뒤집어쓰고 있는 사람이라는 사실을 알아챘다. 아니, 정확하게 말해서 외투를 덮어쓰고 있는 사람은 덩치 큰 남자가 아니라 그의 어깨에 올라탄 꼬마였지만.

"흥, 나는 머리 없는 유령이라도 나타난 줄 알았네."

돈 까밀로는 자신이 얼마나 겁을 먹고 있었는지를 감추려고 목소리를 높여가며 상대를 비꼬았다.

"하긴 자넨 머리를 별로 쓰지 않는 편이니, 머리가 없어도 상관없겠지?"

남자가 외투 밖으로 머리를 내밀며 말했다.

"번개가 나를 알아보지 못했어도 지금처럼 여유만만하게 말할 수 있는지 궁금하구려."

"읍장 나리, 오해하지 말게나. 농담인데 그렇게 민감하게 반응할 필요는 없지 않나? 자네 기분을 상하게 할 의도는 조금도 없었네."

"난 지금 기분이 무척 좋지 않소. 그리고 계속 그렇게 버티고 서 있다가는 신부님 기분도 곧 엉망이 될 거요. 내가 가만두지 않을 테니까 말이오."

뻬뽀네의 퉁명스러운 대답에 돈 까밀로는 어색한 분위기를 무마해 보려고 너스레를 떨었다.

"이런, 정말 무섭군, 무서워. 그런데 이 길은 자네 집으로 가는 길이 아니잖나? 내가 상관할 바는 아니지만 말일세."

"그럼 어서 비키시오. 신부님 때문에 내가 길을 놔두고 저 뻘밭으로 걸어 들어가야 하오? 괜히 이런 날씨에 사냥한답시고 쓸데없이 시간 낭비하지 말고 어서 성당으로 돌아가 하느님께 날씨가 좋아지게 해달라고 기도나 하시오."

돈 까밀로가 길을 비켜 주며 말했다.

"자네 충고는 고맙네만, 굳이 자네가 일깨워 드리지 않아도 하느님께서는 비를 내릴 때와 햇살을 내릴 때를 누구보다 잘 알고 계시다네."

"내 생각은 좀 다르오. 신부님이 그토록 굳게 믿는 하느님은 요새 정치에 신경 쓰시느라 본업에 좀 소홀하신 것 같소."

빼뽀네가 성큼성큼 발걸음을 옮기자, 돈 까밀로는 엽총을 다시 둘러메고 그의 뒤를 따랐다.

카날라초를 벗어날 때쯤 해서, 빼뽀네가 뒤도 돌아보지 않은 채 물었다.

"언제까지 나를 미행할 참이시오?"

"난 내 길을 가고 있을 따름이네. 사냥꾼이 들판을 여기저기 쏘다니는 거야 당연하지 않나. 그러는 자네야말로 대체 어디로 가는 건가?"

"내가 어디로 가든 무슨 상관이오? 성직자들만 들판을 돌아다니란 법이라도 있소?"

"물론 그렇지는 않지. 하지만 이런 날씨에 아이를 데리고 다니는 게 별로 좋은 일 같지는 않아서 말이야."

빼뽀네가 퉁명스럽게 말을 받았다.

"아이 아비가 어련히 잘 알아서 할까! 신부님은 신부님 일에나 신경 쓰시오."

"아니, 이건 내 일이기도 해. 직접 세례를 준 아이가 이런 날씨에 나들이 나선 걸 보고도, 내가 가만히 있을 수가 있겠나?"

순간 빼뽀네는 진흙을 밟고 미끄러져 기우뚱거렸다. 돈 까밀로가 어깨를 붙잡아 주지 않았더라면 그대로 땅바닥에 나동그라졌을 것이다.

"쯧쯧, 이것 보라고. 내 말이 맞지? 하마터면 아이가 다칠 뻔하지 않았나?"

"신부님이 자꾸 말을 시켜서 그런 것 아니오!"

빼뽀네는 신발 밑창에 달라붙은 진흙을 떼어내려고 애를 쓰며 말했다.

"이제 제발 좀 사라져 주시오. 신부님이 길 여기저기에 발자국을 만들어 놓는 통에 대체 발을 어디에 디뎌야 좋을지 모르겠잖소!"

돈 까밀로는 어깨에 걸머진 엽총을 내려 버찌나무에 기대어 놓았다.

"아이는 내게 넘기고 일단 신발 바닥에 붙은 진흙을 털게나."

빼뽀네는 아이를 넘겨주고, 이맛살을 찌푸리면서 잡초를 뽑아 신발에 묻은 흙덩어리를 털어냈다.

아이가 칭얼대기 시작했다.

“업어줘요…. 업어 달라니까요….”

“조용히 해라!”

돈 까밀로가 무뚝뚝하게 대답하자 아이는 입을 뾰족하게 내밀고 씩씩거렸다.

돈 까밀로는 아이가 뾰로통해진 것을 보고는 못 말리겠다는 듯이 혀를 끌끌 차며 녀석을 안아 올렸다. 그런데 팔을 거칠게 들어 올리는 바람에 어깨에 걸친 외투가 흘러내렸다. 돈 까밀로는 떨어지는 외투를 낚아채려고 팔을 허공에서 휘젓다가 균형을 잃고 비틀거렸다. 다행히 뒤에 서 있던 나무를 붙잡고 볼썽사나운 모습으로 진흙 구덩이에 처박히는 것만은 면했지만, 누군가 도와주지 않는다면 머지않아 그렇게 될 것이 분명했다. 돈 까밀로는 저 멀리서 열심히 신발에 묻은 진흙을 털어내는 일에 열중하고 있는 빼뽀네를 간절한 목소리로 불렀다.

“빼뽀네!”

“왜 그러시오?”

빼뽀네는 뒤도 돌아다보지 않고 큰소리로 물었다.

“장난이 아니야, 빨리 이리로 와! 당장에라도 진흙 구덩이에 빠지게 생겼어!”

빼뽀네가 허겁지겁 달려왔다. 돈 까밀로는 한 손으로는 자신의 가슴팍에서 대롱거리는 아이의 다리를, 다른 한 손으로는 나무를 붙들고 있었다. 뻬뽀네는 돈 까밀로를 붙잡아 일으키며 화를 벌컥 냈다.

"대체 무슨 생각을 하는 거요? 아이까지 빠뜨릴 뻔했잖소!"

갑자기 바람이 불어 돈 까밀로의 팔에 걸려있던 외투가 펄럭였다. 뻬뽀네는 화들짝 놀라 뒤로 물러서다가 미끄러져 진흙탕에 엉덩방아를 찧었다. 그 모양이 어찌나 우스웠던지, 돈 까밀로는 자신도 방금 그 꼴이 될 뻔했다는 사실을 까맣게 잊은 채 탄성을 질렀다.

"쌤통이군!"

"어이가 없군, 대체 누구 때문에 이렇게 됐는데! 성직자는 그런 식으로 말해선 안 되는 거요."

뻬뽀네는 엉덩이에 묻은 진흙을 대충 떼어내고, 아이를 다시 받아 안으려고 했다. 돈 까밀로가 뒤로 물러서며 말했다.

"그냥 두게. 장화를 신은 내가 아이를 안고 가는 편이 낫겠어. 아무래도 덜 미끄러지지 않겠나? 내 엽총이나 들게. 마을로 돌아가면 이 멍청이를 돌려줌세."

"마을로는 가지 않을 거요."

"그럼, 어디로 갈 건데?"

"발길 닿는 대로 갈 거요! 아이나 내놓고 어서 성당으로 돌아가시오."

"이것 봐, 뻬뽀네. 이 아이는 열이 펄펄 끓고 있어. 지금 당장 집으로 데려가지 않으면….”

“집으로 데려가 봐야 아무 소용도 없단 말이오!”

뻬뽀네가 미친 듯이 고래고래 소리를 질렀다.

“애가 아픈 게 벌써 두 달 째요. 의사도 통 이유를 모르겠답디다! 알지도 못하면서 남의 속 좀 그만 긁으슈!”

“그럼 대체 어디로 갈 생각인가?”

“내가 가고 싶은 곳으로! 신부님네 패거리가 자주 찾는 낡은 성당 말이오!”

뻬뽀네가 툴툴거렸다.

“일단 진정하게. 그렇지만 좀 괜찮은 길로 가면 안 되겠나?”

“아니! 들판을 따라서 갈 거요. 주님 앞이라면 모를까, 신부 따위에게 약한 모습을 보일 수야 없지!”

돈 까밀로는 뻬뽀네의 얼굴을 바라보았다.

“더 이상 말하지 말게. 같이 가세.”

“아이는 내가 업고 가겠소.”

“그럴 필요 없네. 얼른 저 엽총이나 어깨에 둘러메게. 장화를 신은 내가 아이를 업는 것이 조금 더 안전하겠지.”

뻬뽀네가 엽총을 들고 왔다. 두 거한은 진흙으로 엉망진창이 된 들판을 계속해서 걸었다. 반 킬로미터 정도만 이동하면 포장도로가 나온다는 것을 알면서도 둘 중 아무도 길을 바꾸자는 말을 하지 않았다.

두 고집불통은 족히 15킬로미터 정도를 한마디 말도 없이 걸었다. 드디어 짙은 안개 너머로 시커먼 물체가 보이기 시작했다. 황량한 허허벌판 한가운데에는 농부들의 어머니 성모마리아를 기리는 작은 성당이 하나 있었다.

빼뽀네는 엽총을 집어던지고 아이를 다시 안았다.

"신부님은 밖에 남으시오. 남의 사생활을 엿보는 건 실례요."

빼뽀네가 아이를 넘겨받아 안으로 데리고 들어갔다. 성당 안은 어둡고 추웠지만, 농부들의 어머니 성모마리아가 보내는 자애로운 시선 때문인지 빼뽀네는 왠지 모를 포근함을 느꼈다.

한편 돈 까밀로는 문밖에 남아 망을 보다가, 무릎을 꿇고 빼뽀네가 빼먹었을지도 모르는 기도만을 골라 성모님에게 바쳤다. 이윽고 문이 삐걱거리는 소리를 내며 문이 열리더니 빼뽀네가 나왔다.

"들어갈 거면 이젠 들어가도 좋소."

돈 까밀로는 자리를 털고 일어나며 차분히 대답했다.

"할 일은 이미 다 마쳤다네."

그들은 다시 들판을 가로지르기 시작했다. 안개에다 어둠까지 깔려 방향을 알 수 없게 되자, 돈 까밀로는 크게 휘파람을 불어 번개의 도움을 청했다. 그러자 멀리서 번개가 짖어대는 소리가 들려왔다. 그들은 번개의 목소리를 길잡이 삼아 마을로 돌아왔다. 마을에 도착했을 때는 이미 한밤중이었다.

빼뽀네가 사제관 문 앞에 이르러 엽총을 내려놓으며 말했다.

"녀석을 주시오."

돈 까밀로가 조심스레 외투를 벗었다. 아이는 마치 천사 같은 얼굴로 돈 까밀로의 어깨 위에서 잠들어 있었다.

빼뽀네는 긴장이 풀린 목소리로 속삭였다.

"녀석, 세상 모르고 자고 있네!"

"그렇게 깊이 잠든 건 아니야."

돈 까밀로가 우거지상을 지으며 대답했다.

"무슨 말이오, 그게?"

"자네가 나처럼 목덜미가 축축하다면 무슨 뜻인지 물을 필요가 없을걸. 깊이 잠든 아이가 오줌 싸는 거 봤나?"

빼뽀네는 아이를 받아 안아 들고는 돈 까밀로에게 경고했다.

"우리가 한 짓을 사람들에게 떠들고 다니지 않는 편이 좋을 거요. 만일 그랬다간…."

"걱정하지 말게, 난 자네 같은 바보가 아니니까."

"어쨌든 고맙소."

빼뽀네가 겸연쩍은 듯 뒤통수를 긁으며 집으로 돌아갔다. 그러나 돈 까밀로의 하루는 아직 끝난 게 아니었다. 그는 성당 안으로 천천히 걸어 들어가, 예수님에게 보고했다.

"예수님. 저녁 기도 시간에 자리를 지키지 못한 것을 용서해 주시기 바랍니다."

"합당한 이유가 있었으니 괜찮다."

예수님은 밝게 미소 지으며 말씀하셨다. 그제야 돈 까밀로도 마음이 놓여 싱긋 웃었다.

선의 길

추웠던 날씨가 갑작스럽게 풀렸다. 그 지방에서는 봄이 오면 늘 그랬다. 지난 여러 달 동안 가끔은 어려운 일이 있었지만 대체로 비교적 순조롭게 진행되었다. 하지만 호사다마라는 옛말처럼 좋은 날은 그리 오래가지 않았다.

갑작스러운 중앙당의 호출을 받고 갔다가 돌아오는 길 내내, 뻬뽀네는 마치 사약을 받은 사람처럼 인상을 잔뜩 찌푸리고 있었다. 선거 때문이었다. 5년 전과 마찬가지로, 중앙당에서 선거 운동의 책임을 그에게 일임했던 것이다.

그러나 뻬뽀네는 기분에 따라 할 일을 미뤄두는 사람은 아니다. 그는 최선을 다해 정치 집회를 준비했고, 덕분에 집회가 열리던 토요일 오후, 마을 광장에는 여러 지역에서 공산당원들이 구름처럼 몰려들어 대성황을 이뤘다.

돈 까밀로가 혼잡한 군중 사이에 끼게 된 건 그야말로 우연이었다. 그날따라 공교롭게도 옥수수 가루 한 포대를 받으러 카스텔레토에 갈 일이 생겼다. 그는 자신의 노쇠한 말에 짐수레를 매달고 사제관 앞마당을 막 나선 순간이었다.

공교롭게도 수레를 끄는 말의 이름은 뻬뽀(Peppo)였다. 그 지역 사투리로 '타고 다니는 말'을 뜻하는 '뻬뽀(Pepó)'라는 단어가 있기는 하다. 그러나 사람들은 돈 까밀로가 뻬뽀네를 골탕 먹이려는 의도로 말에다 그런 이름을 붙였다고 믿었다.

그에 대해 돈 까밀로는 백 가지도 넘게 말의 이름을 바꿔 불러보았지만 뻬뽀라고 부르지 않으면 꼼짝도 안 한다며, 오히려 "차라리 읍장 나리께서 이름을 바꾸는 게 나을걸." 하며 비꼬기도 했다.

돈 까밀로는 광장에 모인 사람들을 향해 비켜달라고 말했지만, 그들은 돌아서서 돈 까밀로에게 험상궂은 표정을 지어 보였다. 마치 '누가 감히 나더러 비키라 말라 해?'라는 것처럼 말이다.

어디선가 스미르초가 달려왔다. 그는 광장의 질서를 유지하는 책임을 맡고 있었다.

"신부님, 대체 뭡니까? 이렇게나 사람이 많은데 수레까지 끌고 들어와 여길 난장판으로 만들 셈입니까?"

스미르초가 외쳤다.

"나는 카스텔레토에 가야 해. 광장을 가로지르지 않고 갈 수 있는 방법을 알고 있다면 자네가 좀 가르쳐 주게."

"집회가 끝날 때까지 기다리세요."

스미르초의 태도는 단호했다.

돈 까밀로는 기가 막혔지만 어쩔 수 없다는 듯 양팔을 벌렸다. 그러고는 거기서 얌전히 멈춰 선 채, 그가 늘 즐기는 토스카노 시가를 꺼내 입에 물었다.

연단에 올라선 빼뽀네가 말문을 열었다. 그는 군중 한가운데에 갇혀버린 돈 까밀로를 발견했다. 지금이야말로 돈 까밀로에게 한 방 먹일 좋은 기회였다.

"혁명의 날이 그 어느 때보다도 가까워졌습니다, 여러분! 우리들이 조용하게 있는 것을 보며 많은 이들이 착각하곤 합니다. 혁명은 물 건너간 게 아니냐고. 그러나 이는 잘못된 생각입니다. 프롤레타리아 계급은 마치 대포와도 같아 마구잡이로 아무 데나 겨냥해 쏘지 않습니다. 이 대포는 표적이 정확히 결정되었을 때만 발사하는 것입니다. 머지않아 여러분은 이 대포의 엄청난 발사음을 듣게 될 것입니다!"

빼뽀네는 돈 까밀로를 노려보며 거세게 외쳤다.

"그 누구도 우리의 행진을 결코 멈추게 할 수 없습니다, 그 누구도! 미국식으로 생각하고 유식한 체하는 사람이라도 절대 그렇게는 못합니다. 그러니 들을 귀가 있는 사람은 알아듣기 바랍니다!"

모두들 낄낄대면서 돈 까밀로 쪽을 바라보았다. 그러자 돈 까밀로는 연단을 향해 큰 소리로 물었다.

"나한테 하시는 말씀인가?"

"아니, 신부님이 몰고 온 말한테 얘기한 거요. 그 말은 귀가 좋아서 신부님보다 말귀를 더 잘 알아들으니까!"

그러나 돈 까밀로는 이곳에서 벌어지고 있는 집회에 대해 별 관심이 없었으므로 심드렁하게 한 마디 던졌을 뿐이다.

"그래? 나한테 한 말이 아니라는데, 상관할 바는 아니지…."

뻬뽀네 다음으로 또 다른 누군가 연단에 올라 연설하기 시작했다. 그러자 돈 까밀로는 늙은 말 뻬뽀를 재촉해 사제관으로 돌아갔다.

십오 분쯤 지나, 연설이 모두 다 끝났다. 하지만 사람들은 여전히 광장에 남아 잡담을 나누고 있었다. 뻬뽀네는 소규모 추가 집회를 준비하느라 분주하게 움직였다.

바로 그 순간 돈 까밀로가 다시 나타났다. 사람들은 경악했다. 돈 까밀로가 수레를 끌고 있었기 때문이다! 짐칸에 실린 채 연신 눈만 껌벅거리는 늙은 말의 목에는 공산당을 상징하는 큼지막한 붉은색 스카프까지 둘러져 있었다.

사람들은 입을 딱 벌린 채, 멀뚱거리며 그 광경을 지켜볼 수밖에 없었다. 돈 까밀로는 수레를 끌고 열심히 광장을 가로지르다가, 연단 앞에 멈춰 서더니 수레에 기대앉아 손수건으로 이마의 땀을 닦는 것이었다.

돈 까밀로와 뻬뽀네의 두 눈이 마주쳤다.

"보이나?"

돈 까밀로가 숨을 몰아쉬면서 설명했다.

"공산당 선전선동의 위력이 말일세. 아, 글쎄 귀가 좋은 이 말 녀석이 읍장 나리의 연설을 다 듣고 나서는, 더 이상 짐마차를 끌지 않겠다지 뭐야. '지금부터 파업에 돌입하겠소!' 라고 이 녀석이 말하더라 이거야. 별 수 있나, 목마른 사람이 우물을 파야지. 카스텔레토에 가려면 나라도 수레를 끌 수밖에. 프롤레타리아 계급의 반격은 정말 무시무시하군."

뻬뽀네는 몇 걸음 앞으로 나아가, 두 주먹을 허리춤에 갖다 댄 채, 사나운 얼굴로 돈 까밀로 앞에 버티고 섰다.

"그러니까 신부님한테는 프롤레타리아 계급이 한낱 짐승에 불과하다 이 말씀이오?"

뻬뽀네가 화가 잔뜩 난 목소리로 물었다.

돈 까밀로가 대답했다.

"난 잘 모르겠네. 나보다 말귀를 더 잘 알아듣는다는 이놈한테 물어보지 그러나?"

다행히도, 경찰서장이 때맞춰 그곳에 도착했다. 일촉즉발의 상황에도 불구하고 싸움은 벌어지지 않았다.

경찰서장은 돈 까밀로가 하는 꼴을 보고 숨이 턱 막혔다.

"이게 무슨 일입니까, 신부님?"

"별것 아니오. 사제관에서 혁명이 일어났거든. 낡은 지배 계급을 몰아내고, 자신들이 그 자리에 올라타는 프롤레타리아 혁명 말이지."

돈 까밀로는 말을 마치자마자 다시 수레를 끌고 사제관으로 돌아갔다. 그는 마구간에 말을 놓아둔 뒤, 성당 안으로 발걸음을 옮겼다. 돈 까밀로가 성당에 들어서자 십자가 위에서 예수님의 목소리가 들려왔다.

"돈 까밀로야, 왜 그런 짓을 했느냐?"

"뻬뽀네의 주장이 어리석다는 걸 보여 주기 위해 사용한 비유였을 뿐입니다."

"그건 적절치 못한 비유다. 너는 고의로 그런 일을 벌여 그 사람이 더욱더 분개하도록 만들었다. 네가 그 사람을 자극한 거나 다름없느니라."

돈 까밀로가 고개를 들고 억울하다는 듯 반박했다.

"그렇지 않습니다. 자극을 받은 사람은 오히려 접니다. 말 얘기를 먼저 꺼낸 사람은 바로 뻬뽀네였습니다. 그래놓고는 저한테 말한 게 아니라 말에게 말한 거라고 했습니다. 그래서 저는 짐칸에다 말을 올려놓고 제가 대신 수레를 끌었던 겁니다."

"아무래도 너는 그 자리에 계속 남아 반성해야 마땅할 것 같구나, 돈 까밀로. 너는 한 정당을 대표하는 사람이 아니다. 너는 서로 반대하는 정당 사이에 개입해 그들로 하여금 하느님의 법을 존중하도록 인도했어야 했느니라. 만일 네가 특정한 정당의 깃발 아래 서게 된다면, 어떻게 '이것은 하느님의 법이니 반드시 지키시오.' 라고 말할 수 있겠느냐? 그 사람들은 너한테 '웃기시네, 그건 우리에게 적대적인 정당의 법일 뿐이지!' 라고 대답할 게 아니겠느냐."

돈 까밀로는 어쩔 수 없다는 듯 어깨를 으쓱해 보였다.

"예수님, 세상에는 두 종류의 정당만이 있을 뿐입니다. 그리스도의 정당과 적그리스도의 정당 말입니다. 그 둘 가운데에 어중간하게 머무르기보다는 그리스도의 편에 서서 싸워야 하는 것 아닙니까."

"돈 까밀로, 너는 하느님을 일개 정당의 당수로 만들 셈이냐! 너의 직분은 오직 하느님의 법을 지키는 호위무사가 되어, 하느님의 법이 누구의 편도 들지 않는 가장 공정하고 중요한 가르침으로 비칠 수 있게끔 하는 데 있느니라."

돈 까밀로는 고개를 들어 반문했다.

"예수님, 그럼, 저더러 어쩌란 말씀이십니까? 다른 자들이 걸어가는 동안에도 저 혼자 가만히 서 있어야 하겠습니까?"

"돈 까밀로, 주님의 길을 따라 걸어라. 만일 너와 같은 길을 걸어가는 다른 사람들을 보게 되거든, 마음속 깊이 기뻐해라. 네 곁에서 함께 걷던 사람들이 지름길로 가기 위해 주님의 길에서 벗어나더라도, 너만은 주님의 길에 계속 남아 있거라. 그리고 큰 소리로 그들을 다시 불러들여라. 그들한테 올바른 길로 다시 돌아오라고 애원해라. 그러나 결코 조급해하지 마라.

너와 함께 걷던 사람들이 선택한 지름길이 주님의 길을 향한 걸음을 단축시켜 주는 것 같아도 서두르지 마라. 주님의 길에는 지름길이 없느니라. 네가 항상 선의 길을 따라 걷는다면, 너는 거기서 벗어나 잘못된 길을 걷는 여행자들을 다시 바른길로 불러들이는 등대와 같은 역할을 하게 될 것이니라."

돈 까밀로는 고개를 숙이고 숙연한 목소리로 말했다.

"주님, 제가 방향을 잃어버리지 않도록 도와주소서."

"지상에서의 선의 길이 끝나고 하늘의 길이 시작되는 저기 저 산꼭대기에 있는 십자가에 항상 시선을 고정한다면 결코 실수하는 법이 없을 것이다, 돈 까밀로. 주님의 표지 안에서는 마침내 네가 승리할 것이기 때문이다."

돈 까밀로가 겸손하게 속삭였다.

"네, 주님. 우리는 승리할 겁니다."

주효숙 | 옮긴이

한국외국어대학교 이탈리아어과를 졸업하고 동 대학원에서 비교문학 박사학위를 수여받았다. 이탈리아 페루자 국립언어대학교에서 이탈리아어 교사 자격증을 취득했으며, 조반니노 과레스키의 '돈 까밀로' 시리즈를 번역해 이탈리아 외무성에서 수여하는 번역상을 받았다. 한국외국어대학교 이탈리아어통번역대학에서 학생들을 가르치며 번역가로 활동하고 있다. 옮긴 책으로는 《돈 까밀로의 사계》와 《돈 까밀로와 뽀 강 사람들》, 《돈까밀로의여 양떼들》, 《돈까밀로의 작은세상》, 《새천년 세계는 어디로 가는가》(공역) 등이 있다.

*신부님 우리들의 신부님 6

돈 까밀로의 양떼들

1판 15쇄 발행 | 2012년 01월 20일
개정 2쇄 발행 | 2019년 11월 15일

지은이 | 조반니노 과레스키
옮긴이 | 주효숙
펴낸이 | 김정동
펴낸곳 | 서교출판사

주소 | 서울시 마포구 성지길 25-20 덕준빌딩 2층
전화 | 3142-1471(대) 팩스 | 6499-1471
등록번호 | 제10-1534호
등록일 | 1991. 09. 25

Email | seokyodong1@naver.com
Blog | https://blog.naver.com/seokyobooks

ISBN 979-11-89729-15-8 04860

잘못된 책은 구입하신 곳에서 바꾸어 드립니다.
책값은 뒤표지에 있습니다.

서교출판사는 독자 여러분의 투고를 기다리고 있습니다. 원고나 아이디어가 있으신 분은 seokyobooks@naver.com으로 간략한 개요와 취지 등을 보내주세요. 출판의 길이 열립니다.